Charles
BUKOWSKI
1920 — 1994

Чарльз
БУКОВСКИ

Юг без признаков севера

Истории загубленной жизни

Санкт-Петербург
Издательство «Азбука-классика»
2004

УДК 82/89
ББК 84.7 США
Б 90

Перевод с английского
В. Когана, А. Гузмана, К. Медведева

Буковски Ч.

Б 90 Юг без признаков севера: Рассказы, стихотворения / Пер. с англ. В. Когана, А. Гузмана, К. Медведева. — СПб.: Азбука-классика, 2004. — 288 с.

ISBN 5-352-00934-3

Авторский сборник «Юг без признаков севера» и избранные стихи одного из крупнейших писателей США. Фигура рассказчика — алкаша и бабника — в произведениях Буковски отчасти автобиографична и вызывает у российского читателя неизбежные ассоциации с другим необычайно популярным писателем — Сергеем Довлатовым.

ISBN 5-352-00934-3

Рассказы

Посвящается Энн

ОДИНОЧЕСТВО

Автомобиль попался Эдне на глаза, когда она шла по улице с сумкой продуктов. В боковом окошке было объявление:

ТРЕБУЕТСЯ ЖЕНЩИНА.

Она остановилась. За стеклом, на куске картона, было наклеено объявление, большей частью отпечатанное на машинке. С того места тротуара, где она стояла, Эдна ничего не могла разобрать. Ей видны были только большие буквы:

ТРЕБУЕТСЯ ЖЕНЩИНА.

Машина была новая, дорогая. Чтобы прочесть напечатанный текст, Эдна шагнула на газон.

> «Мужчина 49 лет. Разведен. Желает познакомиться с женщиной, чтобы вступить в брак. Возраст от 35 до 44 лет. Люблю кинематограф и телевидение. Вкусную пищу. Бухгалтер, надежно трудоустроен. Деньги в банке. Люблю женщин, склонных к полноте».

Эдне уже стукнуло тридцать семь, и она была склонна к полноте. Там имелся номер телефона. Были там и три фотографии господина, который ищет женщину. В костюме и галстуке он казался мужчиной степенным. И еще хмурым и немного жестоким. И деревянным, подумала Эдна, деревянным.

Эдна пошла дальше, слабо улыбаясь. К тому же она чувствовала некоторое отвращение. Добравшись до своей квартиры, о мужчине она уже позабыла. Лишь через несколько часов, сидя в ванне, она вновь вспомнила о нем и на сей раз подумала, что нужно быть по-настоящему одиноким, чтобы дать такое объявление:

ТРЕБУЕТСЯ ЖЕНЩИНА.

Она представила себе, как он приходит домой, обнаруживает в почтовом ящике счета за газ и телефон, как раздевается и принимает ванну, а телевизор уже включен. Потом утренняя газета. Потом — на кухню, готовить. Стоит там в трусах, уставившись на сковородку. Берет еду и идет к столу, ест. Пьет кофе. Потом опять телевизор. А перед сном, быть может, — навевающая одиночество банка пива. В Америке жили миллионы подобных мужчин.

Эдна вылезла из ванны, вытерлась, оделась и вышла на улицу. Машина стояла на прежнем месте. Эдна записала имя и фамилию мужчины, Джо Лайтхилл, и номер телефона. Она вновь прочла текст, напечатанный на машинке. «Кинематограф». Что за странное слово. Нынче все говорят просто «кино». «Требуется женщина». Довольно наглое объявление. В этом он был оригинален.

Придя домой, Эдна, прежде чем набрать номер, выпила три чашки кофе. В трубке раздались четыре гудка.

— Алло! — ответил он.

— Мистер Лайтхилл?

— Да.

— Я прочла ваше объявление. На машине.

— Ах да.

— Меня зовут Эдна.

— Как дела, Эдна?

— О, у меня все в порядке. Правда, жарко. Такая погода — уже чересчур.

— Да, переносить такую жару трудновато.

— Так вот, мистер Лайтхилл...

— Зовите меня просто Джо.

— Так вот, Джо, ха-ха-ха, я чувствую себя полной идиоткой. Знаете, зачем я звоню?

— Вы прочли мое объявление?

— Я хочу спросить, ха-ха-ха, что с вами случилось? Вы что, не можете найти себе женщину?

— Кажется, не могу, Эдна. Скажите, где они?

— Женщины?

— Да.

— Вы же сами знаете — всюду.

— Где? Скажите мне. Где?

— Ну, в церкви, допустим. В церкви есть женщины.

— Церковь я не люблю.

— А-а...

— Слушайте, Эдна, может, зайдете?

— К вам, что ли?

— Ну да. У меня уютная квартира. Выпьем чего-нибудь, поболтаем. Без всякого нажима.

— Уже поздно.

— Не так уж и поздно. Слушайте, вы же прочли мое объявление. Вам наверняка интересно.

— Ну...

— Вы боитесь, только и всего. Просто боитесь.

— Нет, не боюсь.

— Тогда приходите, Эдна.

— Ну...

— Я жду.

— Хорошо. Буду через пятнадцать минут.

Он жил на последнем этаже современного жилого комплекса. Квартира 17. В плавательном бассейне внизу отражались огни. Эдна постучала. Дверь открылась, и возник мистер Лайтхилл. Лысеющий со лба. Горбоносый, с торчащими из ноздрей волосами. В рубашке с расстегнутым воротом.

— Входите, Эдна...

Она вошла, и дверь за ней затворилась. На Эдне было синее вязаное платье. Она была без чулок, в сандалиях и курила сигарету.

— Садитесь. Сейчас принесу вам что-нибудь выпить.

Квартира была уютная. Всё голубовато-серое и *очень* чистое. Она услышала, как мистер Лайтхилл, смешивая напитки, что-то мурлычет: хм-м-м-м-м, хм-м-м-м, хм-м-м-м-м... Казалось, он чувствует себя непринужденно, и это ее приободрило.

Мистер Лайтхилл — Джо — появился с выпивкой. Он протянул Эдне стакан, а потом уселся в кресло у противоположной стены.

— Да,— сказал он,— жарко, чертовски жарко. Правда, у меня кондиционер.

— Я заметила. Это славно.

— Пейте.

— Ах да.

Эдна выпила глоток. Напиток был хороший — крепковатый, но приятный на вкус. Она смотрела, как Джо, выпивая, запрокидывает голову. На шее у него оказались глубокие морщины. А брюки сидели слишком свободно. Они казались на несколько размеров больше, чем нужно. От этого его ноги имели забавный вид.

— Какое элегантное платье, Эдна.

— Вам нравится?

— Конечно. Да и вы такая пухленькая. Оно вам идет, очень идет.

Эдна промолчала. Помолчал и Джо. Они просто сидели, смотрели друг на друга и потягивали свою выпивку.

Почему он ничего не говорит? — подумала Эдна. Ведь говорить должен он. В нем и вправду есть что-то деревянное. Она допила свой стакан.

— Я принесу вам еще, — сказал Джо.

— Нет, мне правда уже пора.

— Ну подождите, — сказал он, — я принесу еще выпить. Это развяжет нам языки.

— Хорошо, но потом я ухожу.

Джо взял стаканы и удалился на кухню. Больше он ничего не мурлыкал. Потом он вошел, протянул Эдне ее стакан и вновь уселся в свое кресло у противоположной стены. На сей раз напиток был крепче.

— А знаете, — сказал он, — у меня хорошие результаты тестов по сексу.

Эдна пригубила свою выпивку и ничего не ответила.

— А у вас как с сексуальными тестами? — спросил Джо.

— Я ими ни разу не пользовалась.

— А знаете, зря, ведь так можно выяснить, кто вы и что вы.

— Вы думаете, подобные вещи надежны? Я видела их в газете. Не пользовалась ими, но видела, — сказала Эдна.

— Конечно, надежны.

— Возможно, я в сексе не разбираюсь, — сказала Эдна, — возможно, поэтому я и одна.

Она отпила большой глоток.

— В конце концов, мы все одиноки, — сказал Джо.

— В каком смысле?

— В том, что, как бы ни хороша была сексуальная или любовная жизнь, да и обе вместе, настает день, когда всему приходит конец.

— Это грустно, — сказала Эдна.

— Конечно. Так вот, настает день, когда всему приходит конец. Либо происходит разрыв, либо все разрешается мирно: двое живут вместе и ничего друг к другу не чувствуют. По-моему, лучше уж быть одному.

— Вы развелись с женой, Джо?

— Нет, она развелась со мной.

— Из-за чего?

— Из-за сексуальных оргий.

— Сексуальных оргий?

— Знаете, тоскливей сексуальных оргий нет ничего на свете, эти оргии... меня просто отчаяние охватывало... все эти скользящие туда и обратно члены... простите...

— Ничего.

— Все эти скользящие туда и обратно члены, сплетенные ноги, работающие пальцы, рты, все тискают друг друга, потеют и полны решимости своего добиться — так или иначе.

— Я почти ничего не знаю о подобных вещах, Джо,— сказала Эдна.

— По-моему, секс без любви — ничто. Все имеет смысл, только если между участниками возникает какое-то чувство.

— То есть люди должны друг другу нравиться?

— Это помогает.

— А если они друг другу уже надоели? Если они просто вынуждены вместе жить? Экономические причины? Дети? Все такое?

— Оргиями тут не поможешь.

— А чем?

— Даже не знаю. Может, обмен...

— Обмен?

— Ну знаете, когда две пары *очень* близко знакомы и меняются партнерами. Появляется, по крайней мере, возможность для чувств. Допустим, к примеру, мне давно нравится жена Майка. Уже много месяцев. Я все время наблюдаю, как она ходит по комнате. Мне нравится ее манера держаться. Ее манера держаться вызывает у меня любопытство. Мне интересно, знаете ли, с чем эта манера связана. Я видел ее сердитой, видел пьяной и трезвой. А потом — обмен. Ты с ней в спальне, ты наконец-то ее познаешь. Возникает возможность чего-то настоящего. Конечно, в другую комнату Майк уводит твою жену. Удачи тебе, Майк, думаешь ты, надеюсь, ты не хуже меня как любовник.

— И это действительно действует?

— Ну, я не знаю... Обмен может привести к конфликтам... впоследствии. Все это необходимо обсудить... как следует обсудить, заранее. И потом, люди могут попросту мало знать, сколько бы они все это ни обсуждали...

— А вы достаточно знаете, Джо?

— Ну, эти обмены... Думаю, некоторым они подходят... может быть, многим. А мне, похоже, они не годятся. Я чересчур строгих правил.

Джо допил свой стакан. Эдна поставила свой, не допив, и встала:

— Слушайте, Джо, мне надо идти.

Джо направился к ней через комнату. В этих брюках он был похож на слона. Она увидела его большие уши. Потом он схватил ее и принялся целовать. Сквозь все выпитое пробивался скверный запах у него изо рта. Запах был просто отвратный. Часть его рта оставалась свободной. Он был силен, но сила его не была безупречной, она умоляла. Эдна отвернулась, но он все равно ее обнимал.

ТРЕБУЕТСЯ ЖЕНЩИНА.

— Отпусти меня, Джо! Ты слишком *спешишь*! Отпусти!

— Зачем же ты, сука, пришла?

Он вновь попытался ее поцеловать, и ему это удалось. Это было ужасно. Эдна резко подняла колено. Удар пришелся в цель. Он схватился за промежность и рухнул на ковер.

— Боже, боже... зачем ты это сделала? Ты хотела меня убить...

Он принялся кататься по полу.

Ну и задница, подумала она, у него *мерзкая* задница.

Она оставила его кататься по ковру и бегом спустилась по лестнице. Воздух на улице был свежий. Она услышала, как разговаривают люди, услышала их телевизоры. Идти до ее квартиры было недалеко. Она почувствовала, что нужно еще раз принять ванну, выбралась из своего синего вязаного платья и долго терла себя мочалкой. Потом вылезла из ванны, насухо вытерлась и накрутила волосы на розовые бигуди. Она решила с ним больше не видеться.

ТРАХ-ТРАХ О ЗАНАВЕС

Мы болтали о женщинах, разглядывали их ножки, когда они вылезали из машины, а по ночам мы заглядывали в окна, надеясь увидеть, как кто-то ебется, но ни разу никого не увидели. Как-то раз мы все-таки узрели одну парочку в кровати, парень терзал свою бабенку, и мы решили было, что сейчас всё увидим, но она сказала: «Нет, сегодня мне что-то не хочется!» Потом она повернулась к нему спиной. Он закурил, а мы отправились искать очередное окно.

— Вот сукин сын, уж от меня-то ни одна баба не отвернется!

— И от меня. Что же он тогда за мужик?

Нас было трое — я, Лысый и Джимми. Днем великих свершений было у нас воскресенье. В воскресенье мы собирались у Лысого и ехали на трамвае до Мэйн-стрит. Проезд в трамвае стоил семь центов.

В те времена было два кафешантана — «Фоллиз» и «Бёрбанк». Мы были влюблены в стриптизерок из «Бёрбанка», да и шуточки там были получше, поэтому мы ходили в «Бёрбанк». Пробовали мы ходить и в грязную киношку, но фильмы были вовсе не грязные, а сюжеты походили один на другой. Двое парней напаивали допьяна юную невинную девушку, и не успевала она совладать с похмельем, как обнаруживала, что попала в публичный дом, а в дверь ее комнаты ломится целая очередь матросов и горбунов. К тому же в этих кинотеатрах дневали и ночевали бродяги — ссали на пол, пили вино и грабили друг друга. Смешанное зловоние мочи, вина и убийства было невыносимо. Мы ходили в «Бёрбанк».

— Ну что, мальчики, идете сегодня в бурлеск? — спрашивал дедуля Лысого.

— Ни черта, сэр, у нас есть дела поважнее.

Мы уходили. Мы ходили туда каждое воскресенье. Выходили из дома рано утром, задолго до начала представления, и прогуливались по Мэйн-стрит, заглядывая в пустые бары, где, задрав юбки, сидели в дверях продажные девицы и покачивали ногами на солнышке, которое ухитрялось проникать в темный бар. Девицы смотрелись неплохо. Но мы-то знали. Мы слышали. Зайдет туда какой-нибудь малый опрокинуть стаканчик, и его обдирают как липку — и за его выпивку, и за выпивку девицы. Но выпивка девицы разбавлялась водой. Пощупаешь девицу пару раз, и дело с концом. А если покажешь деньги, хозяин их увидит, и тогда в выпивку подмешивается наркотик, после чего ты отключаешься прямо за стойкой, а денежки — тю-тю. Мы-то знали.

После прогулки по Мэйн-стрит мы заходили в сосисочную и брали булку с горячей сосиской за восемь центов и большую кружку шипучки за пятак. Мы поднимали тяжести, мышцы у нас так и выпирали, мы высоко закатывали рукава и носили по пачке сигарет в нагрудном кармане. Мы даже пробовали курс некоего Чарльза Атласа, «динамическое напряжение», но поднятие тяжестей казалось грубей и понятней.

Поедая булку с сосиской и выпивая гигантскую кружку шипучки, мы играли на бильярде-автомате, по центу за партию. Этот бильярд-автомат мы изучили досконально. Тот, кто набирал максимум очков, получал право на бесплатную партию. Мы обязаны были набирать максимум — больших денег у нас не водилось.

У власти был Фрэнки Рузвельт, дела шли на лад, но депрессия еще не кончилась, и ни один из наших отцов не работал. То, где мы ухитрялись раздобыть мелочь на карманные расходы, было покрыто мраком тайны, разве что мы смотрели в оба, хватая все, что в землю не зацементировано. Мы не воровали, мы распределяли. И еще мы выдумывали. Почти или вовсе не имея денег, мы, дабы убить время, выдумывали всякие игры — одна из них заключалась в том, чтобы дойти пешком до пляжа и обратно.

Обычно это делалось в летний день, и наши родители никогда не выражали недовольства, если мы опаздывали домой к обеду. Не волновали их и огромные блестящие волдыри на наших ступнях. Но стоило им увидеть, что мы снашиваем каблуки и подметки своих башмаков, как нам приходилось выслушивать всё. Нас посылали в дешевую лавчонку, где по сходной цене продавались и готовые подметки с каблуками, и клей.

Та же ситуация возникала, когда мы играли на улице в силовой футбол. На строительство спортплощадок государство средств не выделяло. В силовой футбол мы играли на улице весь футбольный сезон, весь баскетбольный сезон, весь бейсбольный и весь следующий футбольный. Когда тебя роняют на асфальт, кое-что происходит. Сдирается кожа, трещат кости, льется кровь, но ты встаешь как ни в чем не бывало.

Наших родителей не волновали ни синяки, ни болячки, ни кровь; самым страшным, непростительным грехом была *дыра* на коленке штанов. Ведь каждому мальчишке полагалось лишь две пары штанов: повседневные штаны и воскресные, и разорвать коленку на одной из двух пар было никак нельзя, поскольку дыра означала, что ты бедняк и засранец и что твои родители — тоже бедняки и засранцы. Вот мы и учились применять силовые приемы, не падая даже на *одно* колено. А тот, против кого применялись силовые приемы, учился попадать под силовые приемы, не падая даже на одно колено.

Когда затевались драки, мы дрались часами, и наши родители не приходили на выручку. Сдается мне, причина была в том, что мы притворялись очень крутыми и никогда не просили пощады — а они ждали, когда мы запросим пощады. Но мы ненавидели наших родителей и пощады просить не могли, а поскольку мы их ненавидели, они ненавидели нас и, выходя на свои веранды, равнодушно поглядывали на нас в разгар жуткой нескончаемой схватки. Они попросту позевывали, вынимали из ящика никчемный рекламный листок и вновь уходили в дом.

Я дрался с парнем, который впоследствии занял весьма высокий пост в Военно-морском ведомстве Соединенных Штатов. Однажды я дрался с ним с восьми тридцати утра до захода солнца. Никто не остановил нас, хотя драку было прекрасно видно с лужайки перед его домом под двумя громадными сумаховыми деревьями с воробьями, целый день сравшими на нас.

Это была беспощадная драка, до победного конца. Он был выше, немного постарше и потяжелее, зато я был безумнее. Закончили мы с обоюдного согласия — не знаю, как это происходит, чтобы понять, надо испытать это самому, но после того, как два человека восемь или девять часов кряду мутузят друг друга, между ними возникают некие странные братские отношения.

На другой день все тело у меня было в синяках. Я не мог ни внятно говорить, ни безболезненно пошевелить какой-либо частью тела. Я лежал на кровати, готовясь к смерти, а мать вошла ко мне с рубашкой, в которой я был во время драки. Сунув ее мне под нос, мать сказала:

— Смотри, ты забрызгал рубашку кровью! Кровью!

— Прости!

— Мне ее никогда не отстирать! НИКОГДА!

— Это *его* кровь.

— Какая разница! Это же кровь! Она не отстирывается!

В воскресенье наступал наш день, наш мирный, спокойный день. Мы шли в «Бёрбанк». Сначала всегда показывали скверный фильм. Очень старый фильм, все смотрели и ждали. Все думали о девчонках. Трое или четверо парней в оркестровой яме принимались громко играть, возможно, они играли не очень хорошо, зато они играли громко, потом выходили наконец стриптизерки и хватались за занавес, за край занавеса, они хватались за занавес, точно это был мужчина, их тела сотрясались и делали трах-трах-трах о занавес. Потом они бросали занавес и начинали раздеваться. Если у вас хватало денег, появлялся даже пакетик воздушной кукурузы; если нет — ну и черт с ним.

Перед следующим номером устраивали антракт. Поднимался маленький человечек и говорил:

— Дамы и господа, будьте любезны обратить внимание...

Он продавал колечки-подглядки. В стеклышке каждого колечка, если поднести его к свету, появлялась замечательная картинка. Без обмана! Каждое колечко стоило всего-навсего пятьдесят центов, всего за пятьдесят центов — собственность на всю жизнь, доступная лишь посетителям «Бёрбанка», нигде больше такое не продавалось.

— Только поднесите его к свету, и вы увидите! Благодарю за внимание, любезные дамы и господа. Сейчас капельдинеры пройдут к вам по рядам.

В проходах между рядами принимались расхаживать два попахивающих мускатом оборванца, каждый — с мешочком колечек-подглядок. Я ни разу не видел, чтобы кто-нибудь купил хоть одно колечко. И все-таки думаю, что, если поднести такое колечко к свету, на картинке в стеклышке оказалась бы голая женщина.

Снова вступал оркестр, занавес открывался, и появлялся кордебалет, большей частью из состарившихся стриптизерок, обильно намазанных тушью, румянами и помадой, с накладными ресницами.

Они что было сил пытались угнаться за музыкой, но всегда немного запаздывали. Правда, они не унывали и продолжали; я считал их очень храбрыми.

Потом появлялся певец. Проникнуться симпатией к певцу было очень трудно. Он слишком громко пел о несчастной любви. Петь он не умел, а когда заканчивал, раскланивался с распростертыми руками под жидкие нестройные аплодисменты.

Потом появлялся комик. Вот он был хорош! Он выходил в старом коричневом пальто, в шляпе, надвинутой на глаза, сутулясь, как бродяга – бродяга, которому нечего делать и некуда идти. По сцене шла девушка, и он провожал ее взглядом. Потом поворачивался к публике и, шамкая беззубым ртом, говорил:

– Эх, будь я проклят!

На сцену выходила другая девушка, он подходил к ней, смотрел ей прямо в глаза и говорил:

– Я дряхлый старик, мне уже сорок пять, но я кончаю на полу, когда ломается кровать.

Это было последней каплей. Как мы смеялись! Молодые и старые – как мы смеялись! А еще был номер с чемоданом. Он пытался помочь какой-то девице уложить чемодан. Вещи то и дело выскакивали наружу.

– Никак не могу запихнуть!

– Давайте я помогу!

– Опять это выскочило!

– Подождите! Я на него встану!

– Что? Ах *нет*, не надо на него *вставать*!

Этот номер с чемоданом они продолжали бесконечно. Да, умел он смешить!

Наконец выходили трое или четверо первых стриптизерок. У каждого из нас была любимая стриптизерка, каждый из нас был влюблен. Лысый выбрал себе худую француженку с астмой и темными мешками под глазами. Джимми нравилась Женщина-Тигр (точнее Тигрица). Я указывал Джимми на то, что одна грудь у Женщины-Тигра явно больше другой. Моей была Розали.

У Розали была большая жопа, она трясла и трясла ею и распевала веселые песенки, а когда, раздеваясь, ходила по сцене, то разговаривала сама с собой и хихикала. Она была единственной, кто действительно получал удовольствие от своей работы. Я был влюблен в Розали. Я часто подумывал написать ей о том, как она бесподобна, но так и не собрался.

Как-то раз после представления мы ждали трамвая, и вместе с нами ждала трамвая Женщина-Тигр. На ней было облегающее зеленое платье, а мы стояли и смотрели на нее.

– Это твоя девушка, Джимми, это Женщина-Тигр.

– Вот это да! Какова! Только посмотрите на нее!

– Сейчас я с ней поговорю, – сказал Лысый.

– Это девушка Джимми.

– Я с ней говорить не хочу, – заявил Джимми.

– Я с ней поговорю, – сказал Лысый. Он сунул в рот сигарету, закурил и подошел к ней.

– Приветик, крошка! – осклабился он.

Женщина-Тигр не ответила. Она попросту смотрела прямо перед собой и ждала трамвая.

– Я знаю, кто ты. Я видел, как ты сегодня исполняла стриптиз. Ты бесподобна, крошка, правда бесподобна!

Женщина-Тигр не ответила.

– А как ты трясешься, господи, как ты трясешься!

Женщина-Тигр смотрела прямо перед собой. Лысый стоял и скалился, как идиот.

— Я хочу тебе засадить. Хочу тебя выебать, крошка!

Мы подошли и оттащили Лысого. Мы повели его по улице.

— Засранец, ты не имел права с ней так разговаривать!

— Но она же выходит и трясется, выходит и трясется на глазах у мужчин!

— Она просто пытается заработать на жизнь.

— Она вся горячая, прямо раскаленная, ей самой этого хочется!

— Ты спятил.

Мы повели его по улице.

Вскоре после этого я начал терять интерес к воскресным дням на Мэйн-стрит. Думаю, и «Фоллиз», и «Бёрбанк» все еще на месте. Конечно, Женщина-Тигр, стриптизерка с астмой и Розали, моя Розали, давным-давно исчезли. Вероятно, умерли. Большая трясущаяся жопа Розали, вероятно, мертва. И когда я бываю в своем районе, я прохожу мимо дома, в котором некогда жил, а там живут незнакомые люди. И все-таки те воскресные дни были хороши, большей частью те воскресные дни были хороши, крошечные просветы в мрачные дни депрессии, когда наши отцы расхаживали по веранде, безработные и беспомощные, и искоса смотрели, как мы мутузим друг друга до полусмерти, а потом заходили в дом и пялились в стены, боясь слушать радио из-за счета за электричество.

ТЫ, ТВОЕ ПИВО И ТО, КАК ТЫ ВЕЛИК

Джек вошел и обнаружил пачку сигарет на камине. Энн лежала на кушетке и читала «Космополитэн». Джек закурил, уселся в кресло. До полуночи оставалось десять минут.

– Чарли не велел тебе курить, – сказала Энн, оторвавшись от журнала.

– Я заслужил сигаретку. Сегодня был трудный бой.

– Ты выиграл?

– Мнения разделились, но в мою пользу. Бенсон – малый крутой, с сильной волей. Чарли говорит, что следующий – Парвинелли. Одолеем Парвинелли, и тогда – бой с чемпионом.

Джек встал, вышел на кухню, вернулся с бутылкой пива.

– Чарли не велел мне давать тебе пива. – Энн отложила журнал.

– «Чарли не велел, Чарли не велел...» Мне это надоело. Я выиграл бой. Шестнадцатая победа подряд, я имею право на пиво и сигарету.

– Ты должен поддерживать форму.

– Пустяки. Я любого побью.

– Ты такой великий, когда напьешься, я только и слышу, как ты велик. Меня от этого уже тошнит.

– Я велик. Шестнадцать подряд, пятнадцать нокаутом. Кто лучше?

Энн не ответила. Джек унес бутылку пива и сигареты в ванную.

— Ты даже не поцеловал меня, когда пришел. Первое, что ты сделал,— это ринулся к своей бутылке пива. Да, ты велик, не спорю. Великий любитель пива.

Джек не ответил. Пять минут спустя он встал в двери ванной, брюки и трусы спущены к башмакам.

— Господи боже мой, Энн, ты что, не можешь даже проследить, чтобы здесь всегда туалетная бумага была?

— Прости.

Она взяла в стенном шкафу рулон и отдала ему. Джек покончил со своим делом и вышел. Потом он покончил со своим пивом и взял еще бутылку.

— Вот ты живешь с лучшим полутяжем в мире и только и знаешь, что причитать. Есть множество девушек, которые почли бы за счастье меня заполучить, а тебе бы только сидеть да скулить.

— Я знаю, что ты хороший, Джек, может быть самый лучший, но ты не знаешь, как *надоедает* сидеть и постоянно выслушивать твои речи о собственном величии.

— Ах, тебе все это надоело!

— Да, черт возьми, ты, твое пиво и то, как ты велик.

— Назови полутяжа получше. Ты даже не ходишь на мои бои.

— Помимо бокса есть и еще кое-что, Джек.

— Что? Валяться, к примеру, на заднице и читать «Космополитэн»?

— Мне нравится развивать свой интеллект.

— Это тебе не помешает. Тут есть над чем поработать.

— Я и говорю, помимо бокса есть еще кое-что.

— Что? Назови.

— Искусство, допустим, музыка, живопись и тому подобные вещи.

— А сама ты что-нибудь умеешь?

— Нет, но я в этих вещах разбираюсь.

— Черт подери, по мне, так надо быть самым лучшим в *своем* деле.

— Хороший, лучше всех, самый лучший... Господи, неужели нельзя ценить людей такими, какие они есть?

— Какие они *есть*? Да кто они такие, по большей части? Увальни, кровопийцы, щеголи, стукачи, сутенеры, прислуга...

— Ты всегда смотришь на всех свысока. Ни один твой друг тебя не достоин. Ты чертовски велик!

— Вот именно, детка.

Джек вышел на кухню и вернулся с очередной бутылкой пива.

— Ты и твое треклятое пиво!

— Имею право. Оно продается. Я покупаю.

— Чарли сказал...

— Ебал я Чарли!

— Ты чертовски велик!

— Вот именно. По крайней мере, Патти это знала. Она признавала это. Она этим гордилась. Знала, что это нелегко. А ты только и делаешь, что скулишь.

— Так почему бы тебе не вернуться к Патти? Зачем ты живешь со мной?

— Именно об этом я сейчас и думаю.

— Мы ведь не женаты. Я могу в любое время уйти.

— Только это и утешает. Черт подери, я прихожу смертельно усталый после десяти жестоких раундов, а ты даже не радуешься моей победе. Только и знаешь, что причитать.

— Слушай, Джек, помимо бокса есть еще кое-что. Когда я с тобой познакомилась, ты восхищал меня такой, какой есть.

— Я и тогда был боксером. Нет *ничего*, кроме бокса. А я — боксер. Это моя жизнь, и я хорошо умею это делать. Лучше всех. Я заметил, что ты неравнодушна к посредственностям... вроде Тоби Йоргенсона.

— Тоби очень забавный. У него есть чувство юмора, настоящее чувство юмора. Тоби мне нравится.

— Его личный рекорд девять, пять и один. Я побью его, даже если буду мертвецки пьян.

— И Бог свидетель, ты мертвецки пьян довольно часто. Каково мне, по-твоему, на вечеринках, когда ты без чувств валяешься на полу или шатаешься по комнате и каждому твердишь: «Я ВЕЛИК! Я ВЕЛИК! Я ВЕЛИК!» Тебе не кажется, что при этом я чувствую себя последней идиоткой?

— Может, ты и есть идиотка. Раз тебе так нравится Тоби, почему ты к нему не уходишь?

— Ах, я просто сказала, что он мне нравится, я считаю его *забавным*, но это не значит, что я хочу лечь с ним в постель.

— Конечно, в постель ты ложишься со мной и при этом говоришь, что я надоедлив. Не понимаю, какого черта тебе нужно.

Энн не ответила. Джек встал, подошел к кушетке, приподнял голову Энн, поцеловал ее, вернулся на место и снова сел.

— Слушай, давай я расскажу тебе о сегодняшнем бое с Бенсоном. Даже ты бы мною гордилась. В первом раунде он сбивает меня с ног, резкий правой. Я поднимаюсь и остаток раунда держу его на дистанции. Во втором он опять меня достает. Я едва встаю на счет восемь. Снова держу его на дистанции. Следующие несколько раундов я восстанавливаю подвижность. Выигрываю шестой, седьмой, восьмой, один раз сбиваю его с ног в девятом и два раза в десятом. Не знаю, почему разделились мнения судей. Но они разделились. Короче, это сорок пять кусков, понятно, малышка? Сорок пять тысяч. Я велик, ты же не станешь отрицать, что я велик, верно?

Энн не ответила.

— Ну же, скажи мне, что я велик.

— Хорошо, ты велик.

— Вот это уже похоже на дело. — Джек подошел и еще раз поцеловал ее. — Мне так хорошо! Бокс — это настоящее искусство, нет, правда! Нужна сильная воля, чтобы быть великим художником, нужна сильная воля, чтобы быть великим боксером.

— Ладно, Джек.

— «Ладно, Джек» — это все, что ты можешь сказать? Патти бывала счастлива, когда я выигрывал. Мы оба бывали счастливы целую ночь. Неужели нельзя разделить со мной радость, если я что-то делаю хорошо? Черт, ты влюблена в меня или в этих неудачников, полудурков? По-моему, ты бы куда больше обрадовалась, приди я домой неудачником.

— Я хочу, чтобы ты выигрывал, Джек, просто ты придаешь слишком большое значение тому, что ты делаешь.

— Черт возьми, это моя работа, моя жизнь. Я горжусь тем, что я самый лучший. Это как полет, как полет в небесах и победа над солнцем.

— Что ты будешь делать, когда больше не сможешь драться?

— Черт возьми, у нас будет достаточно денег, чтобы делать все, что вздумается.

— Кроме того, быть может, чтобы ладить друг с другом.

— Может быть, я научусь читать «Космополитэн», развивать интеллект.

— Да, кое-что развить не мешает.

— Ебал я тебя!

— Что?

— Ебал я тебя!

— Как раз этого ты давненько не делал.

— Может, кому-то и нравится ебать скулежных баб, а мне — нет.

— Надеюсь, Патти не скулила?

— Все бабы скулят, но ты — чемпионка.

— Тогда почему бы тебе не вернуться к Патти?

— Сейчас здесь ты. У меня хватает места только для одной шлюхи.

— Шлюхи?

— Шлюхи.

Энн встала, подошла к стенному шкафу, взяла свой чемодан и принялась укладывать вещи. Джек вышел на кухню и достал еще одну бутылку пива. Энн злилась и плакала. Джек сел со своим пивом и отпил добрый глоток. Ему было нужно виски, ему нужна была бутылка виски. И хорошая сигара.

— Остальное я могу забрать, когда тебя не будет дома.

— Не беспокойся. Я тебе все пришлю.

Она остановилась в дверях.

— Ну что ж, кажется, всё, — сказала она.

— Думаю, да, — ответил Джек.

Она закрыла дверь и ушла. Классическая процедура. Джек допил пиво и подошел к телефону. Набрал номер Патти. Она ответила.

— Патти?

— А, Джек, как дела?

— Сегодня я выиграл трудный бой — мнения разделились. Осталось только одолеть Парвинелли, а потом чемпиона.

— Ты побьешь их обоих, Джек. Я знаю, ты сможешь.

— Что ты сегодня делаешь, Патти?

— Уже час ночи, Джек. Ты что, выпил?

— Немного. Я праздную.

— А где Энн?

— Мы расстались. У меня может быть только одна женщина, Патти, ты это знаешь.

— Джек...

— Что?

— Я не одна.

— Не одна?

— С Тоби Йоргенсоном. Он в спальне...

— Очень жаль.

— Мне тоже, Джек, я любила тебя... может, и до сих пор люблю.

— Ах, черт, вы, женщины, так бросаетесь этим словом...

— Мне жаль, Джек.

— Все нормально.

Он повесил трубку. Потом подошел к стенному шкафу и взял пальто. Надел его, допил пиво, спустился на лифте к машине. Поехал прямо по Норманди со скоростью шестьдесят пять миль в час, остановился у винного магазина на Голливудском бульваре. Вылез из машины и вошел в магазин. Там он взял шестерку «Майклоба», пачку алказельцера. Потом, у прилавка, он попросил у продавца бутылку «Джека Дэниелса». Пока продавец считал деньги, подошел пьянчуга с двумя шестерными упаковками «Кура».

— Эй, старина, — сказал он Джеку, — ты, случаем, не боксер, не Джек Бакенвелд?

— Он самый, — ответил Джек.

— Старина, я видел сегодняшний бой. У тебя железная воля, Джек. Ты и вправду велик!

— Спасибо, старина, — сказал он пьянчуге, а потом взял свой кулек с покупками и пошел к машине. Там он сел, свинтил с «Дэниелса» крышечку и сделал добрый глоток. Потом задним ходом выехал со стоянки, покатил по Голливудскому на запад, повернул налево на Норманди и заприметил нетвердо бредущую по улице хорошо сложенную девчонку. Он остановил машину, достал из пакета бутылку и показал ей.

— Хочешь покататься?

Джек удивился, когда она села в машину.

— Я помогу вам допить, мистер, но никаких дополнительных льгот.

— Конечно, черт подери, — сказал Джек.

Он поехал по Норманди со скоростью тридцать пять миль в час, уважающий себя гражданин и третий полутяж в мире. В какую-то минуту ему захотелось поведать ей о том, с кем она едет в машине, но он передумал, протянул руку и сжал ей коленку.

— Сигареты не найдется, мистер? — спросила она.

Он щелчком выбил сигарету из пачки, вдавил в щиток зажигалку. Зажигалка выскочила, и он дал ей прикурить.

ПУТЬ В РАЙ ЗАКРЫТ

Я сидел в баре на Вестерн-авеню. Было около полуночи, и я, как обычно, пребывал в растерянности. Знаете, все не слава богу: женщины, работа, отсутствие работы, погода, псы. В результате сидишь как пришибленный и ждешь — будто поджидаешь смерть на автобусной остановке.

Ну вот, сидел я так, и вошла она — длинные темные волосы, хорошая фигура, печальные карие глаза. Я не запал на нее. Я даже не придал значения тому, что она села на стул рядом со мной, хотя вокруг было полно свободных стульев. Собственно, кроме нас и бармена, в баре никого не было. Она заказала сухого вина. Потом спросила, что я пью.

— Виски с водой.

— Принесите ему виски с водой, — сказала она хозяину.

Вот это было неожиданно.

Она открыла сумочку, достала маленькую проволочную клетку, вытащила из нее нескольких лилипутов и посадила на стойку. Все они были по три дюйма ростом, живенькие и прилично одетые. Их было четверо — двое мужчин и две женщины.

— Теперь таких делают, — сказала она. — Они очень дорогие. Я покупала их по две тысячи штука. Теперь за них берут две четыреста. Я не знаю, как их изготовляют, но, мне кажется, это противозаконно.

Лилипуты расхаживали по стойке бара. Вдруг один парнишка отвесил женщине оплеуху.

— Ты, сучка, — сказал он. — Достала ты меня!

— Нет, Джордж, — закричала она. — Я люблю тебя! Я руки на себя наложу! Ты должен быть моим!

— Мне плевать, — сказал лилипут, достал крохотную сигаретку и закурил. — Как хочу, так и живу.

— Если ты ее не хочешь, — сказал другой лилипут, — я возьму ее. Я ее люблю.

— Но я не хочу тебя, Марти. Я Джорджа люблю.

— Но он подонок, Анна, он просто подонок!

— Я знаю, но все равно люблю его.

Маленький подонок подошел тем временем к другой лилипутихе и поцеловал ее.

— Тут треугольник получился, — сказала дама, купившая мне виски. — Марти, Джордж, Анна и Рути. Джордж распустился, распустился донельзя. А Марти — тот вроде бы порядочный.

— А не печально ли смотреть на все это? А, как вас там?

— Заря. Ужасное имя. Вот как мамаши с детками иногда поступают.

— А я Хэнк. Но не печально ли...

— Нет, смотреть на них не печально. Мне самой не очень везло в любви, просто страшно не везло...

— Нам всем страшно не везет.

— Наверно. В общем, я купила лилипутов и теперь наблюдаю за ними, получаю все, что нужно, и без всяких проблем. Я ведь страшно возбуждаюсь, глядя, как они занимаются любовью. Вот тогда и впрямь тяжко становится.

— И как они, сексуальны?

— О, еще как. Очень! Господи, как же я возбуждаюсь!

— Может, вы заставите их заняться этим? Ну прямо сейчас. А мы с вами поглядим.

— Нет, их не заставишь. Они этим только по желанию занимаются.

— И как часто?

— О, они это дело любят. Четыре-пять раз в неделю.

Лилипуты расхаживали по стойке.

— Послушай меня, — сказал Марти. — Дай мне шанс. Только дай мне шанс, Анна.

— Нет, — сказала Анна. — Моя любовь принадлежит Джорджу. Иначе и не может быть.

Джордж целовал Рути, мял ее груди. Рути возбудилась.

— Рути возбудилась, — сказал я Заре.

— Да, правда. Еще как.

Я тоже возбудился. Я схватил Зарю и поцеловал ее.

— Слушайте, — сказала она. — Мне не нравится, когда они занимаются любовью на публике. Я отвезу их домой, вот там пожалуйста.

— Но тогда я не смогу посмотреть.

— Придется вам поехать со мной.

— Ладно, — сказал я. — Поехали.

Я допил, и мы вышли. Она несла лилипутов в небольшой проволочной клетке. Мы сели в ее машину и положили лилипутов между нами, на переднее сиденье. Я посмотрел на Зарю. Она была молодая и красивая. Да и душевная вроде бы. Как это у нее могло с мужчинами не получаться? Ну мало ли по каким причинам эти дела не клеятся. Четырех лилипутов она купила за восемь тысяч. Вот сколько нужно, чтобы не иметь отношений и иметь все, что нужно.

Она жила в доме неподалеку от холмов, приятное место. Мы вышли и направились к двери. Пока Заря отпирала дверь, я держал в руках клетку с малютками.

— На той неделе я слышала Рэнди Ньюмена в «Трубадуре». Он великолепен, правда?

— Да, великолепен.

Мы прошли в переднюю, Заря вытащила лилипутов и положила на столик. Потом прошла в кухню, открыла холодильник и достала бутылку вина. Принесла два стакана.

— Простите,— сказала она,— но вы, кажется, слегка не в себе. Чем вы занимаетесь?

— Я писатель.

— Вы и про это напишете?

— Никто не поверит, но я напишу.

— Посмотрите,— сказала Заря.— Джордж стащил с Рути трусы. Он запустил в нее пальчик. Лед положить?

— Да, действительно. Нет, льда не нужно. Предпочитаю неразбавленное.

— Не знаю, — сказала Заря. — Я на них очень сильно завожусь. Может быть, потому, что они такие маленькие? Возбуждают страшно.

— Я понимаю вас.

— Смотрите, Джордж залезает на нее.

— Да, и правда.

— Смотрите, смотрите!

— О, Боже!

Я обнял Зарю. Мы стояли и целовались. Все это время она поглядывала то на меня, то на них, то снова на меня.

Малютки Марти и Анна тоже смотрели.

— Смотри,— сказал Марти,— чем они занимаются. Мы бы тоже так могли. Даже великаны собираются этим заняться. Посмотри на них!

— Вы слышали? — спросил я Зарю.— Они говорят, что мы тоже хотим этим заняться. Это правда?

— Надеюсь, да.

Я повалил Зарю на диван, задрал платье до бедер и поцеловал ее в шею.

— Я люблю тебя,— сказал я.

— Правда любишь? Правда?

— Ну, в общем... да...

— Ладно,— сказала малютка Анна малютке Марти. — Мы тоже можем этим заняться, хоть я и не люблю тебя.

Они сцепились прямо на кофейном столике. Я стянул с Зари трусы. Заря застонала. Малютка Рути тоже. Марти подступил к Анне. Это творилось повсюду. Я понял вдруг, что весь мир так и делает. Потом я забыл про весь мир. Мы кое-как добрались до спальни. Потом я медленно вошел в Зарю и долго-долго не выходил из нее...

Когда она вышла из ванной, я читал прескучный рассказ в «Плэйбое».

— Так хорошо было,— сказала она.

— Я рад,— ответил я.

Она снова легла ко мне в постель. Я отложил журнал.

— Ты думаешь, мы могли бы сойтись с тобой?

— Ты о чем?

— Я вот о чем: как ты думаешь, мы могли бы сойтись надолго?

— Не знаю. Все может быть. Начинать всегда легко.

Вдруг послышался вопль из гостиной.

— Ой-ой-ой,— вскрикнула Заря, вскочила и выбежала из комнаты. Я — за ней. Вбежав в гостиную, я увидел Зарю с Джорджем в руках.

— О, Господи!

— Что случилось?

— Смотри, что Анна сделала с Джорджем!

— Что сделала?

— Она отрезала ему яйца! Джордж кастрат!

— Ух ты!

— Дай туалетной бумаги, быстро! Он умрет от потери крови!

— Сукин сын,— донесся с кофейного столика голос Анны. — Если Джордж не достался мне, тогда пусть вообще никому не достается!

— Теперь вы обе мои! — сказал Марти.

— Нет, ты должен выбрать одну, — сказала Анна.

— Кого ты выбираешь?

— Я вас обеих люблю.

— Кровь остановилась, — сказала Заря. — Он потерял сознание. — Она завернула его в платок и положила на камин.

— Если ты считаешь, что мы не сможем сойтись, — сказала мне Заря, — то и пытаться больше не стоит, вот что.

— Мне кажется, я люблю тебя, Заря.

— Смотри, — сказала она. — Марти обнимает Рути!

— Они что, собираются заняться любовью?

— Не знаю. Они, кажется, возбудились.

Заря подобрала Анну и посадила в клетку.

— Выпустите меня! Я убью их обоих! Выпустите меня!

В носовом платке на камине застонал Джордж. Марти стянул с Рути трусы. Я прижал к себе Зарю. Она была молодая, красивая и вроде бы душевная. Я снова мог любить. Это оказалось возможно. Мы поцеловались. Я утонул в ее глазах. Потом я вскочил и побежал. Я понял, куда попал. Таракан совокуплялся с орлом. Время оказалось дурачком с банджо. Я бежал и бежал. Мне на лицо упали ее длинные волосы.

— Всех убью! — голосила малютка Анна, беснуясь в проволочной клетке в три часа утра.

ПОЛИТИКА

В городском колледже Лос-Анджелеса, перед самой Второй мировой войной, я строил из себя нациста. Я с трудом отличал Гитлера от Геркулеса и плевал на обоих. Просто сидеть на занятиях и слушать, как все эти патриоты читают проповеди о том, что мы должны плыть за океан и разделаться с этим зверем, было невыносимо скучно. Я решил заделаться оппозицией. Даже не потрудившись изучить труды Адольфа, я попросту изрыгал из себя все слова, казавшиеся мне маниакальными или гнусными.

Однако на самом деле никаких политических убеждений у меня не было. Таким образом я просто мог оставаться свободным.

Знаете, иногда если человек не верит в то, что он делает, он может добиться весьма интересных результатов, поскольку эмоционально никак не зациклен на Общем Деле. Всего несколькими годами ранее все эти высокие блондины сформировали Бригаду имени Авраама Линкольна – дабы разогнать фашистские полчища в Испании. А потом хорошо обученные войска отстрелили им задницы. Некоторые из них пошли на это ради приключений и поездки в Испанию, но задницы им все равно отстрелили. А мне моя задница была дорога. Не столь уж многое мне в себе нравилось, но вот задница и конец – точно.

Я вскакивал на занятиях и принимался выкрикивать все, что в голову приходило. Как правило, это имело какое-то отношение к Высшей Расе, что мне казалось весьма забавным. Конкретно против черных и евреев я не выступал, поскольку видел, что они такие же бедняки и запутавшиеся люди, как я. Но я действительно толкал безумные речи и на занятиях, и после них, а бутылка вина, которую я держал в своем шкафчике, неплохо мне помогала. Удивительно, что меня слушало так много народу и при этом почти никто не выступал против. Я попросту страдал словесным поносом и радовался тому, что в Городском колледже Лос-Анджелеса может быть так весело.

— Ты будешь баллотироваться на пост президента студенческого общества, Чинаски?

— Черта с два!

Делать я ничего не хотел. Я даже не хотел ходить в спортзал. Мало того, меньше всего на свете мне хотелось ходить в спортзал, потеть, носить суспензорий и измерять, у кого длиннее конец. Я знал, что конец у меня среднего размера. Чтобы выяснить это, не обязательно было ходить в спортзал.

Нам повезло. Правление колледжа решило взимать в качестве вступительного взноса два доллара. Мы решили — во всяком случае, некоторые из нас,— что это противоречит конституции, поэтому мы платить отказались. Мы объявили забастовку. Начальство разрешило нам посещать занятия, но лишило нас кое-каких привилегий, одной из которых был спортзал.

Когда наступало время занятий в спортзале, мы оставались в обычной одежде. Тренер получил распоряжение водить нас по спортплощадке сомкнутым строем. Так они нам мстили. Прекрасно. Не надо было ни мчаться с запотевшей задницей по беговой дорожке, ни пытаться забросить сумасшедший баскетбольный мяч в сумасшедшее кольцо.

Мы старательно маршировали, юные, переполненные мочой, переполненные безумием, сексуально озабоченные, безмандовые, на пороге войны. Чем меньше веришь в жизнь, тем меньше теряешь. Мне почти нечего было терять — мне и моей среднего размера елде.

Мы ходили строем по кругу и выдумывали похабные песенки, а добропорядочные американцы из футбольной команды грозились отхлестать нас по задницам, но почему-то так и не собрались. Возможно, потому, что мы были выше и подлее. По мне, было просто чудесно притворяться нацистом, а потом вдруг заявлять о попрании своих конституционных прав.

Иногда нервы у меня все-таки сдавали. Помню, как-то раз на занятиях, немного перебрав вина, я сказал, со слезами на глазах:

— Обещаю вам, что эта война вряд ли будет последней. Как только уничтожают одного врага, тут же каким-то образом возникает другой. Все это бессмысленно и бесконечно. Таких понятий, как хорошая война и плохая, не существует.

В другой раз с трибуны на пустыре южнее колледжа выступал коммунист. Это был очень искренний прыщавый малый в очках без оправы и в черном свитере, протертом до дыр на локтях. Я стоял и слушал в окружении нескольких своих сторонников. Одним из них был русский белоэмигрант, Зиркофф, его отца или деда во время русской революции убили красные. Он показал мне мешок гнилых помидоров.

— Когда прикажешь, — сказал он мне, — мы начнем ими швыряться.

И тут мне пришло в голову, что мои сторонники не слушают оратора, а если и слушают, ни одно его слово не имеет значения. Они всё решили заранее. И таким был почти весь мир. Елда среднего размера показалась вдруг не самым страшным грехом на свете.

— Зиркофф, — сказал я, — убери помидоры.

— Отвали,— сказал он,— жаль, что это не гранаты.

В тот день я утратил влияние на своих сторонников и ушел, когда они принялись швырять свои гнилые помидоры.

Мне сообщили, что создается новая Авангардная партия. Мне дали адрес в Глендейле, и в тот же вечер я туда направился. Мы сидели в подвале большого дома, со своими бутылками вина и елдами разнообразных размеров.

Там были трибуна и стол с американским флагом во всю заднюю стену. На трибуну вышел цветущего вида американский парень и предложил начать с почестей флагу, дать ему клятву верности.

Я никогда не любил давать клятву верности флагу. Это идиотизм и сплошное занудство. Мне всегда больше хотелось дать клятву верности самому себе, но раз уж мы там собрались, то встали и наскоро пробормотали нужные слова. Потом — короткая пауза, и садишься с таким чувством, словно к тебе только что небезуспешно приставали с гнусными намерениями.

Цветущий американец начал говорить. Я узнал в нем толстяка, который сидел в первом ряду на занятиях по драматургии. Подобным типам я никогда не доверял. Выскочки. Гнусные выскочки. Он начал:

— Коммунистическую угрозу *необходимо* остановить. Мы собрались здесь, чтобы принять для этого меры. Мы будем принимать как законные меры, так, вероятно, и незаконные...

Дальнейшего я почти не помню. Как на коммунистическую угрозу, так и на нацистскую мне было глубоко наплевать. Мне хотелось напиться, хотелось ебаться, хотелось вкусно поесть, хотелось затянуть песню за стаканом пива в грязном баре и выкурить сигару. Я ничего не понимал. Я был простофилей, марионеткой.

Позже мы с Зиркоффом и еще одним бывшим сторонником пошли в Вестлейк-парк, взяли напрокат лодку и попытались поймать на обед утку. Мы ухитрились в стельку напиться, утки никакой не поймали и обнаружили, что у нас не хватает денег заплатить за прокат лодки.

Мы плавали по мелкому озеру, играли пистолетом Зиркоффа в «русскую рулетку» и умудрились остаться в живых. Потом Зиркофф встал в лунном свете попойки и прострелил к чертовой матери днище лодки. Начала прибывать вода, и мы погребли к берегу. Пройдя треть пути, лодка затонула, и нам пришлось вылезать и мочить свои задницы, добираясь до берега вброд. Так что вечер прошел отлично и не был потерян...

Еще некоторое время я играл роль нациста, не питая особой любви ни к нацистам, ни к коммунистам, ни к американцам. Но я уже терял к этому интерес. Мало того, перед самым Перл-Харбором я и вовсе махнул на это дело рукой. Испарилось куда-то все былое веселье. Я считал, что скоро начнется война, а идти на войну особого желания не испытывал, как не испытывал и особого желания по религиозным или иным соображениям отказываться от несения военной службы. Все это был бред собачий. Сплошная бессмыслица. Мы с моей среднего размера елдой попали в беду.

На занятиях я сидел молча и ждал. Студенты и преподаватели меня поддразнивали. Я утратил внутренний импульс, энергию, дерзость. Я чувствовал, что от меня уже ничего не зависит. Это должно было скоро случиться. Каждая елда попала в беду.

Моя преподавательница английского, весьма милая дама с красивыми ножками, попросила меня как-то раз остаться после занятий.

— Что случилось, Чинаски? — спросила она.

— Бросил я это дело, — сказал я.

— Вы имеете в виду политику? — спросила она.

— Я имею в виду политику, — сказал я.

— Из вас вышел бы хороший моряк, — сказала она.

Я ушел...

Когда это случилось, я сидел со своим лучшим другом, морским пехотинцем, в одном из городских баров и пил пиво. По радио передавали музыку, музыка прервалась. Нам сказали, что только что бомбили Перл-Харбор. Было объявлено, что все военнослужащие должны немедленно вернуться на свои базы. Мой друг попросил меня доехать вместе с ним на автобусе до Сан-Диего, намекнув, что, возможно, я вижу его в последний раз. Он был прав.

ЛЮБОВЬ ЗА СЕМНАДЦАТЬ ПЯТЬДЕСЯТ

Первым желанием Роберта — когда он начал думать о подобных вещах — было пробраться как-нибудь ночью в Музей восковых фигур и заняться с восковыми дамочками любовью. Однако это казалось слишком опасным. Он ограничивался тем, что занимался любовью со статуями и манекенами в своих сексуальных фантазиях и жил в своем иллюзорном мире.

Однажды, остановившись на красный свет, он заглянул в дверь магазина. Это был один из тех магазинов, где продавалось все на свете — пластинки, диваны, книги, всякие мелочи, ненужный хлам. Он увидел, как она стоит там в длинном красном платье. Она носила очки без оправы и была хорошо сложена; горделива и привлекательна, как в старые добрые времена. Шикарная девчонка. Потом загорелся зеленый сигнал, и ему пришлось ехать дальше.

Роберт поставил машину в квартале оттуда и пешком вернулся к магазину. Он остановился на улице у газетного стенда и принялся ее разглядывать. Даже глаза были как настоящие, а рот — очень чувственный, со слегка надутыми губками.

Роберт вошел в магазин и взглянул на полку с пластинками. Потом он приблизился к ней и стал украдкой ее разглядывать. Нет, таких больше не делают. На ней были даже туфли на высоких каблуках.

Подошла продавщица:

— Чем могу помочь, сэр?

— Спасибо, мисс, я пока так посмотрю.

— Если вам что-то понадобится, дайте мне знать.

— Непременно.

Роберт подошел к манекену. Бирки с ценой не было. Интересно, подумал он, продается ли она. Он вернулся к полке с пластинками, взял дешевый альбом и заплатил продавщице.

Когда он в следующий раз пришел в магазин, манекен был на месте. Роберт походил немного, разглядывая товары, купил пепельницу в виде свернувшейся кольцом змеи, потом ушел.

В третий раз он спросил продавщицу:

— Этот манекен продается?

— Манекен?

— Да, манекен.

— Вы хотите его купить?

— Да, вы же здесь торгуете, верно? А манекен продается?

— Одну минутку, сэр.

Девушка скрылась в глубине магазина. Занавеска раздвинулась, и вышел старый еврей. На его рубашке не хватало двух нижних пуговиц, и был виден его волосатый живот. Казалось, он настроен весьма дружелюбно.

— Вам нужен манекен, сэр?

— Да, она продается?

— Вообще-то нет. Видите ли, это нечто вроде выставочного экспоната, вроде как шутка.

— Я хочу ее купить.

— Ну что ж, посмотрим... — Старый еврей подошел к манекену и принялся его щупать — щупать платье, руки. — Посмотрим... Думаю, могу продать вам эту... вещицу... за семнадцать пятьдесят.

— Беру. — Роберт вынул двадцатку. Хозяин отсчитал сдачу.

— Мне будет ее не хватать, — сказал он, — иногда она выглядит почти как настоящая. Вам завернуть?

— Не надо, я ее так заберу.

Роберт взял манекен и понес к автомобилю. Он положил ее на заднее сиденье. Потом сел в машину и поехал домой. Когда он подъехал, вокруг, к счастью, никого не оказалось, и он незаметно внес ее в дом. Он поставил ее посреди комнаты и смерил взглядом.

— Стелла, — сказал он, — Стелла, сука!

Он подошел к ней и влепил пощечину. Потом схватил ее за голову и поцеловал. Поцелуй удался на славу. Его пенис начал набухать, когда зазвонил телефон.

— Алло, — ответил он.

— Роберт?

— Ага. Я.

— Это Гарри.

— Как дела, Гарри?

— Нормально, чем занимаешься?

— Ничем.

— Я подумал, может, приехать. Принесу пару пива.

— Валяй.

Роберт повесил трубку, взял манекен и отнес в стенной шкаф. Он затолкал ее в угол шкафа и закрыл дверь.

Гарри почти нечего было сказать. Он сидел со своей банкой пива.

— Как Лора? — спросил он.

— А, — сказал Роберт, — между нами с Лорой все кончено.

— Что случилось?

— Вечный образ роковой женщины. Всегда как на сцене. Она меня довела. Всюду западала на мужиков — в магазине, на улице, в кафе, везде и на всех. Не важно на кого, лишь бы это был мужчина. Она запала даже на парня, который ошибся номером. Это было невыносимо.

— А сейчас ты один?

— Нет, у меня другая. Бренда. Ты с ней знаком.

— Ах да, Бренда. Хорошая девушка.

Гарри сидел и пил пиво. У Гарри никогда не было женщины, но он постоянно о них говорил. В Гарри было что-то отталкивающее. Роберт не стал поддерживать разговор, и вскоре Гарри ушел. Роберт подошел к стенному шкафу и извлек оттуда Стеллу.

— Шлюха проклятая! — сказал он. — Ты ведь изменяешь мне, правда?

Стелла не ответила. Она стояла и казалась невозмутимой и строгой. Он влепил ей славную оплеуху. Скорее солнце погаснет, чем какой-нибудь бабе сойдет с рук измена Бобу Уилкенсону. Он влепил ей еще одну славную оплеуху.

— Манда! Ты бы и с четырехлетним мальчишкой еблась, встань у него конец!

Он снова влепил ей пощечину, потом схватил ее и поцеловал. Он целовал ее без конца. Потом он залез ей руками под платье. Она была хорошо сложена, очень хорошо. Стелла напоминала ему его школьную учительницу алгебры. Трусиков на Стелле не было.

— Шлюха, — сказал он, — у кого твои трусики?

Потом его пенис начал давить на ее передок. Отверстия не было. Но Роберта охватила всепоглощающая страсть. Он вставил Стелле между верхними частями бедер. Там было гладко и тесно. Он принялся упорно трудиться. В какой-то миг он почувствовал себя крайне неловко, потом его страсть возобладала, и он, продолжая трудиться, начал осыпать поцелуями ее шею.

Роберт вымыл Стеллу посудной тряпкой, убрал в стенной шкаф за пальто, прикрыл дверь и еще успел посмотреть по телевизору заключительную четверть матча между «Детройтскими Львами» и «Лос-Анджелесскими Баранами».

Со временем все складывалось для Роберта весьма неплохо. Он уладил некоторые вопросы. Купил Стелле несколько пар трусиков, пояс с резинками, длинные тонкие чулки, браслет на запястье.

Купил он ей и серьги, и был потрясен, когда обнаружил, что у его любимой отсутствуют уши. Под всей этой копной волос недоставало ушей. Он все равно прикрепил серьги липкой лентой. Но были и свои преимущества — ему не надо было водить ее обедать, на вечеринки, на скучные фильмы; все эти светские удовольствия, которые так много значат для обыкновенной женщины, были ни к чему. И еще были ссоры. Без ссор никуда — хотя бы и с манекеном. Она не отличалась словоохотливостью, но он был уверен, что однажды она ему сказала:

— Ты самый лучший любовник. Тот старый еврей никуда не годился. Ты любишь душой, Роберт.

Да, были и преимущества. Она не походила ни на одну из его знакомых женщин. Ей никогда не хотелось заняться любовью в неподходящий момент. Она умела выбирать для этого время. И еще у нее не бывало месячных. И он мог всегда ею овладеть. Он отрезал у нее с головы немного волос и приклеил их ей между бедрами.

Поначалу связь была чисто сексуальная, но мало-помалу он начал влюбляться в Стеллу, он чувствовал, как это происходит. Решил было обратиться к психиатру, но потом передумал. В конце концов, так ли уж необходимо любить живого человека? Такая любовь недолговечна. Между людьми возникает слишком много разногласий, и то, что начинается с любви, слишком часто кончается враждой.

Вдобавок, лежа со Стеллой в постели, ему не приходилось выслушивать россказни обо всех ее бывших любовниках. О том, какая у Карла большая штуковина, но как редко Карл пускал ее в ход. И как здорово танцевал Луи, Луи мог бы многого добиться в балете, а не торговать страховыми полисами. И как хорошо умел целоваться Марти. У него была манера сплетать языки. И так далее. И тому подобное. Правда, Стелла вспомнила старого еврея. Но только однажды.

Роберт уже недели две прожил со Стеллой, когда позвонила Бренда.

— Да, Бренда? — ответил он.

— Роберт, ты совсем перестал мне звонить.

— Я был ужасно занят, Бренда. Меня назначили управляющим, я теперь сбытом заведую, пришлось в конторе все перетряхивать.

— Это правда?

— Да.

— Роберт, что-то не так...

— В каком смысле?

— Я по голосу чувствую. Что-то происходит. Что, черт возьми, происходит, Роберт? Появилась другая женщина?

— Не совсем.

— То есть как это «не совсем»?

— О боже!

— В чем дело? В чем дело? Роберт, что-то происходит. Я сейчас приеду.

— Да ничего не происходит, Бренда.

— Ах ты, сукин сын, ты от меня что-то скрываешь! Что-то происходит. Я приеду! Сейчас!

Бренда повесила трубку, а Роберт подошел к Стелле, взял ее и поставил в стенной шкаф, в самый дальний угол. Он снял с вешалки пальто и набросил на Стеллу. Потом вернулся в комнату, сел и стал ждать.

Дверь распахнулась, и в комнату вбежала Бренда.

— Так что же здесь, черт возьми, происходит? В чем дело?

— Слушай, малышка,— сказал он,— все нормально. Успокойся.

У Бренды были чудесные формы. Груди немного отвисли, зато у нее были превосходные ножки и красивая жопа. В глазах навсегда застыл безумный, растерянный взгляд. Избавиться от этого своего взгляда она никогда не могла. Порой, после любовных утех, глаза ее какое-то время лучились покоем, но это продолжалось недолго.

— Ты меня еще даже не поцеловал!

Роберт встал с кресла и поцеловал Бренду.

— Господи, да разве это поцелуй! В чем дело? — спросила она.— Что происходит?

— Ничего, абсолютно ничего...

— Если не скажешь, я закричу!

— Говорю тебе, ничего.

Бренда закричала. Она подошла к окну и стала кричать. Ее крик слышала вся округа. Потом она умолкла.

— Боже, Бренда, больше не надо! Я прошу тебя!

— Нет, буду! Буду! Скажи мне, что происходит, Роберт, или я опять закричу!

— Хорошо,— сказал он,— подожди.

Роберт подошел к стенному шкафу, снял со Стеллы пальто и вытащил ее.

— Что это? — спросила Бренда.— Что это?

— Манекен.

— Манекен? Ты хочешь сказать?..

— Я хочу сказать, что влюблен в нее.

— О, боже мой! В каком смысле? В эту штуковину? В эту *штуковину*?

— Да.

— Ты любишь эту *штуковину* больше, чем меня? Этот кусок целлулоида, или из какого там дерьма она сделана? Ты хочешь сказать, что любишь эту *штуковину* больше, чем меня?

— Да.

— Полагаю, ты берешь ее с собой в постель? Полагаю, ты с ней... с этой *штуковиной* кое-чем занимаешься?

— Да.

— Ох...

И тут Бренда закричала по-настоящему. Принялась глотку драть, стоя как вкопанная. Роберт решил, что она никогда не замолкнет. Потом она бросилась на манекен и давай его царапать и колотить. Манекен упал и ударился о стену. Бренда выбежала из дома, вскочила в машину и отъехала на бешеной скорости. Она с грохотом врезалась в бок стоявшего у обочины автомобиля, вырулила и поехала дальше.

Роберт подошел к Стелле. Голова отломилась и закатилась под кресло. На полу возникли разводы белого вещества. Одна рука свободно болталась, сломанная, торчали две проволочки. Роберт сел в кресло. Посидел. Потом встал и вошел в ванную, постоял там минутку и снова вышел. Из коридора ему была видна голова под креслом. Он разрыдался. Это было ужасно. Он не знал, что делать. Он вспомнил, как похоронил мать и отца. Но это было совсем другое. Совсем другое. Он просто стоял в коридоре, плакал и ждал. Оба глаза Стеллы были открыты, холодны и прекрасны. Они неотрывно смотрели на него.

ДВА ПРОПОЙЦЫ

Мне было двадцать с небольшим, и, хотя я крепко пил и ничего не ел, силенок во мне еще не поубавилось. Я имею в виду физическую силу, а это большая удача, особенно когда почти все остальное идет наперекосяк. Рассудок мой бунтовал против моей участи и всей жизни, и утихомирить его можно было только выпивкой, выпивкой, выпивкой. Я шел по дороге, было пыльно, грязно и жарко, штат назывался, кажется, Калифорния, но сейчас я уже не уверен. Это была пустыня. Я шел по дороге, носки мои затвердели, расползлись и воняли, гвозди торчали сквозь стертые подметки башмаков и впивались мне в ноги, и приходилось подкладывать в башмаки картон – картон, газету, все, что под руку попадется. Гвозди сквозь все это пробивались, и надо было либо подкладывать еще что-нибудь, либо переворачивать эту дрянь вверх дном, либо придавать ей новую форму.

Грузовик остановился рядом. Я не обратил на него внимания и продолжал идти. Грузовик снова завелся, и мужик покатил рядом со мной.

– Малыш, – сказал мужик, – работа нужна?

– Кого надо убить? – спросил я.

– Никого, – сказал мужик, – давай залезай.

Я стал обходить грузовик, а когда добрался до другой стороны, дверь была открыта. Я поднялся на подножку, скользнул в кабину, захлопнул дверь и откинулся на спинку кожаного сиденья. Я укрылся от солнца.

— Отсосешь у меня,— сказал мужик,— получишь пять зеленых.

Я крепко вмазал ему правой в живот, левой достал где-то между ухом и шеей, добавил правой в рот, и грузовик съехал с дороги. Я схватился за баранку и вырулил обратно на полосу. Потом выключил мотор и затормозил. Я вылез из машины и опять пошел по дороге. Минут через пять грузовик уже снова катил рядом со мной.

— Малыш,— сказал мужик,— извини. Я не это имел в виду. Я не хотел сказать, что ты гомик. Хотя от гомика в тебе что-то есть. А что, разве плохо гомиком быть?

— Сдается мне, если ты гомик, то нет.

— Давай,— сказал мужик,— садись. У меня есть для тебя настоящая честная работенка. Заработаешь деньжат, встанешь на ноги.

Я опять влез в кабину. Мы поехали.

— Извини,— сказал он,— физиономия у тебя и вправду бандитская, но посмотри на свои руки. У тебя же дамские руки.

— Насчет моих рук не волнуйся,— сказал я.

— Так ведь работенка не из легких. Шпалы грузить. Грузил когда-нибудь шпалы?

— Нет.

— Тяжелая работа.

— Я всю жизнь занимаюсь тяжелой работой.

— Ладно,— сказал мужик,— годится.

Мы поехали молча, грузовик трясло на ухабах. Кругом была только пыль, пыль да пустыня. Физиономия у мужика мало что выражала, в нем вообще было мало что примечательного. Но порой всякая мелюзга, которая долго живет на одном месте, добивается кое-какого престижа и власти. Он имел грузовик и нанимал работяг. Порой приходится с этим мириться.

Мы ехали дальше, а по дороге шел старикашка. Ему было никак не меньше сорока пяти. Для дороги это уже старость. Мистер Бёркхарт — свое имя он мне назвал — сбавил скорость и спросил старикашку:

— Эй, дружище, хочешь заработать пару зеленых?

— Конечно, сэр! — сказал старикашка.

— Подвинься. Пусть сядет, — сказал мистер Бёркхарт.

Старикашка сел, а от него и вправду воняло — перегаром, потом, мукой смертной. Наконец мы подъехали к месту, где стояло несколько зданий. Вылезли вместе с Бёркхартом из машины и зашли в какой-то пакгауз. Там был парень в зеленом козырьке от солнца и с множеством резинок вокруг левого запястья. Сам лысый — но руки его заросли тошнотворно длинным светлым волосом.

— Здравствуйте, мистер Бёркхарт, — сказал он, — я гляжу, вы подыскали себе еще парочку пропойц.

— Вот список, Джесси, — сказал мистер Бёркхарт, и Джесси принялся ходить и подбирать товары по списку. На это ушло какое-то время. Потом он закончил.

— Что-нибудь еще, мистер Бёркхарт? Пару бутылок дешевого вина?

— Мне вина не надо, — сказал я.

— Ладно, — сказал старикашка, — я возьму обе бутылки.

— Это в счет заработка, — сказал старикашке Бёркхарт.

— Не имеет значения, — сказал старикашка, — вычитайте из заработка.

— Тебе точно не нужна бутылка? — спросил меня Бёркхарт.

— Ладно, — сказал я, — бутылку беру.

У нас была палатка, в ту ночь мы пили вино, а старикашка рассказывал мне о своих передрягах. Он лишился жены. Жену он все еще любил. Он все время думал только о ней. Прекрасная женщина. Раньше он преподавал математику. Но лишился жены. Второй такой женщины не сыщешь. Ну и так далее.

Господи, когда мы проснулись, старикашку мутило, да и мне было ненамного лучше, солнце уже встало и светило вовсю, и мы отправились на работу — складывать железнодорожные шпалы. Их надо было складывать в штабеля. Начинать штабель было легко. Но когда мы добирались доверху, приходилось считать. «Раз, два, три»,— считал я, и тогда мы бросали шпалу.

На голову старикашка повязал платок, спиртное лилось у него из головы и впитывалось в платок, и платок намок и потемнел. Время от времени сквозь гнилую перчатку мне в руку вонзалась заноза от одной из железнодорожных шпал. Обычно такая боль бывает нестерпимой, и я бы бросил работу, но усталость притупляла чувства, и вправду основательно притупляла. Когда это случалось, я попросту злился — мне даже хотелось кого-нибудь прикончить, но когда я озирался вокруг, там были только песок, да отвесные скалы, да сухое, как печь, ярко-желтое солнце, и некуда было податься.

Время от времени железнодорожная компания извлекала старые шпалы и заменяла их новыми. Старые оставались лежать рядом с путями. Ничего страшного со старыми шпалами не происходило, но компания бросала их там, а Бёркхарт нанимал ребят вроде нас складывать их в штабеля, которые увозил на своем грузовике и продавал. Сдается мне, им находили множество применений. На некоторых ранчо их втыкали в землю, протягивали между ними колючую проволоку, и получалась ограда. Думаю, применяли их и как-нибудь по-другому. Я не интересовался.

Это походило на любую другую невыполнимую работу — ты устаешь, хочешь все бросить, потом устаешь еще больше и забываешь все бросить, а минуты стоят на месте, в пределах одной минуты ты проживаешь целую вечность, ни надежды, ни выхода, в западне, отупение мешает все бросить, а если и бросишь, податься некуда.

— Малыш, я лишился жены. Какая это была чудесная женщина! Я только о ней и думаю. Нет ничего на свете лучше хорошей женщины.

— Ага.

— Эх, нам бы сейчас немного вина.

— Вина у нас нет. Придется обождать до вечера.

— Интересно, пропойц кто-нибудь понимает?

— Только другие пропойцы.

— Как по-твоему, эти занозы у нас в руках до сердца доползут?

— И не надейся. Нам всегда не везет.

Появились двое индейцев и стали на нас смотреть. Они долго смотрели. Когда мы со старикашкой сели на шпалу перекурить, один из индейцев к нам подошел.

— Вы всё делаете неправильно,— сказал он.

— В каком смысле? — спросил я.

— Вы работаете, когда в пустыне самая жара. А надо пораньше вставать и управляться с работой, пока еще прохладно.

— Ты прав,— сказал я,— спасибо.

Индеец был прав. Я решил, что мы должны пораньше вставать. Но нам это так и не удалось. Старикашку всегда слишком мутило после ночной попойки, и я ни разу не сумел поднять его вовремя.

— Еще пять минут,— говорил он,— всего пять минут.

Наконец в один прекрасный день силы покинули старика. Он не мог больше поднять ни одной шпалы. Он то и дело просил за это прощения.

— Все нормально, папаша.

Мы вернулись в палатку и стали ждать вечера. Папаша лежал и говорил. Говорил он только о своей бывшей жене. Я слушал истории о его бывшей жене весь день, до самого вечера. Потом заявился Бёркхарт.

— Боже мой, ребята, да вы сегодня почти ничего не сделали. Рассчитываете как сыр в масле кататься?

— Мы закончили, Бёркхарт, — сказал я, — ждем, когда нам заплатят.

— Я думаю, вам вовсе не стоит платить.

— Если ты вообще когда-нибудь думаешь, — сказал я, — ты заплатишь.

— Пожалуйста, мистер Бёркхарт, — сказал старикашка, — прошу вас, мы ведь чертовски упорно трудились, честное слово!

— Бёркхарт знает, как мы потрудились, — сказал я, — он считал штабеля, как и я.

— Семьдесят два штабеля, — сказал Бёркхарт.

— Девяносто штабелей, — сказал я.

— Семьдесят шесть, — сказал Бёркхарт.

— Девяносто, — сказал я.

— Восемьдесят, — сказал Бёркхарт.

— По рукам, — сказал я.

Бёркхарт достал карандаш и бумагу и вычел с нас за вино, питание, транспорт и жилье. Нам с папашей вышло по восемнадцать долларов за пять дней работы. Мы взяли деньги. И бесплатно доехали до города. Бесплатно? Бёркхарт во всех смыслах нас наебал. Но орать о нарушении закона мы не могли, ведь когда у вас нет денег, закон больше не действует.

— Ей-богу, — сказал старикашка, — сегодня я и вправду напьюсь. Сегодня я напьюсь вдрабадан. А ты, малыш?

— Не думаю.

Мы зашли в единственный бар в городе и сели. Папаша заказал вина, а я — пива. Старикашка опять пустился в россказни о своей бывшей жене, и я пересел на другой конец стойки. По лестнице спустилась молодая мексиканка и села рядом со мной. Почему они всегда спускаются по лестнице именно так, как в кино? Я даже почувствовал себя персонажем фильма. Я угостил ее пивом. Она оказала: «Меня зовут Шерри», а я сказал: «Это не мексиканское имя», а она сказала: «А зачем обязательно мексиканское?», и я сказал: «Вообще-то не обязательно».

И наверху это обошлось мне в пять долларов, а сначала она меня как следует вымыла, вымыла и потом. Она мыла меня водой из белого тазика, на котором были нарисованы цыплята, гоняющиеся друг за другом. За десять минут она заработала столько денег, сколько я зарабатывал за сутки с несколькими часами в придачу. Яснее ясного, что в финансовом смысле куда выгоднее иметь манду, чем елду.

Когда я спустился в бар, старикашка уже сидел уронив голову на стойку. Его пробрало. В тот день мы ничего не ели, и сопротивляемость организма отсутствовала. Возле его головы лежал доллар с мелочью. В какую-то минуту я решил было взять старикашку с собой, но я даже о себе не мог позаботиться. Я вышел на улицу. Было прохладно, и я пошел на север.

Мне было жаль оставлять папашу на растерзание тамошним стервятникам. Потом я подумал, вспоминает ли когда-нибудь о старикашке его жена. Я решил, что не вспоминает, а если и вспоминает, то вряд ли так же, как он вспоминает о ней. Вся земля кишит грустными страдальцами вроде него. Мне нужно было где-то переночевать. Кровать, в которой я лежал с мексиканкой, была первой моей кроватью за три недели.

Несколькими ночами раньше я обнаружил, что, когда холодает, занозы у меня в руке начинают пульсировать. Я чувствовал, где находится каждая из них. Начинало холодать. Не могу сказать, что я ненавидел мир мужчин и женщин, но я чувствовал некоторое отвращение, отделявшее меня от ремесленников и лавочников, любовников и лгунов, и ныне, спустя десятилетия, я чувствую то же самое отвращение. Конечно, это всего лишь история одного человека, взгляд одного человека на действительность. Если станете читать дальше, быть может, следующая история окажется повеселее. Надеюсь, что так и будет.

МАДЖА ТУРУП

Эта история широко освещалась прессой и телевидением, а сама леди должна была написать книгу. Леди звали Эстер Адамс, дважды разведена, двое детей. Ей уже стукнуло тридцать пять, и можно было предположить, что увлечение это станет последним. Уже появились морщины, обвисла грудь, делались толще лодыжки и икры, возникли первые признаки живота. Америке издавна внушали, что красота свойственна только молодости, и особенно это касается лиц женского пола. Но Эстер Адамс была наделена печальной красотой безысходности и грядущей гибели. Ощущением грядущей гибели от нее веяло за версту, и это придавало ей некую сексуальную притягательность — так привлекает к себе доведенная до отчаяния увядающая женщина в баре, битком набитом мужчинами. Эстер хорошенько осмотрелась, поняла, что от американских мужиков проку мало, и села в самолет, направлявшийся в Южную Америку. В джунгли она вошла с фотокамерой, портативной пишущей машинкой, утолщающимися лодыжками и белой кожей — и отхватила себе людоеда, чернокожего людоеда: Маджу Турупа. У Маджи Турупа было чудесное выражение лица. Казалось, на его лице отразились ровно тысяча похмелий и ровно тысяча трагедий. И это чистая правда — он пережил ровно тысячу похмелий, а источником всех трагедий было одно: орудие Маджи Турупа, его огромное орудие.

Ему отказывали все девушки селения. Двух девушек он разорвал своим орудием насмерть. В одну он проник с фронта, в другую — с тыла. Не важно.

Маджа был одиноким мужчиной, он пил и предавался раздумьям о своем одиночестве, пока не появилась Эстер Адамс с проводником, белой кожей и фотокамерой. После официальных представлений и нескольких стаканчиков у костра Эстер вошла в хижину Маджи, выдержала все, на что Маджа Туруп был способен, и попросила еще. Это было чудо для них обоих, и их сочетали браком на трехдневной племенной церемонии, во время которой средь танцев, колдовских заклинаний и хмельного угара были зажарены и съедены взятые в плен представители враждебного племени. А после церемонии, после того как рассеялись все похмелья, начались неприятности. Шаман, обративший внимание на то, что Эстер так и не отведала мяса жареных членов враждебного племени (гарнированного ананасом, маслинами и орехами), объявил во всеуслышание, что она вовсе не белая богиня, а одна из дочерей злого бога Ритикана. (Много веков назад Ритикана изгнали из племенного рая за отказ употреблять в пищу все, кроме фруктов, овощей и орехов.) Это заявление привело к расколу в племени, и двоих друзей Маджи Турупа немедленно умертвили за разговоры о том, что способность Эстер управляться с орудием Маджи — уже само по себе чудо, а тот факт, что человеческое мясо в ином виде она в рот не берет, ей можно простить, по крайней мере временно.

Эстер и Маджа сбежали в Америку, точнее в Северный Голливуд, где Эстер принялась хлопотать о предоставлении Мадже Турупу американского гражданства. Как бывшая школьная учительница, Эстер начала учить Маджу пользоваться одеждой, английским языком, калифорнийскими винами и пивом, телевизором и едой, купленной в соседнем магазине самообслуживания. Телевизор Маджа не только смотрел, он выступил по нему вместе с Эстер, и они публично объяснились в любви. После чего они вернулись в свою квартиру в Северном Голливуде и предались любовным утехам. Потом Маджа сидел посреди ковра со своими учебниками английской грамматики, пил пиво с вином, играл на бонгах и тянул на одной ноте родные напевы. Эстер трудилась над книгой о Мадже и Эстер. Книгу ждали в крупном издательстве. Эстер оставалось лишь все записать.

Как-то утром, часов в восемь до полудня, я лежал в постели. Накануне я проиграл сорок долларов на ипподроме «Санта-Анита», мои сбережения в Калифорнийском федеральном банке катастрофически таяли, и за целый месяц я не написал ни одной приличной статьи. Зазвонил телефон. Я проснулся, подавил рвотный позыв, прокашлялся, поднял трубку.

— Чинаски?

— Да?

— Это Дэн Хадсон.

Дэн выпускал в Чикаго журнал «Пламя». Платил он неплохо. Он был и редактором, и издателем.

— Привет, Дэн, мать твою.

— Слушай, есть работенка — аккурат по твоей части.

— Отлично, Дэн. А о чем речь?

— Я хочу, чтобы ты взял интервью у той суки, что вышла замуж за людоеда. ПОБОЛЬШЕ секса. Перемешай любовь с ужасами, понял?

— Понял. Я этим всю жизнь занимаюсь.

— Если успеешь до двадцать седьмого марта, считай, что пятьсот долларов у тебя в кармане.

— Дэн, да за пятьсот долларов я из Берта Рейнольдса лесбиянку сделаю.

Дэн дал мне адрес и номер телефона. Я встал, ополоснул лицо, принял две таблетки алка зельцер, откупорил бутылку пива и позвонил Эстер Адамс. Я сказал, что хочу осветить в печати ее отношения с Маджой Турупом как одну из величайших любовных историй двадцатого столетия. Для читателей журнала «Пламя». Я заверил ее, что это поможет Мадже получить американское гражданство. Она дала согласие на интервью в час пополудни.

Это была квартира на третьем этаже, в доме без лифта. Дверь открыла она. Маджа сидел на полу со своими бонго и пил из горлышка недорогой портвейн. Он был бос, в облегающих джинсах и белой футболке в черную полоску. Эстер оделась точно так же. Она принесла мне бутылку пива, я взял из пачки на столике сигарету и приступил к интервью.

— Когда вы с Маджой познакомились?

Эстер назвала дату. Кроме того, она точно назвала время и место.

— Когда вы впервые почувствовали любовное влечение к Мадже? Какие обстоятельства этому сопутствовали?

— Ну что ж, — сказала Эстер, — это было...

— Она любить меня, когда я давать ей штуковину, — сообщил Маджа с ковра.

— Он довольно быстро выучил английский, не правда ли?

— Да, у него блестящие способности.

Маджа взял свою бутылку и сделал изрядный глоток.

— Я втыкать в нее эту штуковину, она говорить: «О боже мой, боже мой, боже мой!» Ха-ха-ха!

— У Маджи изумительное телосложение, — сказала она.

— Она также глотать, — сказал Маджа, — хорошо глотать. Глубокая глотка, ха-ха-ха!

— Я сразу полюбила Маджу, — сказала Эстер, — меня сразило выражение глаз, лица... столь трагическое. И походка. Он ходит, да-да, он ходит почти как тигр.

— Ебля, — сказал Маджа, — мы ебать еблю, ебливую еблю. Я уставать.

Маджа выпил еще. Он посмотрел на меня:

— Ты ебать ее. Я устал. Она большой ненасытный туннель.

— Маджа обладает подлинным чувством юмора, — сказала Эстер, — это меня тоже в нем привлекает.

— Во мне тебя влекает одно, — сказал Маджа, — мой мочезарядный телеграфный столб.

— Маджа пьет с самого утра, — сказала Эстер, — вы должны его извинить.

— Может, я приду потом, когда он будет себя получше чувствовать?

— Да, наверное, это разумно.

Эстер назначила мне встречу на следующий день, в два часа дня пополудни.

Это ровным счетом ничего не меняло. Все равно мне были нужны фотографии. У меня был один знакомый спившийся фотограф, некто Сэм Джейкоби, который хорошо знал свое дело и взял бы за работу по-божески. Я привел его с собой. День выдался солнечный, слой смога был очень тонкий. Мы подошли к двери, и я позвонил. Ответа не последовало. Я позвонил еще раз. Дверь открыл Маджа.

— Эстер не дома, — сказал он, — она в магазин.

— Мы условились встретиться ровно в два. Я хотел бы войти и подождать.

Мы вошли и сели.

— Я играть вам на барабанах, — сказал Маджа.

Он сыграл на барабанах и спел несколько протяжных песен, рожденных в джунглях. Получалось у него весьма неплохо. На нем были те же джинсы и полосатая футболка.

— Ебля, ебля, ебля, — сказал он, — это все, чего она хотеть. Она делать меня сумасшедший.

— Скучаешь по джунглям, Маджа?

— Главное — не срать против течения, папаша.

— Но она любит тебя, Маджа.

— Ха-ха-ха!

Маджа сыграл нам еще одно соло на барабанах. Даже пьяный он это делал неплохо.

Когда Маджа закончил, Сэм сказал мне:

— Как по-твоему, у нее в холодильнике может быть пиво?

— Вполне.

— У меня что-то нервишки пошаливают. Мне нужно пиво.

— Сходи посмотри. Возьми парочку. Я ей потом куплю. Надо было с собой взять.

Сэм встал и ушел на кухню. Я услышал, как открывается дверца холодильника.

— Я пишу о вас с Эстер статью,— сказал я Мадже.

— Не женщина, а большая яма. Никогда не заткнуть. Как вулкан.

Я услышал, как Сэм на кухне блюет. Он был запойным пьяницей. Я знал, что он пришел с похмелья. И тем не менее он был одним из лучших фотографов. Потом стало тихо. Сэм вышел. Он сел. Пива он не принес.

— Я снова играть на барабанах,— сказал Маджа. Он снова сыграл на барабанах. У него все еще получалось неплохо. Хотя и похуже, чем в прошлый раз. Вино возымело действие.

— Идем отсюда,— сказал мне Сэм.

— Надо дождаться Эстер,— сказал я.

— Идем, старина,— сказал Сэм.

— Ребята, хотеть немного вина? — спросил Маджа.

Я встал и пошел на кухню за пивом. Сэм увязался за мной. Я направился к холодильнику.

— *Прошу тебя,* не открывай! — сказал он.

Сэм подошел к раковине и вновь принялся блевать. Я посмотрел на холодильник. Открывать не стал. Когда Сэм проблевался, я сказал:

— Ладно, идем.

Мы вышли в переднюю комнату, где все еще сидел подле своих бонгов Маджа.

— Я играть барабан еще раз, — сказал он.

— Спасибо, Маджа, не надо.

Мы вышли, спустились по лестнице и оказались на улице. Сели в мою машину. Я отъехал. Что сказать, я не знал. Сэм не сказал ни слова. Мы находились в деловом районе. Я подъехал к бензоколонке и велел служителю залить полный бак обычного. Сэм вышел из машины и направился к телефонной будке звонить в полицию. Я увидел, как Сэм выходит из будки. Заплатил за бензин. Интервью я не получил. И недосчитался пятисот долларов. Я ждал, когда Сэм дойдет до машины.

УБИЙЦЫ

Гарри только что слез с товарняка и шел теперь по Аламеда в бар Педро — выпить кофе за пятак. Было раннее утро, но он помнил, что открывают в пять. У Педро можно было за пятак сидеть часа два. Сидеть и думать. Вспоминать, в какие моменты все в жизни шло гладко, а в какие — наперекосяк.

Они уже открылись. Молодая мексиканка, подававшая кофе, посмотрела на него как на человека. Бедняки знают жизнь. Хорошая девчонка. Ну, неплохая. Они приносят горе. Все приносит горе. Он вспомнил где-то услышанное: «Жизнь — горе по определению».

Гарри уселся за дряхлый столик. Кофе подали хороший. Ему тридцать восемь, а он уже конченый. Он попивал кофе и вспоминал, когда у него все шло гладко, а когда — наперекосяк. Ему все надоело — фокусы со страховкой, малюсенькие конторы, высокие стеклянные перегородки, клиенты, ему надоело болтать с женой, щупать секретарш в лифтах и коридорах, надоели встречи Рождества и Нового года, дни рождения, взносы за автомобиль и за мебель, свет, газ, вода — весь этот чертов комплект бытовых потребностей.

Он устал и бросил все, вот. Вслед за тем развелся с женой, вслед за тем запил — и выпал из жизни. У него ничего не было, и он осознал вдруг, что ничего не иметь тоже непросто. Это тоже своего рода бремя. Найти компромиссный путь – и будет полегче. Но мужчине, похоже, особо выбирать не приходится – либо лезешь вон из кожи, либо оказываешься на дне.

Гарри поднял глаза и увидел напротив мужчину, который тоже пил кофе за пятак. Ему было лет сорок. В таких же лохмотьях, как и Гарри. Он свернул папиросу и, закуривая, посмотрел на Гарри.

– Как дела?

– Вопрос что надо, – сказал Гарри.

– Ага, догадываюсь.

Они пили кофе.

– Удивительно, как можно так низко пасть.

– Ага, – сказал Гарри.

– Кстати, если интересно, меня зовут Уильям.

– А меня Гарри.

– Можешь звать меня Биллом.

– Спасибо.

– У тебя вид человека, зашедшего в какой-то тупик.

– Я просто устал шататься, до смерти устал.

– Хочешь обратно в общество, Гарри?

– Нет, дело не в этом. Но завязать хочу.

– Существует самоубийство.

– Знаю.

– Слушай, – сказал Билл. – Можно перехватить немного деньжат, а там будет видно.

– Это да, но как?

– Ну, есть одна работенка. Правда, рискованная.

– И какая же?

– Я одно время грабил дома. Дело стоящее. Мне не повредит хороший напарник.

– Ладно. Я уже готов на все. Меня тошнит от водянистых бобов, залежалых пончиков, миссионеров, проповедников, храпа...

– Главное – найти место, – сказал Билл.

– У меня два бакса.

— Ладно, встретимся около полуночи. Карандаш есть?

— Нет.

— Погоди. Сейчас принесу.

Билл вернулся с огрызком карандаша. Он взял салфетку и что-то на ней написал.

— Садишься на автобус до Беверли-Хиллз и просишь водителя остановить вот тут. Проходишь два квартала на север. Там я буду тебя ждать. Доберешься?

— Приеду.

— Жена-то есть, дети? — спросил Билл.

— Были, — ответил Гарри.

Ночью было холодно. Гарри вылез из автобуса и прошел два квартала на север. Было очень, очень темно. Билл стоял и курил самокрутку. Не на виду стоял, а в сторонке, возле больших кустов.

— Привет, Билл.

— Привет, Гарри. Ну как, готов освоить доходную специальность?

— Готов.

— Хорошо. Я тут все обшарил. И кажется, нашел то, что надо. На отшибе. Деньгами прямо воняет. Испугался?

— Не испугался.

— Отлично. Иди за мной и не дергайся.

Гарри шел за Биллом полтора квартала по тротуару, потом Билл шмыгнул в заросли и выбрался на большую лужайку. Они вошли во двор дома. Большой двухэтажный особняк. Билл остановился у окна. Разрезал ножом сетку, замер, прислушался. Тихо, как на кладбище. Билл отцепил сетку и сдернул ее. Взялся за окно. Окно не поддавалось. «Боже, — подумал Гарри. — Это не профессионал. Это какой-то придурок». Наконец окно открылось, и Билл полез вовнутрь. Гарри увидел, как тот вихляет задом. Вот умора, подумал он. Не по-мужски как-то.

— Залезай, — тихо сказал изнутри Билл.

Гарри залез. И впрямь воняло деньгами — и мебельной политурой.

— Господи, Билл. Я боюсь. Это бесполезно.

— Говори тише. Ты же не хочешь больше жрать свои водянистые бобы, так?

— Нет.

— Так будь мужчиной.

Гарри стоял, а Билл не торопясь открывал ящики и рассовывал вещи по карманам. Они, похоже, оказались в столовой. Билл набивал карманы ложками, ножами и вилками.

«И что мы на этом выручим?» — подумал Гарри.

Билл засовывал серебро в карманы пальто. Вдруг он выронил нож. Пол был жесткий, без ковра, и раздался грохот.

— Кто здесь?

Билл и Гарри молчали.

— Кто здесь, я спрашиваю?

— Что случилось, Сеймур? — послышался женский голос.

— Мне послышался какой-то шум. Меня что-то разбудило.

— Ой, спи.

— Нет. Я слышал какой-то шум.

Гарри услышал скрип кровати и шаги. Дверь открылась, и в столовую вошел человек. Он был в пижаме, парень лет двадцати шести — двадцати семи, с козлиной бородкой и длинными волосами.

— Эй, уроды, что вы делаете в моем доме?

Билл обернулся к Гарри:

— Иди в спальню. Там должен быть телефон. Не давай ей звонить. С этим я разберусь.

Гарри направился в спальню, отыскал вход, вошел и увидел блондинку лет двадцати трех, с длинными волосами, в чудесной пижаме, с грудями наружу. У ночного столика стоял телефон, но она его не трогала. Она прижала ладонь к губам. Она сидела на кровати.

— Молчи,— сказал Гарри,— а то убью.

Он стоял, смотрел на нее. Он вспомнил жену. Такая ему и не снилась. Гарри прошиб пот, у него закружилась голова. Они смотрели друг на друга.

Гарри сел на кровать.

— Не трогай мою жену, убью! — закричал парень. Билл ввел его в спальню. Он накрепко стиснул ему руки и тыкал в спину ножом.

— Никто не трогает твою жену, старик. Скажи, где ты хранишь свои вонючие деньги, и мы уйдем.

— Я же сказал, все мои деньги в бумажнике.

Билл еще крепче стиснул ему руки и сильнее ткнул ножом. Парень вздрогнул.

— Драгоценности,— сказал Билл.— Где драгоценности?

— Наверху.

— Давай веди меня!

Гарри увидел, как Билл выводит парня из комнаты. Он по-прежнему смотрел на девушку, а она на него. Голубые глаза, расширенные от страха зрачки.

— Не смей кричать,— сказал он,— а то убью. Ей-богу, убью.

У нее задрожали губы. Они были розовые, бледные-бледные, и он полез ее целовать. Он был весь заросший и отвратительный, от него воняло, а она была белая, нежно-белая, дрожащая, беззащитная. Он схватил ее за голову. Потом отстранился и посмотрел ей в глаза.

— Ты шлюха,— сказал он,— шлюха чертова.

Он снова поцеловал ее, еще свирепее. Они упали на кровать. Не отпуская ее, он стягивал башмаки. Потом ковырялся с брюками, наконец снял их, не отпуская ее, не прекращая целовать...

— Шлюха, чертова шлюха.

— Нет! Господи, нет. Только не это, подонки!

Гарри не слышал, как они вошли. Парень закричал. Гарри услышал, как что-то булькнуло. Он обернулся. Парень лежал на полу с перерезанным горлом; его кровь мерно стекала на пол.

— Ты убил его! — сказал Гарри.

— Он орал.

— Не надо было его убивать.

— Не надо было его жену насиловать.

— Я не изнасиловал ее, а ты его убил.

Тут заорала она. Гарри закрыл ей рот рукой.

— Что будем делать? — спросил он.

— Надо и ее убить. Свидетель же.

— Я не могу убивать ее.

— Я ее убью.

— Но не просто же так убивать ее.

— Ну, давай поимей ее.

— Засунь ей что-нибудь в рот.

— Сейчас устрою,— сказал Билл. Он вытащил из комода шарф и засунул ей в рот. Потом разорвал наволочку на лоскуты и завязал рот.

— Давай,— сказал Билл.

Девушка не сопротивлялась. Ее, похоже, парализовало от страха.

Гарри кончил, и за нее взялся Билл. Гарри смотрел. Вот оно. Так происходит везде. Завоевателям достаются женщины. Они были завоевателями.

Билл слез.

— Мать честная, как хорошо.

— Слушай, Билл, давай не будем убивать ее.

— Она выдаст. Свидетель же.

— Если мы сохраним ей жизнь, она не выдаст. Будет радоваться, что жива осталась.

— Выдаст. Что я, людей не знаю? После выдаст.

— А почему бы ей и не выдать нас, за то что мы сделали?

— Вот и я говорю,— сказал Билл.— Зачем же ей позволять?

— Давай у нее спросим. Давай поговорим с ней. Давай спросим, что она думает.

— Я знаю, что она думает. Я убью ее.

— Пожалуйста, не надо, Билл. Давай вести себя по-людски.

— Вести себя по-людски? Теперь уже поздно. Если бы ты был мужчиной и держал свой дурацкий хрен при себе.

— Не убивай ее, Билл, я... не вынесу...

— Отвернись.

— Билл, пожалуйста...

— Отвернись, я сказал, мать твою!

Гарри отвернулся. Он не услышал ни звука. Время шло.

— Билл, ну как?

— Все в порядке. Повернись и посмотри.

— Не хочу. Пошли. Уходим отсюда.

Они вылезли через то же самое окно. Была на редкость холодная ночь. Они спустились по темной стороне дома и выбрались через изгородь на улицу.

— Билл...

— Да?

— Мне так спокойно, будто ничего и не произошло.

— Произошло.

Они пошли к остановке. Ночью автобусы ходят редко, можно было прождать целый час. Они стояли на остановке, искали друг на друге пятна крови, но почему-то не могли найти. Потом свернули по папиросе и закурили.

Вдруг Билл выплюнул папиросу.

— Черт побери! О, черт побери!

— В чем дело, Билл?

— Мы забыли бумажник!

— Тьфу, блядь, — сказал Гарри.

МУЖЧИНА

Джордж лежал в фургоне, растянувшись на спине, и смотрел маленький переносной телевизор. Он не помыл посуду после обеда, он не помыл посуду после завтрака, он был небрит, пепел от его самокрутки сыпался ему на майку. Еще горячий. Иногда горячий пепел попадал не на майку, а на тело – тогда он стряхивал его, ругаясь.

В дверь фургона постучали. Он медленно поднялся и открыл дверь. Пришла Констанция. У нее в сумке – непочатая поллитровка виски.

– Джордж, я ушла от этого сукина сына, я больше не могу с ним.

– Сядь.

Джордж открыл поллитровку, достал два стакана, в каждый налил треть виски, две трети воды. Сел рядом с Констанцией на кровать. Она достала из сумки сигарету и закурила. Она была пьяна, и у нее дрожали руки.

– Я и деньги его чертовы взяла. Пока он был на работе, я взяла его чертовы деньги и ушла. Ты не представляешь, как я измучилась с этим сукиным сыном.

– Дай курнуть, – сказал Джордж.

Она протянула сигарету и придвинулась к нему. Джордж обнял ее, прижал к себе и поцеловал.

– Сукин сын, – сказала она, – я соскучилась по тебе.

— Я соскучился по твоим ножкам, Конни. Как же я соскучился по твоим ножкам.

— Они все еще нравятся тебе?

— Да я от одного взгляда возбуждаюсь.

— Я вообще не могу со студентами, — сказала Конни. — Они такие изнеженные, сосунки. У него дома порядок был. Все равно что горничную держать, Джордж. Он все сам делал. Ни единого пятнышка. Он *стерильный* был, вот что.

— Выпей. Лучше станет.

— И любовью не умел заниматься.

— У него, что, не стоял?

— Да нет, стоял. У него всегда стоял. Но он не знал, как сделать женщину счастливой, понимаешь? Он не знал, что нужно делать. Со своими деньгами и образованием — он был ни на что не годен.

— Хотел бы я университетское образование получить.

— Тебе это не нужно. У тебя есть все, что надо, Джордж.

— Да я шестерка просто. Говночист.

— Я же говорю, у тебя есть все, что надо, Джордж. Ты знаешь, как сделать женщину счастливой.

— Да?

— Да. И знаешь еще что? Приходила его *мамаша. Мамаша!* Два или три раза в неделю. Сидела и смотрела на меня, делая вид, что симпатизирует мне, а обращалась со мной так, как будто я шлюха. Большая гадкая шлюха, которая украла у нее сыночка! Ее драгоценного Уолтера. Боже! Кошмар какой-то!

— Выпей еще, Конни.

Джордж уже допил. Он подождал, пока Конни выпьет, взял у нее стакан и налил обоим.

— Он клялся, что любит меня. А я говорила: «Посмотри на мою пипку, Уолтер». А он не смотрел.

«Я не могу смотреть на это», – говорил он. «*Это*» – вот как он ее называл. Ты же не боишься моей пипки, Джордж?

– Ну, она же не кусала меня пока.

– Зато ты ее кусал, зубками теребил, да, Джордж?

– Вроде да.

– Ты ведь лизал ее, посасывал, да?

– Вроде бы.

– Ты хорошо помнишь, черт побери, Джордж, что ты делал.

– Сколько у тебя денег?

– Шестьсот долларов.

– Мне не нравятся люди, которые грабят друг друга, Конни.

– Поэтому ты и судомойка хренова. Ты честный. Но он ведь такой говнюк, Джордж. Он умеет добывать деньги, и я заслуживала все это... его и его мамашу и его любовь, любовь его мамаши, его чистенькие тазики, и туалетные столики, и хозяйственные сумки, и новые машины, и кремы после бритья, и его слабенькие эрекции, и его расчудесную любовь. Все для себя, понимаешь, все для себя! Ты знаешь, чего хочет женщина, Джордж.

– Спасибо за виски, Конни. Дай еще сигарету.

Джордж вновь наполнил стаканы.

– Я соскучился по твоим ножкам, Конни. Я очень соскучился по твоим ножкам. Мне нравится, что ты носишь каблуки. Я по ним с ума схожу. Эти современные женщины не понимают, чего лишают себя. Каблук придает форму икрам, бедру, заднице, он придает ритм твоему движению. Я страшно завожусь на каблук!

– Ты говоришь как поэт, Джордж. Ты иногда говоришь как поэт. Но все равно ты, черт возьми, судомойка.

— Знаешь, чего мне очень хочется?

— Чего?

— Мне очень хочется постегать тебя ремнем по ногам, по заднице и по ляжкам. Я хочу, чтобы ты тряслась и плакала, а когда ты начнешь трястись и плакать, я залью в тебя свою чистую любовь.

— Я не хочу так, Джордж. Ты никогда так раньше не говорил. Ты себя со мной хорошо вел.

— Подними платье.

— Что?

— Подними платье, я хочу увидеть твои ноги целиком.

— Тебе ведь нравятся мои ноги, а, Джордж?

— Встань на свет!

Констанция подняла платье.

— Господи, усраться, — сказал Джордж.

— Тебе нравятся мои ноги?

— Я люблю твои ноги!

Джордж придвинулся к Констанции и отвесил ей затрещину. У нее изо рта выпала сигарета.

— Зачем ты это сделал?

— Ты еблась с Уолтером! Еблась с Уолтером!

— Что за черт?

— Так задери платье!

— Нет!

— Делай, что я говорю!

Джордж ударил ее еще раз, сильнее. Констанция подняла юбку.

— Только до трусов! — кричал Джордж. — Не хочу я смотреть на твои трусы.

— Господи, Джордж, что с тобой?

— Ты еблась с Уолтером!

— Джордж, ты, ей-богу, спятил. Я уйду. Дай мне выйти, Джордж!

— Не двигайся, а то убью!

— Ты убьешь меня?

— Клянусь.

Джордж вскочил, налил себе целый стакан чистого виски, выпил и сел рядом с Констанцией. Он взял сигарету и ткнул ей в бедро. Она закричала. Он подержал немного, потом убрал.

— Я мужчина, детка, понимаешь?

— Я знаю, что ты мужчина, Джордж.

— Вот, посмотри на мои бицепсы! — Джордж встал и напряг мышцы. — Красиво, да, детка? Посмотри на мой мускул! Потрогай! Потрогай!

Констанция потрогала его руку. Потом другую.

— Да, у тебя красивое тело, Джордж.

— Я мужчина. Я судомойка, но я мужчина, настоящий.

— Я знаю, Джордж.

— Мне не нравится этот сопляк, от которого ты ушла.

— Я знаю.

— Я тоже умею петь. Ты должна послушать, какой у меня голос.

Констанция села. Джордж запел. Спел «Древнюю реку». Потом запел «Никто не знает, сколько горя я пережил». Спел «Сент-Луис блюз». Спел «Боже, благослови Америку», иногда останавливаясь и хохоча. Потом сел рядом с Констанцией. Сказал: «Конни, у тебя красивые ноги». Попросил еще сигарету. Выкурил ее, выпил еще два стакана, потом опустил голову на колени Констанции, прямо на чулки, и сказал: «Конни, я, наверно, ужасный, я сумасшедший, прости, что я ударил тебя, прости, что я прижег тебя сигаретой».

Констанция не поднималась. Она погладила его по волосам, приласкала его и утешила. Вскоре он уснул. Она посидела еще, потом подняла его голову и положила на подушку, взяла его ноги и положила на кровать. Встала, подошла к поллитровке, налила в стакан виски, добавила немного воды и выпила залпом. Подошла к дверце фургона, открыла ее, вышла, потом закрыла. Прошла по двору, открыла ворота и прошла по тропинке под светом полуночной луны. Небо было безоблачно. Как всегда, усыпанное звездами небо над головой. Она вышла на бульвар, пошла на восток и добралась до «Синего Зеркала». Вошла внутрь, огляделась и в углу бара увидела пьяного Уолтера. Она подошла и села рядом.

— Соскучился, деточка? — спросила она.

Уолтер поднял глаза. Он узнал ее. Но не ответил. Он посмотрел на бармена, и бармен подошел к нему. Все они были знакомы.

КЛАСС

Не уверен, где было дело. Где-то северо-восточнее Калифорнии. Хемингуэй только что закончил роман, приехал из Европы, или откуда там, и бился с кем-то на ринге. В первых зрительских рядах сидели газетчики, критики, писатели — вся эта братия, — а также несколько юных дам. Я устроился в последнем ряду. Большинство даже не смотрели на Хэма. Они болтали друг с другом и смеялись.

Солнце было еще высоко. Примерно середина дня. Я не сводил глаз с Эрни. У второго парня не было шансов, Эрни из него веревки вил. Хук слева, хук справа, прямым — по-всякому. Потом он послал его в нокдаун. Тогда публика обратила внимание на ринг. Хэмов партнер поднялся на счет восемь. Эрни пошел на сближение, но остановился. Выплюнул загубник, рассмеялся и сделал знак — вали, мол. Слишком легкая добыча. Он прошагал в свой угол, сел на стул. Закинул голову — и кто-то выдавил ему в рот немного воды.

Я встал со своего места и медленно пошел по проходу между сиденьями к рингу. Протянул руку вверх и легонько ткнул Хемингуэя в бок:

— Мистер Хемингуэй?

— Да, что такое?

— Я хотел бы сразиться с вами.

— Боксерский опыт есть?

— Нет.

— Иди сначала наберись. Опыта.

— Я вам накостыляю, мало не покажется.

Эрни рассмеялся.

— Найди малышу трусы и перчатки,— бросил он какому-то типу в углу.

Тот спрыгнул с ринга, и я последовал за ним по проходу в раздевалку.

— Малыш, ты что, спятил? — спросил он у меня.

— Не знаю. Да нет, вряд ли.

— Вот, примерь эти. Как?

— Нормально.

— М-м... великоваты.

— Хрен с ним, сойдет и так.

— Ладно, давай я тебе кулаки замотаю.

— Не надо заматывать.

— Не надо?

— Не надо.

— А загубник?

— Не надо загубника.

— Так и пойдешь на ринг в этих туфлях?

— Так и пойду в этих туфлях.

Я закурил сигару и последовал за ним. Шел по проходу, дымя сигарой. Хемингуэй вернулся на ринг, и ему надели перчатки. В моем углу никого не было. Наконец кто-то появился и зашнуровал перчатки мне. Нас вызвали на середину ринга на инструктаж.

— Когда войдете в клинч, — произнес рефери, — то я...

— Я не вхожу в клинч, — перебил я его.

Последовали другие инструкции.

— О'кей, шагом марш по своим углам. По сигналу сходитесь. И пусть победит сильнейший. А сигару, — повернулся он ко мне, — лучше бы вынуть.

Когда прозвенел гонг, я вышел на середину ринга по-прежнему с сигарой. Набрав побольше дыма, выдул его в лицо Хемингуэю. Народ засмеялся.

Хэм пошел на сближение, ударил прямым и справа, и оба мимо. У меня была хорошая реакция. Я покачал маятник, выдвинулся вперед, тук-тук-тук-тук-тук — пять быстрых тычков левой Хэму по носу. Я покосился на девушку в первом ряду, просто очаровашка, и тут Папа Хэм врезал мне правой, размолол сигару в крошево. Я стряхнул пепел, обжегший мне губы и щеку. Выплюнул то, что осталось от сигары, и произвел хук в пузо. Эрни парировал правой снизу, а левой съездил мне по уху. Он поднырнул под мой замах правой и обрушил на меня град ударов, прижав к канатам. За секунду до гонга он послал меня в нокдаун правой в подбородок. Я поднялся и прошагал в свой угол.

Подошел мужик с ведром.

— Мистер Хемингуэй интересуется, как вы насчет еще одного раунда, — сказал он.

— Передайте мистеру Хемингуэю, что ему повезло. Это все дым в глаза. Еще одного раунда мне хватит.

Мужик с ведром передал сказанное, и я видел, как Хемингуэй рассмеялся.

Прозвенел гонг, и я попер как танк. Почти все мои удары достигали цели. Бил я не в полную силу, но качественно. Эрни с боем отступил, но его удары я блокировал. Во взгляде Хемингуэя впервые возникло сомнение.

Кто этот парень? — думал он. Я сократил дистанцию, стал бить сильнее. Ни одного удара мимо. В голову и в корпус. Смешанная техника. Я боксировал, как Шугар Рей, а бил, как Демпси.

Я прижал Хемингуэя к канатам. Упасть он не мог. Только он начинал валиться, я выпрямлял его новым ударом. Это было убийство. «Смерть после полудня».

Я отступил назад, и мистер Хемингуэй рухнул ничком, в полной отключке.

Зубами расшнуровав перчатки, я стащил их с рук. Спрыгнул с ринга и направился в свою раздевалку. То есть в раздевалку Хемингуэя, и принял душ. Выпил бутылку пива, закурил сигару и уселся на край массажного стола. Внесли Эрни и положили на другой стол. Эрни все еще не пришел в себя. Я сидел голый и смотрел, как они над ним хлопочут. Были там и женщины, но я не обращал на них внимания. Потом ко мне подошел один тип.

— Кто вы? — спросил он. — Как вас звать?

— Генри Чинаски.

— Никогда о вас не слышал, — удивился он.

— Еще услышите, — пообещал я.

Все подошли ко мне. Эрни оставили одного. Бедняга Эрни. Все столпились вокруг меня. Женщины тоже. Я изрядно отощал, кроме как в одном месте. Первоклассная телка так и ела меня глазами. Великосветская, можно сказать, телка, с деньгами, образованием и тэ дэ — хорошее тело, хорошая мордашка, хорошая одежда, все такое.

— Чем вы занимаетесь? — спросил кто-то.

— Еблей и пьянством.

— Нет, какая ваша профессия?

— Судомой.

— Судомой?

— Угу.

— У вас есть хобби?

— Ну, не знаю, можно ли назвать это хобби. Я пишу.

— Пишете?

— Угу.

— Что именно?

— Рассказы. И довольно неплохие.

— У вас были публикации?

— Нет.

— Почему?

— Я никуда ничего не предлагал.

— Где ваши рассказы?

— Здесь. — Я показал на драный картонный чемоданчик.

— Послушайте, я работаю критиком в «Нью-Йорк таймс». Не возражаете, если я возьму ваши рассказы с собой и дома почитаю? Обещаю вернуть.

— Никаких возражений, парниша, только понятия не имею, где я буду.

Первоклассная телка шагнула вперед:

— Он будет у меня, — и добавила: — Давай же, Генри, одевайся. Ехать далеко, и нам еще многое надо... обсудить.

Я оделся, и тут Эрни пришел в себя.

— Что это, блин, было? — спросил он.

— Мистер Хемингуэй, вам попался достойный соперник, — ответил кто-то.

Я закончил одеваться и подошел к его столу.

— Хэм, ты молоток. Всех боев не выиграешь. — Я пожал ему руку. — Смотри мозги себе не вышиби.

Я вышел с первоклассной телкой, и мы сели в желтый автомобиль с открытым верхом, длиной в полквартала. Вела она, вдавив педаль в пол, и, когда на поворотах нас заносило под визг шин, ее выражение не менялось. Вот это класс. Если в койке она такая же, как за рулем, ночка будет незабываемая.

Дом ее стоял на взгорье, а вокруг дикие холмы. Дверь отворил дворецкий.

— Джордж, — сказала она ему, — возьми день отпуска. Нет, лучше неделю.

Мы вошли, и я увидел здорового мужика в кресле со стаканом в руке.

— Томми, — проговорила она, — гуляй.

Мы пошли дальше.

— Что это за буй? — спросил я.

— Томас Вулф, — ответила она, — зануда.

В кухне она остановилась взять пинту бурбона и два стакана. Потом сказала:

– Пошли.

Я проследовал за ней в спальню.

На следующее утро нас разбудил телефон. Попросили меня. Она передала мне трубку, и я вылез из-под одеяла.

– Мистер Чинаски?

– Угу.

– Я прочел ваши рассказы. Я так разволновался, что не спал целую ночь. Никаких сомнений, вы величайший гений десятилетия!

– Только десятилетия?

– Ладно, может, и столетия.

– Так-то лучше.

– Со мной сейчас редакторы «Харперса» и «Атлантик мансли». Вы не поверите, но каждый из них принял по пять ваших рассказов для будущей публикации.

– Верю, – ответил я.

Критик повесил трубку. Я снова лег. Мы с великосветской телкой опять занялись любовью.

ПЕРЕСТАНЬТЕ ПЯЛИТЬСЯ НА МОИ СИСЬКИ, МИСТЕР

Детина Барт был самым большим негодяем на Западе. Он обладал самой быстрой пушкой на Западе и переебал на Западе больше разнообразных баб, чем любой другой. Он не любил мыться, выслушивать собачий бред и признавать чье-либо превосходство. К тому же он водил на Запад караваны переселенцев, и ни один мужчина его лет не прикончил больше индейцев, не выебал больше баб и не поубивал больше белых.

Детина Барт был велик, он знал это, и все это знали. Даже пердел он незаурядно, громче обеденного гонга, да и язык у него был неплохо подвешен. Работенка Детины Барта состояла в том, чтобы благополучно довести фургоны до места, натянуть всех дамочек, прикончить кое-кого из мужчин, а потом вернуться за очередной партией груза. У него были черная борода, грязная задница и сверкающие желтые зубы.

Только что он по самые уши засадил молодой жене Билли Джо, а самого Билли Джо заставил смотреть. Он велел жене Билли Джо поболтать с Билли Джо, пока сам он занят делом. Вот что он заставил ее говорить:

— Ах, Билли Джо, этот флагшток проткнул меня от манды до глотки, я едва дышу! Спаси меня, Билли Джо! Нет, Билли Джо, не надо меня спасать!

Когда Детина Барт кончил, он заставил Билли Джо вымыть его орган, а потом они все вместе пошли и вкусно отобедали ветчиной из конины и лимской фасолью с печеньем.

На другой день им повстречался одинокий фургон, без всякой охраны дативший по прерии. Поводья держал тощий малыш лет шестнадцати с явно выраженной прыщавостью. Детина Барт подъехал.

— Эй, малыш, — сказал он.

Малыш не ответил.

— Я к тебе обращаюсь, малыш...

— Поцелуй меня в жопу, — сказал малыш.

— Я — Детина Барт, — сказал Детина Барт.

— Поцелуй меня в жопу, Детина Барт, — сказал малыш.

— Как тебя звать, сынок?

— Все зовут меня Малыш.

— Слушай, Малыш, на одном-единственном фургоне через эту индейскую территорию никто не проедет.

— А я попробую.

— Смотри, малыш, яйца твои, — сказал Детина Барт и уже пришпорил было коня, когда занавески фургона раздвинулись и появилась шустрая девчонка с сорокадюймовой грудью, чудесной большой жопой и глазами как небо после славного дождичка. Она стрельнула глазками в Детину Барта, и его огромный флагшток затрепетал, вонзившись в луку седла.

— Если не поедешь с нами, Малыш, тебе не поздоровится.

— Отъебись, старик, — сказал Малыш, — мне не нужны сраные советы стариков в грязном нижнем белье.

— Я убиваю людей, стоит им только разок моргнуть, — сказал Детина Барт.

Малыш спокойно сплюнул на землю. Потом вытянул руку и почесал промежность.

— Старик, ты мне надоел. Лучше катись, чтоб я тебя больше не видел, а не то будешь у меня похож на кусок швейцарского сыра.

— Малыш, — сказала девчонка, наклонившись к нему, отчего вывалилась наружу одна грудь, а у солнца встал маленький лучик,— Малыш, по-моему, этот человек прав. В одиночку нам с этими ебучими индейцами не справиться. Не будь засранцем. Скажи человеку, что мы едем с ними.

— Мы едем с вами,— сказал Малыш.

— Как звать твою девчонку? — спросил Детина Барт.

— Медвяная Роса,— сказал Малыш.

— И перестаньте пялиться на мои сиськи, мистер,— сказала Медвяная Роса,— а не то так тресну, что своих не узнаете.

Поначалу все шло хорошо. Произошла стычка с индейцами у каньона Синие Яйца. Тридцать семь индейцев убито, один взят в плен. Американцы обошлись без потерь. Детина Барт отдолбил пленного индейца в очко, а потом нанял его поваром. Произошла еще одна стычка, у Трипперного каньона, тридцать семь индейцев убито, один взят в плен. Американцы обошлись без потерь. Детина Барт отдолбил...

Само собой, Детина Барт воспылал страстью к Медвяной Росе. Он не мог глаз от нее отвести. Дело было в жопе, главным образом в жопе. Однажды он так засмотрелся, что упал с лошади, и один из двух поваров-индейцев рассмеялся. После чего остался только один повар-индеец.

Как-то раз Детина Барт отправил Малыша вместе с охотниками загнать бизона. Детина Барт дождался, когда они ускакали, а потом спешно направился к фургону Малыша. Он вскочил на сиденье, раздвинул занавески и вошел. Медвяная Роса сидела посреди фургона на корточках и мастурбировала.

— Боже мой, крошка,— сказал Детина Барт,— не растрачивай себя попусту!

— Пошел к черту,— сказала Медвяная Роса, отдернув пальчик и уткнув его в Детину Барта,— пошел к черту, дай мне заняться любимым делом!

— Твой мужик совсем о тебе не заботится, Медвяная Роса!

— Он заботится обо мне, засранец, просто мне этого не хватает. Просто после месячных я распаляюсь.

— Слушай, крошка...

— Уебывай!

— Слушай, крошка, смотри-ка...

И он вынул свою камнедробилку. Она была вся лиловая и то и дело подергивалась, как гиря в дедовских часах. На пол по капле стекала вязкая жидкость.

Медвяная Роса долго не могла отвести глаз от этого инструмента. Наконец она вымолвила:

— Не вздумай воткнуть в меня эту треклятую штуковину!

— Не криви душой, Медвяная Роса.

— НЕ ВЗДУМАЙ ВОТКНУТЬ В МЕНЯ ЭТУ ТРЕКЛЯТУЮ ШТУКОВИНУ!

— Но почему? Почему? Ты только посмотри!

— Я и смотрю!

— Но почему ты не хочешь?

— Потому что я люблю Малыша.

— Любишь? — сказал, рассмеявшись, Детина Барт.— Любишь? Это всё сказки для идиотов. Только посмотри на этот треклятый тесак! С ним никакая любовь не страшна!

— Я люблю Малыша, Детина Барт.

— А вот мой язычок,— сказал Детина Барт,— самый лучший язычок на всем Западе!

Он высунул язык и проделал им несколько гимнастических упражнений.

— Я люблю Малыша,— сказала Медвяная Роса.

— Ну и хуй с тобой,— сказал Детина Барт, рванулся вперед и напрыгнул на Медвяную Росу. Пришлось изрядно попотеть, засовывая эту штуковину, а когда ему это удалось, Медвяная Роса завопила благим матом. Он успел пошуровать в ней раз семь, а потом почувствовал, как его грубо оттаскивают.

ЭТО БЫЛ МАЛЫШ, ВЕРНУВШИЙСЯ С ОХОТЫ.

— Мы приволокли тебе бизона, разъебай. А теперь, если натянешь штаны и выйдешь отсюда, мы уладим все остальное.

— У меня самая быстрая пушка на Западе,— сказал Детина Барт.

— Я проделаю в тебе такую дыру, что по сравнению с ней твой задний проход покажется порой на коже,— сказал Малыш.— Ладно, пора с этим кончать. Я проголодался. Охота на бизонов возбуждает аппетит...

Мужчины сидели вокруг костра и смотрели. Чувствовалось, как что-то назревает. Женщины в фургонах молились, мастурбировали и пили джин. У Детины Барта были тридцать четыре зарубки на пушке и плохая память. У Малыша на пушке зарубок не было. Но он обладал такой самоуверенностью, с какой всем остальным нечасто до той поры приходилось встречаться. Казалось, Детина Барт нервничает куда больше. Он одним глотком ополовинил фляжку виски, потом подошел к Малышу:

— Слушай, Малыш...

— Чего, разъебай?..

— Я хочу сказать, ну чего ты взъерепенился?

— Я тебе сейчас яйца отстрелю, старик!

— За что?

— Ты путался с моей бабой, старик!

— Послушай, Малыш, неужели ты не понимаешь? Эта бабенка стравливает двух мужиков. А мы простонапросто пляшем под ее дудку.

— Я не намерен выслушивать твой бред, папаша! Отвяжись и стреляй! Настал твой конец!

— Малыш...

— Отвяжись и стреляй!

Мужчины у костра оцепенели. С Запада подул слабый ветер, и пахнуло конским дерьмом. Кто-то закашлялся. Женщины сидели в фургонах на корточках, пили джин, молились и мастурбировали. Сгущались сумерки.

Детина Барт и Малыш разошлись на тридцать шагов.

— Стреляй, дерьмо куриное, — сказал Малыш, — стреляй, бабник трусливый!

Меж занавесками фургона неслышно возникла женщина с винтовкой. Это была Медвяная Роса. Она уперла приклад в плечо и прищурилась, глядя на мушку.

— Ну, давай, хвастливый насильник, — сказал Малыш, — СТРЕЛЯЙ!

Рука Детины Барта рванулась к кобуре. В сумерках прогремел выстрел. Медвяная Роса опустила дымящуюся винтовку и вновь скрылась в фургоне. На земле лежал мертвый Малыш с дыркой во лбу. Детина Барт сунул свою неиспользованную пушку обратно в кобуру и зашагал к фургону. Светила луна.

КОЕ-ЧТО О ВЬЕТКОНГОВСКОМ ФЛАГЕ

Летнее солнце пропекало пустыню. Ред спрыгнул с товарняка, когда тот сбавил скорость перед сортировочной станцией. За высившимися немного севернее скалами он посрал и подтерся какими-то листьями. Потом он прошел пятьдесят ярдов, сел за другой скалой, укрывшись от солнца, и свернул самокрутку. Он увидел, как в его сторону направляются хиппи. Двое парней и девчонка. Они спрыгнули с поезда на станции и теперь возвращались назад.

Один из парней нес вьетконговский флаг. С виду парни были кроткими и безобидными. У девчонки была чудесная огромная жопа — казалось, того и гляди треснут по швам ее синие джинсы. Она была белокурой и очень прыщавой. Ред дождался, когда они подойдут поближе.

— Хайль Гитлер! — сказал он.

Хиппи рассмеялись.

— Куда путь держите? — спросил Ред.

— Хотим добраться до Денвера. Кажется, у нас это получится.

— Так,— сказал Ред,— придется вам немного обождать. Хочу попользоваться вашей девчонкой.

— В каком смысле?

— Ты прекрасно все слышал.

Ред сграбастал девчонку. Держа ее одной рукой за волосы, а другой за жопу, он принялся ее целовать. Тот из парней, что повыше, дотронулся до плеча Реда:

— Эй, постой-ка...

Ред обернулся и коротким левой уложил парня на землю. Резким в живот. Парень остался лежать, тяжело дыша. Ред взглянул на парня с вьетконговским флагом:

— Если не хочешь, чтоб тебе было больно, оставь меня в покое. Пошли, — сказал он девчонке, — зайдем вон за те скалы.

— Не пойду, — сказала она, — я никуда не пойду.

Ред достал выкидуху и нажал кнопку. Он прижал лезвие плашмя к ее носу и надавил.

— Как, по-твоему, ты будешь смотреться без носа?

Она не ответила.

— Сейчас отрежу. — Он ухмыльнулся.

— Слушай, — сказал парень с флагом, — тебе это так просто с рук не сойдет.

— Идем, девчушка, — сказал Ред, подталкивая ее в сторону скал.

Ред с девчонкой скрылись за скалами. Парень с флагом помог своему другу подняться. Они остались стоять. Они простояли несколько минут.

— Он ебет Салли. Что же делать? Он прямо сейчас ее ебет.

— А что мы можем сделать? Он ненормальный.

— Надо что-то делать.

— Салли, наверно, считает нас полным дерьмом.

— А кто же мы, по-твоему? Нас ведь двое. Мы могли бы с ним справиться.

— У него нож.

— Это не важно. С ним можно было сладить.

— Черт побери, как на душе-то мерзко!

— А Салли, по-твоему, каково? Он же ебет ее.

Они стояли и ждали. Высокого, который получил удар в живот, звали Лео. Второго — Дейл. На солнце ждать было жарко.

— У нас есть еще две сигареты, — сказал Дейл, — может, закурим?

— Какое тут к черту курево, когда за скалами такое творится!

— Ты прав. Боже мой, почему так долго?

— Господи, понятия не имею. Думаешь, он убил ее?

— Я уже начинаю волноваться.

— Может, мне пойти посмотреть?

— Давай, только будь осторожен.

Лео направился в сторону скал. Там был небольшой пригорок, поросший низким кустарником. Скрываясь в кустах, он вполз на пригорок и посмотрел вниз. Ред ебал Салли. Лео смотрел. Казалось, этому не будет конца. Ред продолжал свое дело без остановки. Лео сполз с пригорка, подошел к Дейлу и встал рядом с ним.

— Кажется, с ней все в порядке, — сказал он.

Они стали ждать.

Наконец из-за скал показались Ред и Салли. Они направились к парням.

— Спасибо, братки, — сказал Ред, — она просто милашка.

— Гнить тебе в аду! — сказал Лео.

Ред рассмеялся.

— Мир! Мир!.. — Он изобразил пальцами пацифистский знак. — Ну ладно, кажется, мне пора...

Ред наскоро свернул самокрутку и улыбнулся, смачивая ее слюной. Потом он прикурил, затянулся и, держась в тени, пошел в северном направлении.

— Давай доедем на попутках, — сказал Дейл. — В товарняках мало проку.

— Шоссе немного западнее, — сказал Лео, — пошли.

Они двинулись в западном направлении.

— Господи, — сказала Салли, — я еле иду! Он просто животное!

Лео с Дейлом промолчали.

— Надеюсь, я не забеременею, — сказала Салли.

— Салли, — сказал Лео, — прости...

— Ох, заткнись!

Они продолжали путь. Дело шло к вечеру, и жара в пустыне начинала спадать.

— Ненавижу мужчин! — сказала Салли.

Из-за куста выскочил заяц, и Лео с Дейлом вздрогнули, когда он уносился прочь.

— Заяц, — сказал Лео, — заяц.

— Вы что, зайца испугались, ребята?

— Да, после того, что случилось, нервишки пошаливают.

— У *вас* нервишки пошаливают? А мне каково? Слушайте, давайте на минутку присядем. Я устала.

Нашлось местечко в тени, и Салли села между ними.

— А знаете, все-таки... — сказала она.

— Что? — сказал Дейл.

— Это было не так уж плохо. То есть — чисто в сексуальном смысле. Он и вправду весь выложился. Чисто в сексуальном смысле это было очень даже неплохо.

— Что? — сказал Дейл.

— Нет, в моральном отношении я его ненавижу. Этого сукина сына надо бы пристрелить. Он просто кобель. Свинья. Но чисто в сексуальном смысле это было неплохо...

Они посидели молча. Потом они достали две сигареты и выкурили их, передавая по кругу.

— Эх, жаль, травки нет, — сказал Лео.

— Боже, я так и знала, что этим кончится, — сказала Салли. — Да вас, ребята, как бы и не существует.

— Может, тебе было бы лучше, если б мы тебя изнасиловали? — спросил Лео.

— Не будь дураком.

— Думаешь, я не могу тебя изнасиловать?

— Надо было мне с ним пойти. Вы просто ничтожества.

— Значит, теперь он тебе нравится? — спросил Дейл.

— Брось! — сказала Салли. — Давай выйдем на шоссе и будем голосовать.

— Я могу тебе засадить, — сказал Лео, — я могу тебя до слез довести.

— А посмотреть можно? — смеясь, спросил Дейл.

— Не на что там будет смотреть, — сказала Салли. — Ладно, пошли.

Они поднялись и пошли в сторону шоссе. До него было десять минут ходьбы. Когда они добрались туда, Салли вышла на обочину и подняла руку. Лео с Дейлом встали позади, скрывшись из виду. Они забыли про вьетконговский флаг. Оставили его на станции. Он лежал в грязи возле железнодорожных путей. Война продолжалась. По флагу ползали семь красных муравьев, очень крупных.

ТЫ НЕ МОЖЕШЬ НАПИСАТЬ РАССКАЗ О ЛЮБВИ

Марджи собиралась погулять с одним парнем, но по пути этот парень встретил другого парня в кожаной куртке, и парень в кожаной куртке распахнул свою кожаную куртку и показал тому парню свои сиськи, а тот парень пришел к Марджи и сказал, что не сможет с ней встретиться, потому что парень в кожаной куртке показал ему свои сиськи и он собрался выебать того парня. Так что Марджи пошла в гости к Карлу. Карл был дома, она вошла и сказала Карлу:

— Этот парень собирался сходить со мной в открытое кафе, мы собирались попить вина и поговорить, только попить вина и поговорить, больше ничего, но по пути этот парень встретил парня в кожаной куртке, и парень в кожаной куртке показал этому парню сиськи, и этот парень собрался выебать того парня, так что мне теперь не удастся ни посидеть в открытом кафе, ни выпить, ни поговорить.

— Я больше не могу писать,— сказал Карл.— Исписался.

Потом он встал и пошел в ванную, закрыл дверь и сел срать. Карл срал четыре-пять раз в день. Других дел у него не было. Он принимал ванну четырепять раз в день. Других дел у него не было. Напивался он по той же причине.

Марджи услышала шум воды в туалете. Карл вышел.

— Человек просто не может писать по восемь часов в день. Он даже не может писать каждый день или каждую неделю. Переклинивает напрочь. Остается только ждать.

Карл подошел к холодильнику и вернулся с упаковкой «Майклоб». Он открыл бутылку.

— Я величайший в мире писатель,— сказал он.— Ты понимаешь, насколько это тяжело?

Марджи промолчала.

— Я чувствую, как все мое тело окутывает боль. Это как вторая кожа. Умел бы я сбрасывать эту кожу, как змея.

— А что, может, ляжешь на ковер и попробуешь?

— Слушай,— спросил он.— Где мы познакомились?

— В закусочной Барни.

— Да, это кое-что объясняет. Возьми пивка.

Карл открыл бутылку и протянул ее Марджи.

— Ага,— сказала Марджи.— Понимаю. Тебе нужно одиночество. Тебе нужно быть одному. А когда ты чего-нибудь хочешь или когда мы в ссоре, ты бросаешься к телефону. Говоришь, что я тебе нужна. Говоришь, что подыхаешь от похмелья. Ненадолго же тебя хватает.

— Да, хватает ненадолго.

— А со мной ты такой *вялый*, вечно в прострации. Вы, писатели, все такие... *незаурядные*, что не терпите людей. Человечество — сор, верно?

— Верно.

— Но стоит нам поругаться, ты тотчас закатываешь грандиозные вечеринки на четыре дня. Ты вдруг становишься *остроумным*, начинаешь РАЗГОВАРИВАТЬ! Ты бросаешься жить, общаться, петь, танцевать. Ты танцуешь на столах, бросаешь бутылки из окон, разыгрываешь сценки из Шекспира. Ты вдруг оживаешь — стоит мне уйти. Да, да, я наслышана об этом!

— Я не люблю вечеринки. Особенно не люблю тех, кто ходит на вечеринки.

— Для человека, не любящего вечеринки, ты больно часто их закатываешь.

— Слушай, Марджи, ты не понимаешь. Я больше не могу писать. Я иссяк. Однажды я свернул не туда. Однажды ночью я умер.

— Умереть ты можешь только от своего очередного грандиозного похмелья.

— Джефферс говорил, что даже сильнейшие попадают в западню.

— Кто такой Джефферс?

— Человек, превративший Биг-Сур в западню для туристов.

— Что ты собираешься делать вечером?

— Слушать романсы Рахманинова.

— Кто это такой?

— Один русский. Он умер.

— Посмотри на себя. Чего ты высиживаешь?

— Я жду. Некоторые ждут по два года. Иногда оно так и не возвращается.

— Что будет, если оно не вернется?

— Я просто надену ботинки и пойду по Мэйн-стрит.

— Почему ты не найдешь себе нормальную работу?

— Нет никакой нормальной работы. Если писатель ничего не добивается творчеством, он мертвец.

— Брось, Карл! Миллиарды людей в мире ничего не добиваются творчеством. Ты хочешь сказать, что все они мертвецы?

— Да.

— А у тебя есть душа? Ты один из немногих, у кого есть душа!

— Выходит так.

— *Выходит* так! Эта маленькая пишущая машинка! Эти мизерные гонорары! Моя бабушка и та зарабатывает больше тебя!

Карл открыл еще одну бутылку пива.

— Пиво! Пиво! Это чертово пиво! Ты и в рассказах о нем пишешь. «Марти взял пиво. Подняв глаза, он увидел, что в бар вошла крупная блондинка и села возле него». Ты прав. Ты иссяк. Твоя тематика ограниченна, очень ограниченна. Ты не можешь написать рассказ о любви, нормальный рассказ о любви не можешь написать.

— Ты права, Марджи.

— Человек, который не может написать рассказ о любви, ни на что не годен.

— А ты сколько написала?

— Я не считаю себя писателем.

— Черт возьми, — сказал Карл, — зато ты строишь из себя литературного критика.

Вскоре Марджи ушла. Карл сел и выпил оставшееся пиво. Действительно, он исписался. Несколько его врагов из литературного подполья будут счастливы. Они поднимутся на ступеньку выше. Смерть доставляет им удовольствие, не важно где — в подполье или на поверхности. Он вспомнил Эндикотта, Эндикотт сидел здесь и говорил:

— А что, Хемингуэя уже нет, Дос-Пассоса нет, Патчена нет, Паунда нет, Берриман прыгнул с моста — дела идут все лучше и лучше.

Зазвонил телефон. Карл поднял трубку.

— Мистер Гэнтлинг?

— Да, — ответил он.

— Скажите, вы не хотели бы выступить в Фэрмонт-колледже?

— Да, какого числа?

— Тридцатого числа следующего месяца.

— В это время я вроде бы свободен.

— Мы обычно платим сто долларов.

— Я обычно получаю сто пятьдесят. Гинзберг получает тысячу.

— Ну, то Гинзберг. Мы можем предложить только сто.

— Я согласен.

— Хорошо, мистер Гэнтлинг. Подробности мы изложим в письме.

— Как насчет дороги? Это ж пилить черт знает куда.

— Хорошо, двадцать пять долларов на дорогу.

— Хорошо.

— Вы хотели бы пообщаться со студентами в аудиториях?

— Нет.

— Ланч бесплатный.

— Нормально.

— Договорились, мистер Гэнтлинг. Мы с нетерпением ждем встречи с вами в студенческом городке.

— До свидания.

Карл прошелся по комнате. Взглянул на машинку. Засунул в нее листок бумаги, потом посмотрел на прошедшую за окном девушку в поразительно короткой юбке. Потом начал печатать:

«Марджи собиралась погулять с одним парнем, но по пути этот парень встретил другого парня в кожаной куртке, и парень в кожаной куртке распахнул свою кожаную куртку и показал тому парню свои сиськи, а тот парень пришел к Марджи и сказал, что не сможет с ней встретиться, потому что парень в кожаной куртке показал ему свои сиськи».

Карл взял пиво. Было приятно снова сесть за работу.

ПОМНИШЬ ПЕРЛ-ХАРБОР?

На прогулку нас выводили два раза в день — часа за три до полудня и часа через три после. Делать особенно было нечего. Люди дружили главным образом исходя из того, кто за что угодил в тюрягу. Как говорил мой сокамерник Тейлор, дно общественного строя составляют растлители малолетних и любители публично обнажаться, а вершину — крупные мошенники и профессиональные вымогатели.

В прогулочном дворике Тейлор со мной не разговаривал. Он прохаживался там вместе с одним крупным мошенником. Я сидел в одиночестве. Какие-то ребята скатали рубашку комом и принялись играть в мяч. Похоже было, что они получают от этого удовольствие. Возможностей поразвлечься у обитателей тюрьмы имелось не много.

Я сидел во дворике. Вскоре я заметил сбившихся в кучку людей. Там играли в кости на деньги. Я встал и подошел. У меня было чуть меньше доллара мелочью. Несколько конов я просто смотрел. Парень, который бросал кости, трижды подряд сорвал банк. Я почувствовал, что его полоса везения кончилась, и сыграл против него. Он проиграл. Мне достался четвертак.

Каждый раз как парню начинало везти, я выходил из игры до тех пор, пока не кончалась, на мой взгляд, серия его удачных бросков. И тогда я вступал в игру против него. Я заметил, что все остальные делают ставки на каждый кон. Я сделал шесть ставок и в пяти случаях выиграл. Потом нас развели по камерам. У меня появился лишний доллар.

На следующее утро я начал играть пораньше. Утром я выиграл два с полтиной, а днем – доллар семьдесят пять. Когда игра окончилась, ко мне подошел один малыш:

– Похоже, вам везет, мистер.

Я дал малышу пятнадцать центов. Он отошел. Ко мне пристроился другой парень:

– Ты этому сукину сыну что-нибудь дал?

– Ага. Пятнадцать центов.

– Он каждый раз дань собирает. Ничего ему не давай.

– Я не замечал.

– Точно. Он собирает дань. С каждого кона свою долю имеет.

– Завтра я за ним прослежу.

– К тому же он ебучий любитель обнажаться. Показывает маленьким девочкам свой конец.

– Ага, – оказал я, – терпеть не могу этих хуесосов.

Кормежка была очень плохая. Как-то вечером, после обеда, я упомянул в разговоре с Тейлором о том, что выигрываю в кости.

– А знаешь, – сказал он, – здесь можно покупать еду, вкусную еду.

– Как?

– После отбоя приходит повар. Можно полакомиться кормежкой начальника тюрьмы, самой лучшей. Десерт там и прочие вкусности. Повар он классный. Потому начальник его здесь и держит.

– Во сколько обойдутся нам два обеда?

– Дай ему десять центов. В крайнем случае – пятнадцать.

– Всего-то?

— Если дашь больше, он тебя примет за дурака.

— Отлично. Пятнадцать центов.

Тейлор обо всем договорился. На следующий вечер, после отбоя, мы ждали и уничтожали клопов, поодиночке.

— Этот повар убил двоих. Гнусный сукин сын и вдобавок большой подлец. Он убил одного парня, отсидел десять лет, вышел, погулял денька два или три на свободе и убил второго. Это всего лишь следственная тюрьма, но начальник не отпускает его, потому что он классный повар.

Мы услышали чьи-то шаги. Это был повар. Я встал, и он подал еду в камеру. Я дошел до стола, потом вернулся к двери. Это был гнусный большой сукин сын, убийца двоих человек. Я дал ему пятнадцать центов.

— Благодарю, дружище, а завтра вечером приходить?

— Каждый вечер.

Мы с Тейлором сели и принялись за еду. Всё на тарелках. Кофе горячий и вкусный, мясо — ростбиф — нежнейшее. Картофельное пюре, душистый горошек, галеты, подливка, масло и яблочный пирог. Такой вкуснятины я не ел целых пять лет.

— На днях этот повар изнасиловал одного морячка. Он его так продрал, что морячок ходить разучился. Пришлось морячка госпитализировать.

Я набил рот картофельным пюре с подливкой.

— Тебе-то беспокоиться нечего,— сказал Тейлор.— Ты чертовски уродлив, никому даже в голову не придет тебя насиловать.

— Я больше беспокоюсь о том, как бы и мне немного перепало.

— Ладно, покажу тебе петухов. В основном они — чья-то собственность, но есть и бесхозные.

— Классная кормежка.

— Бесподобная. Так вот, здешние петухи делятся на два вида. На тех, что угодили сюда уже петухами, и петухов тюремного производства. Петухов никогда не хватает, вот ребятам и приходится для удовлетворения своих потребностей готовить кое-кого на эту роль дополнительно.

— Это разумно.

— Петухи тюремного изготовления обычно слегка чумовые от ударов по башке. Поначалу они сопротивляются.

— Вот как?

— Ага. Потом они приходят к выводу, что лучше быть живым петухом, чем мертвым девственником.

Мы покончили с обедом, легли в койки, повоевали с клопами и попытались уснуть.

В кости я выигрывал каждый день. Я увеличивал ставки и все равно продолжал выигрывать. Жизнь в тюрьме делалась все лучше и лучше. Однажды мне велели не выходить на прогулку. Ко мне в гости заявились два агента ФБР. Они задали несколько вопросов, потом один из них сказал:

— Мы навели о вас справки. В суд вам идти не надо. Вас отвезут на призывной пункт. Если возьмут в армию, пойдете служить. Если признают негодным, вы опять гражданское лицо.

— Мне здесь, в тюрьме, уже почти нравится, — сказал я.

— Да, выглядите вы неплохо.

— Никаких напрягов, — сказал я, — ни тебе квартплаты, ни счетов за коммунальные услуги, ни скандалов с подружками, ни налогов, ни номерных знаков, ни счетов за продукты, ни похмелья...

— Будешь еще умничать, мы с тобой разделаемся.

— Черт возьми, — сказал я, — я же просто шучу. Изображаю из себя Боба Хоупа.

— Боб Хоуп — добропорядочный американец.

— С такими бабками и я был бы добропорядочным.

— Ну-ну, подерзи еще. Дождешься, мы тебе устроим веселую жизнь.

Я не ответил. Один из них был с портфелем. Он встал первым. Вслед за ним вышел и второй.

Нас всех снабдили сухим пайком и посадили в грузовик. Было нас человек двадцать — двадцать пять. За полтора часа до этого ребята позавтракали, но все рылись в пакетах с сухим пайком. Неплохо: бутерброд с копченой колбасой, бутерброд с ореховым маслом и гнилой банан. Я раздал свой паек ребятам. Они вели себя очень тихо. Никто не шутил. Все смотрели прямо перед собой. Большей частью они были чернокожие или смуглые. И все — здоровенные. После медосмотра я вошел в кабинет психиатра.

— Генри Чинаски?

— Да.

— Садитесь.

Я сел.

— Вы войну одобряете?

— Нет.

— А готовы идти на войну?

— Да.

Он взглянул на меня. Я уставился себе под ноги. Казалось, он вчитывается в лежащую перед ним кипу бумаг. На это ушло несколько минут. Четыре, пять, шесть, семь минут. Потом он заговорил:

— Послушайте, в среду вечером я устраиваю у себя вечеринку. Будут врачи, юристы, художники, писатели, артисты, ну и так далее. Я вижу, вы человек интеллигентный. Хочу, чтобы вы тоже пришли. Придете?

— Нет.

Он начал писать. Он писал, писал и писал. Я удивился, откуда он столько обо мне знает. Я сам о себе столько не знал.

Я ему писать не мешал. Мне было все равно. Теперь, когда я не мог попасть на войну, война стала для меня почти желанной. И все-таки я был рад оказаться от нее подальше. Доктор закончил писать. У меня было такое чувство, что я их одурачил. Причиной моего протеста против войны было не то, что придется кого-то убивать или бессмысленно погибнуть, это вряд ли имело значение. А протестовал я против того, что мне могут отказать в праве сидеть в тесной комнатенке, помирать с голодухи, пить дешевое вино и на свой собственный лад, в свое собственное свободное время, сходить с ума.

Я не хотел, чтобы какой-то тип с горном меня будил. Я не хотел спать в казарме в компании здоровых, сексуально озабоченных, любящих футбол, перекормленных, остроумных, мастурбирующих, милых, напуганных, розовых, пердящих, скучающих по мамочкам, скромных, играющих в баскетбол американских мальчиков, с которыми пришлось бы поддерживать дружеские отношения, с которыми пришлось бы напиваться в увольнении, рядом с которыми пришлось бы лежать на спине и выслушивать десятки несмешных, банальных, похабных анекдотов. Не нужны мне были их вшивые одеяла, их вшивое обмундирование, их вшивое человеколюбие. Я не хотел ни срать в одном месте с ними, ни ссать в одном месте с ними, ни иметь с ними общую шлюху. Я не хотел видеть ногти у них на ногах или читать их письма из дома. Я не хотел смотреть, как в сомкнутом строю подпрыгивают передо мною их задницы, не хотел обзаводиться друзьями, не хотел обзаводиться врагами, мне просто-напросто не нужны были ни они, ни всё это, ни всё остальное. А убивать или погибнуть — вряд ли имело значение.

После двухчасового ожидания на жесткой скамейке в буром, как выгребная яма, тоннеле меня отпустили на все четыре стороны, и я ушел — на север.

По дороге я купил пачку сигарет. По дороге я зашел в первый попавшийся бар, сел, заказал виски с водой, снял с пачки целлофан, достал курево, закурил, взял стакан, отпил половину, затянулся куревом, посмотрел в зеркало на свою благородную физиономию. Казалось странно быть на свободе. Казалось странно иметь возможность идти куда вздумается.

Лишь ради интереса я встал и пошел в сортир. Я поссал. Это был ничем не примечательный жуткий сортир в баре. От зловония меня едва не стошнило. Я вышел, опустил в музыкальный автомат монету, сел и прослушал новейшие шлягеры. Новейшие оказались ничуть не лучше прежних. В них был ритм, но не было души. По сравнению с Моцартом, Бахом и Людвигом они все еще крупно проигрывали. Я знал, что буду скучать по игре в кости и вкусной кормежке. Я заказал еще стакан виски. Оглядел бар. В баре было пятеро мужиков и ни одной бабы. Я вновь очутился на американских улицах.

ПИТТСБУРЖЕЦ ФИЛ И КОМПАНИЯ

Этот Саммерфилд сидел на пособии и не просыхал. Он был довольно большой зануда, я старался его избегать, но он вечно торчал, полупьяный, в окне. Стоило ему увидеть, как я ухожу, он каждый раз говорил одно и то же: «Эй, Хэнк, может, возьмешь меня на бега?» — а я каждый раз отвечал: «Как-нибудь обязательно, Джо, но не сегодня». А он все торчит в окне, полупьяный, и талдычит одно и то же, так что однажды я не выдержал и сказал: «Ну ладно, хрен с тобой, пошли...» — и мы пошли.

Дело было в январе на «Санта-Аните», и, если вы знаете этот ипподром, дубак там бывает еще тот, когда проигрываешь. От горных снегов дует ветер, в карманах пусто, и ты с дрожью думаешь о смерти, о трудной полосе, о том, что нет денег за комнату, и о всяком таком прочем. Не самое приятное место для проигрыша. По крайней мере, с «Голливуд-парк» можно вернуться с загаром.

Итак, мы пошли. Всю дорогу он не закрыл рта. Он ни разу в жизни не был на бегах. Мне пришлось объяснить ему разницу между ставками на первую, вторую и третью лошадь. Он даже не знал, что такое стартовые воротца или программа скачек. Когда мы добрались до места, он одолжил программу у меня. Пришлось растолковывать, что там к чему. Я заплатил за него за вход и купил ему список заездов. У него было только два доллара. На одну ставку хватит.

Пока оставалось время до первого заезда, мы разглядывали женщин. Джо сказал мне, что у него пять лет уже не было бабы. Выглядел он убого, как есть неудачник. Мы передавали программу туда и обратно, глядели на женщин, а потом Джо сказал:

— Почему это на шестую лошадь ставки четырнадцать к одному?

Я попытался объяснить Джо, почему на этого коня ставки четырнадцать к одному, а на других выше, но он не слушал.

— Да ну, по-моему, самый лучший конь, верняк. Не понимаю. Поставлю-ка я на него, и все тут.

— Джо, это твои два бакса, — сказал я, — и, когда их просадишь, в долг не проси.

Конягу звали Рыжий Чарли, и на вид он был совершеннейший доходяга. На показ он вышел в четырех бинтовых повязках. Когда народ поглядел на него, ставки упали до восемнадцати к одному. Я сделал разумный выбор — поставил десятку на Храброго Гальюна, недавнего дезертира высшей лиги с хорошим послужным списком, бодрым жокеем и одним из лучших тренеров. Ставки на него были семь к двум — вполне, по-моему, логично.

Заезд был на милю и одну шестнадцатую. Когда прозвучал стартовый пистолет, Рыжий Чарли котировался уже один к двадцати, и он вылетел за воротца первым, с этими бинтами его ни с кем не спутаешь, и на первом повороте он вел на четыре корпуса, жокей, должно быть, думал, что скачет четверть мили. Из последних своих сорока скачек парнишка выиграл всего две, и нетрудно было понять почему. На первой прямой он вырвался уже на шесть корпусов. У Рыжего Чарли вся шея была в пене — будто бриться собрался, право слово.

На повороте дистанция составляла уже не шесть корпусов, а три, и вся кодла нагоняла. В начале последней прямой Рыжий Чарли вел всего на полтора корпуса, и мой Храбрый Гальюн разгонялся у бровки. Кажется, мне везло. На середине прямой Храбрый Гальюн отставал всего на шею. Один рывок — и в дамки. Но так они и дошли до финишного столбика. Рыжий Чарли по-прежнему опережал на шею. Выплата составляла сорок два восемьдесят.

— Говорил же я, он лучше всех, — сказал Джо и пошел забирать выигрыш.

Вернувшись, он снова попросил программу и внимательно ее изучил.

— Почему это Биг-Эйч идет шесть к одному? — поинтересовался он. — По-моему, он лучше всех.

— По-твоему, он, может, и лучше всех, — проговорил я, — но опытные игроки, настоящие профессионалы, считают, что он котируется шесть к одному.

— Хэнк, не обижайся. Я в этой игре ни черта не петрю. Я только хочу сказать, что, по-моему, он должен быть фаворитом. Все равно я на него поставлю. Десятку.

— Джо, деньги твои. В первом заезде повезло, но не думай, что все так просто.

Как бы то ни было, Биг-Эйч пришел первым и принес четырнадцать сорок. В походке Джо появилась упругость. Дальнейшим изучением программки мы занялись в баре, где Джо купил нам обоим выпить и дал буфетчику доллар на чай. Когда мы выходили из бара, он подмигнул буфетчику и произнес:

— Бородавка Барни, без вариантов.

Бородавка Барни считался фаворитом, со ставками шесть к пяти, так что заявление было отнюдь не из ряда вон. К началу заезда ставки стали один к одному. Выигрыш на двадцатку составил четыре двадцать.

— На этот раз, — подмигнул мне Джо, — они сделали фаворитом правильную лошадь.

Из девяти заездов он выиграл в восьми. По пути обратно он все удивлялся, как это не угадал в седьмом заезде.

— Синий Самосвал казался мне лучше всех. Ума не приложу, что это он пришел третьим.

— Джо, ты выиграл восемь раз из девяти. Новичкам везет, только и всего. Ты не понимаешь, насколько тут все сложно.

— Да ну, что сложного-то. Выбираешь победителя и гребешь деньгу.

Остальной обратный путь мы молчали. Вечером Джо постучался ко мне в дверь с пинтой «Грэнддэда» и программой скачек. Я помог ему управиться с бутылкой, а он расписал программу и назвал мне всех девятерых завтрашних победителей и объяснил почему. У нас завелся натуральный эксперт. Я-то знаю, как это может вскружить человеку голову. Однажды у меня было семнадцать выигрышей подряд, и я уже собирался скупать особняки на побережье и открывать сеть публичных домов, дабы уберечь мои выигрыши от налогового инспектора. Вот до какой степени может крыша поехать.

Я с трудом дождался следующего дня, следующих скачек. Мне хотелось увидеть лицо Джо, когда все его прогнозы пойдут прахом. Лошади всего лишь животные, из плоти и крови. Какая уж тут непогрешимость. Не зря старые игроки говорят: «Проиграть заезд можно кучей разных способов, но выиграть — лишь одним».

Тем не менее. Из девяти заездов Джо выиграл в семи — ставил на фаворитов, на середнячков и на тех, кто вовсе был без шансов. И всю обратную дорогу он сокрушался о тех двух случаях, когда не угадал. Ну никак ему было не взять в толк. Я молчал. Сукин сын был непрошибаем. Но статистика ему еще покажет. Он начал объяснять мне, что я не прав и как надо по-настоящему делать ставки. Два дня на ипподроме — и уже эксперт. Я двадцать лет играю, а он хочет сказать, что я ни уха ни рыла.

Мы ходили всю неделю, и Джо продолжал выигрывать. Он стал совершенно невыносим, надоел хуже горькой редьки. Он купил новый костюм и шляпу, новую рубашку и ботинки, начал курить пятидесятицентовые сигары. В центре занятости он сказал, что занимается индивидуальной трудовой деятельностью и чихать хотел на их пособие. Джо спятил. Он отрастил усы, купил наручные часы и дорогое кольцо. В следующий вторник я увидел, как он подъезжает к ипподрому на своей машине — черном «кадиллаке» шестьдесят девятого года. Он помахал мне из машины и стряхнул в окно пепел. В тот день на ипподроме мы не разговаривали. Он сидел в «ви-ай-пи» ложе. Когда вечером он постучал в мою дверь, с ним была традиционная пинта «Грэнддэда» и высокая блондинка. Молодая блондинка, разодетая, ухоженная, фигуристая, и на морду ничего. Они вошли вместе.

— Что это за старый бомж? — спросила она у Джо.

— Это мой давний кореш, Хэнк, — объяснил он ей, — мы дружили, когда у меня не было ни гроша. Как-то раз он взял меня с собой на ипподром.

— У него что, старухи нет?

— У старины Хэнка с шестьдесят пятого года не было бабы. Слушай, а может, свести его с Большой Герти?

— Да ты что, Джо? Большая Герти и близко к нему не подойдет! Только погляди, он же одет, как тряпичник.

— Смилостивься, детка, он ведь мой кореш. Видок, скажем прямо, не ахти, но начинали мы вместе. Я сентиментален.

— Зато Большая Герти не сентиментальна. Ей подавай высший класс.

— Слушай, Джо, — сказал я, — хрен с ними, с бабами. Давай просто сядем с программой, дернем по стаканчику, и ты мне скажешь, кто завтра выиграет.

Так Джо и сделал. Мы сели, выпили, и он расписал для меня девять лошадей. Телка его, Большая Тельма, — ну что вам сказать... Большая Тельма смотрела на меня так, словно я дерьмо собачье на чьем-нибудь газоне.

Из девяти названных Джо лошадей выиграли на следующий день восемь. За одну из них выплачивали шестьдесят два шестьдесят. Я ничего не понимал. Тем вечером Джо пришел с другой женщиной. Лучше прежней. Мы с ним сели, выпили, и он расписал для меня еще девять лошадей.

Потом он сказал мне:

— Слушай, Хэнк, я собираюсь переезжать. Нашел шикарную квартирку у самого ипподрома. А то надоело болтаться туда-сюда. Поехали, детка. Дружище, до встречи.

Я понимал, что это всё. Приятель делал мне ручкой. На следующий день я крупно поставил на всех девятерых лошадей. Семь пришли победителями. Вернувшись домой, я внимательно изучил программу, пытаясь понять, почему он выбрал именно их, но ни малейшей осмысленной причины не вырисовывалось. Часто его выбор ставил меня в полный тупик.

До конца сезона я больше не видел Джо, разве что один раз. Он входил в «ви-ай-пи» ложу с двумя женщинами. Джо растолстел и смеялся. На нем был костюм за двести долларов, на пальце — кольцо с бриллиантом. В тот день я проиграл все девять заездов.

Два года спустя. Дело было на Голливуд-парк, денек выдался особо жаркий, четверг, и в шестом заезде мне посчастливилось слупить двадцать шесть восемьдесят. Отходя с выигрышем от кассы, я услышал за спиной его голос:

— Эй, Хэнк! Хэнк!

Это был Джо.

— Господи боже,— сказал он.— Старик, я так рад тебя видеть.

— Привет, Джо...

Несмотря на жару, он был все в том же костюме за двести долларов. Остальные расхаживали в рубашках с короткими рукавами. Ему не мешало побриться, ботинки были стоптаны, а костюм весь мятый и грязный. Ни тебе бриллианта, ни наручных часов.

— Дай курнуть, Хэнк.

Я дал ему сигарету, и, когда он закуривал, я заметил, что у него дрожат руки.

— Старик, мне надо выпить,— произнес он.

Мы пошли в бар и пропустили по паре виски. Джо изучал программу.

— Старик, я же тебе столько раз подсказывал, точно?

— Твоя правда, Джо.

Мы посмотрели в программу.

— Вот в этом заезде,— проговорил Джо.— Глянь на Черную Обезьяну. Как он рванет. Верняк дело. И восемь к одному.

— Думаешь, он всех обставит?

— И не сомневайся! Как пить дать обставит.

Мы поставили на Черную Обезьяну. Тот финишировал глубоко седьмым.

— Не понимаю,— сказал Джо.— Слушай, Хэнк, дай мне еще два бакса. Следующая — Песня Сирен. Она просто не может проиграть. Без шансов.

Песня Сирен пришла аж пятой, но что проку, когда ставки на выигрыш. Джо расколол меня еще на два бакса в девятом заезде, и там его лошадь тоже дала маху. Джо сказал, что машины у него нет и не подброшу ли я его до дома?

— Ты не поверишь,— произнес он,— но я опять на пособии.

— Верю, Джо.

— Но я еще поднимусь. Помнишь же, Питтсбуржец Фил разорялся раз, наверно, десять[1]. И всегда опять вставал на ноги. Друзья верили в него. Ссужали деньгами.

Когда я высадил его, оказалось, что он живет в старых меблирашках кварталах в четырех от моего дома. Я так никуда и не переехал. Прежде чем выйти, Джо сказал:

— Завтра чертовски сильный расклад. Будешь выбираться?

— Не уверен, Джо.

— Если выберешься, свистни.

— Конечно, Джо.

Вечером в мою дверь постучали. Я узнал стук Джо. Я не ответил. У меня был включен телевизор, но я не ответил. Затаился на кровати. Джо продолжал стучать.

— Хэнк! Хэнк! Ты дома? ЭЙ, ХЭНК!

Потом он, сукин сын, заколотил в дверь что есть сил. Совсем, наверно, спятил. Он колотил и колотил. Наконец перестал. Я услышал, как он уходит по коридору. Потом — как хлопнула входная дверь. Я поднялся, выключил телевизор, подошел к холодильнику, сделал сандвич с ветчиной и сыром, открыл пиво. Потом уселся с пивом и сандвичем, развернул программу и стал изучать, кто там у нас завтра в первом заезде, призовой фонд пять тысяч, жеребцы и мерины от трех лет и старше. Мне понравилась лошадь номер восемь. Она котировалась пять к одному. Самое то, что надо.

---

1 Питтсбуржец Филл — прозвище Джорджа Э. Смита (1862–1940), самого знаменитого американского игрока на бегах; он довел свое состояние до миллиона долларов — и умудрился не спустить. Под этим же прозвищем известен Гарри Штраусс (1909–1941) — убийца, член преступного синдиката, прозванного «Murder Inc.».

ДОКТОР НАЦИ

Так вот, я человек, отягощенный множеством проблем, и большей частью они возникают сами собой. Я имею в виду проблемы с женщиной, азартными играми, враждебным отношением к группам людей, и чем многочисленнее группа, тем сильнее враждебность. Меня называют пессимистом и замкнутым, угрюмым типом. Не могу забыть бабенку, которая орала на меня:

— Нельзя быть таким гнусным пессимистом! Жизнь может быть прекрасной!

Согласен, может, особенно если поменьше орать. Но я хочу рассказать вам о своем докторе. К психотерапевтам я не обращаюсь. Психотерапевты никчемны и чересчур самодовольны. А вот добрый доктор зачастую испытывает отвращение и (или) страдает безумием и поэтому куда более интересен.

В кабинет доктора Кипенхойера я направился потому, что он был расположен поблизости. Мои руки покрывались маленькими белыми волдырями — симптом, как я полагал, либо моих реально существующих страхов, либо вполне вероятной раковой опухоли. Чтобы люди не пялились, я носил рабочие рукавицы. А выкуривая по две пачки сигарет в день, я эти рукавицы прожег.

Я пришел к доктору. На прием я был записан первым. Будучи снедаем страхами, поглощенный мыслями о раковой опухоли, я прибыл на полчаса раньше.

Я пересек приемную и заглянул в кабинет. Там сидела на корточках сестра-регистраторша в тесном белом халате, задранном почти до бедер, сквозь туго натянутый нейлон проглядывали крупные, внушающие ужас ляжки. Я и думать забыл о раке. Она не заметила моего присутствия, и я уставился на ее лишенные покровов ноги и ляжки, оценивая взглядом восхитительный кострец. Она вытирала пол — засорился унитаз, и она чертыхалась, она была в бешенстве, она была розовато-смугла, жива и лишена покровов, а я неотрывно смотрел.

Она подняла голову:

— Что вам угодно?

— Продолжайте,— сказал я,— не буду вам мешать.

— Это все унитаз,— сказала она.— Постоянно переливается через край.

Она все вытирала пол, а я все смотрел поверх журнала «Лайф». Наконец она встала. Я подошел к кушетке и сел. Она заглянула в регистрационную книгу.

— Вы мистер Чинаски?

— Да.

— Может, снимете рукавицы? Здесь тепло.

— Лучше не буду, если не возражаете.

— Доктор Кипенхойер скоро придет.

— Ничего. Я подожду.

— А на что жалуетесь?

— У меня рак.

— Рак?

— Да.

Сестра исчезла, а я прочел «Лайф», потом прочел еще один номер «Лайфа», потом прочел «Спортс иллюстрейтед», потом сидел, разглядывая морские пейзажи и пейзажи суши, а откуда-то доносилась передававшаяся по радио музыка. Потом внезапно погас свет, мигнул и загорелся снова, и я уже задумался о том, нельзя ли будет под шумок изнасиловать сестру и выйти при этом сухим из воды, когда появился доктор. Я не обратил на него внимания, а он не обратил внимания на меня, так что в этом мы были квиты.

Он позвал меня в свой кабинет. Когда я вошел, он сидел на высоком табурете и смотрел на меня. У него были желтые волосы и желтое лицо, а глаза совсем тусклые. Он находился при смерти. Ему было года сорок два. Я внимательно оглядел его и дал ему полгода.

— Зачем рукавицы? — спросил он.

— Я человек чувствительный, доктор.

— Правда?

— Да.

— Тогда должен сообщить вам, что когда-то я был нацистом.

— Ничего страшного.

— Вас не волнует, что я был нацистом?

— Нет, не волнует.

— Я был в плену. Нас везли через всю Францию в товарном вагоне с открытыми дверями, а народ стоял вдоль железной дороги и швырялся в нас химическими шашками, камнями и всевозможным хламом — рыбьими костями, засохшими растениями, испражнениями, всем, что только можно вообразить.

Потом доктор рассказал мне о своей жене. Она пыталась ободрать его как липку. Отъявленная стерва. Пыталась заполучить все его деньги. Дом. Сад. Садовый домик. Возможно, и садовника, если уже его не заполучила. И машину. И алименты. Плюс кучу денег наличными. Страшная женщина. Он так упорно трудился. Пятьдесят больных в день, по десять долларов с носа. Выжить практически невозможно. А тут еще эта женщина. Женщины. Да, женщины. Это слово он разнес для меня в пух и прах. Я забыл, женщина это была или баба, или что-то еще, но он разнес это слово в пух и прах в переводе на латинский язык, он разнес его в пух и прах и вычленил корень зла — по-латыни: женщины, в сущности, безумны.

Пока доктор рассуждал о безумии женщин, я начал проникаться к нему симпатией. Моя голова кивками выражала согласие.

Неожиданно он велел мне встать на весы, взвесил меня, потом послушал мне сердце и легкие. Он грубо сорвал с меня рукавицы, вымыл мне руки в каком-то дерьме и бритвой вскрыл волдыри, не переставая рассуждать о злобе и мстительности, которые владеют сердцами всех женщин. Это гландулярное. Женщины слушают свои железы, а мужчины — свое сердце. Потому и страдают одни мужчины.

Он велел мне регулярно мыть руки и выбросить к чертовой матери рукавицы. Еще немного он поговорил о женщинах и своей жене, а потом я ушел.

Следующей моей проблемой были приступы головокружения. Но начинались они только тогда, когда я стоял в очереди. Я стал смертельно бояться очередей. Это было невыносимо.

До меня дошло, что в Америке, да, наверно, и везде, все сводится к стоянию в очереди. Мы занимаемся этим повсюду. Водительские права: три или четыре очереди. Ипподром: очереди. Кино: очереди. Магазин: очереди. Очереди я ненавидел. Я полагал, что должен быть способ от них избавиться. Потом я нашел решение проблемы. Завести больше *служащих* и *продавцов*. Да, это решило бы проблему. На каждого человека по два продавца. По *три*. Пускай продавцы стоят в очереди.

Я знал, что очереди меня доконают. Примириться с ними я не мог, но все остальные мирились. Все остальные были нормальными людьми. Жизнь для них была прекрасна. Они могли стоять в очереди, не чувствуя боли. Они могли стоять в очереди целую вечность. Им даже *нравилось* стоять в очереди. Они болтали о том о сем, смеялись и ухмылялись, флиртовали друг с другом. Им больше нечем было заняться.

Они и подумать не могли о том, чтобы заняться чем-то другим. А мне приходилось смотреть на их уши и рты, шеи и ноги, жопы и ноздри, на все прочее. Я чувствовал, что их тела сочатся лучами смерти, как смогом, и, слушая их разговоры, испытывал желание воскликнуть: «Господи боже мой, да помогите же мне, кто-нибудь! Неужели я должен так страдать, чтобы купить гамбургер или буханку ржаного хлеба?»

Начиналось головокружение, и я, чтобы не упасть, расставлял ноги пошире. Огромный магазин начинал вращаться, вращались и лица продавцов с их золотистыми и шатенистыми усами и умными, счастливыми глазами, все они, со своими белыми, тщательно вымытыми, довольными физиономиями, намеревались заделаться в будущем директорами магазинов, покупать дома в Аркадии и по ночам взбираться на своих бледных и светловолосых благодарных жен.

Я снова записался на прием к доктору. Снова — первым. Я пришел на полчаса раньше, а унитаз уже починили. Сестра вытирала пыль в кабинете. Она наклонялась, выпрямлялась, наклонялась не до конца, потом наклонялась направо, потом наклонялась налево, она поворачивалась ко мне жопой и наклонялась до пола. Ее белый халат подергивался и подтягивался, поднимался, задирался. Возникали то покрытая ямочками коленка, то бедро, то ляжка, то целиком все тело. Я сел и раскрыл «Лайф».

Она прекратила вытирать пыль, выглянула из кабинета, посмотрела на меня и улыбнулась:

— Вы больше не носите рукавицы, мистер Чинаски.

— Да.

Появился доктор, с виду еще на шаг ближе к смерти, он кивнул, а я встал и вошел в кабинет вслед за ним. Он уселся на свой табурет.

— Что новенького, Чинаски?

— Видите ли, доктор...

— Нелады с женщинами?

— Это само собой, но...

Он не дал мне договорить. У него стало меньше волос. Пальцы у него подергивались. Казалось, он задыхается. Похудел. Этот человек был доведен до отчаяния.

Жена обдирала его как липку. Они были в суде. В суде она влепила ему пощечину. Ему это понравилось. А судьям помогло вынести решение. Им открылось истинное лицо этой стервы. Во всяком случае, все кончилось не так уж плохо. Она ему кое-что оставляла. Вам, разумеется, известны адвокатские гонорары? Ублюдки. Обращали когда-нибудь внимание на адвокатов? Почти всегда толстые. Толстомордые.

— И все-таки, черт возьми, она меня обчистила. Но и мне кое-что осталось. Хотите знать, сколько стоят такие ножницы? Взгляните-ка. Жестянка да винтик. Восемнадцать пятьдесят. Боже мой, и они еще ненавидели нацистов. Что такое нацист по сравнению со всем этим?

— Не знаю, доктор. Я же говорил вам, что я человек запутавшийся.

— Обращались когда-нибудь к психотерапевту?

— Это бесполезно. Они только скуку навевают, никакого воображения. Психотерапевты мне ни к чему. Говорят, они кончают сексуальным растлением своих пациенток. Хотел бы я быть психотерапевтом, чтобы иметь возможность переебать всех баб. В остальном совершенно бесполезная профессия.

Мой доктор сгорбился на своем табурете. Он еще немного пожелтел и посерел. Тело его сотрясла сильная судорога. Его песенка была почти спета. Тем не менее славный малый.

— Короче, от жены я отделался.— сказал он.— С этим покончено.

— Прекрасно,— сказал я,— расскажите мне о своем нацистском прошлом.

— Ну что ж, у нас практически не было выбора. Нас попросту силком туда загоняли. Я был молод. Да и что, черт возьми, тут поделаешь? Нельзя ведь жить сразу в нескольких странах, вот и живешь в одной. Идешь на войну и, если не погибаешь, попадаешь в открытый товарный вагон, а люди швыряют в тебя дерьмо...

Я поинтересовался, ебал ли он свою миловидную сестру. Он учтиво улыбнулся. Улыбка сказала «да». Потом он поведал мне, что после развода, как бы это сказать, встречался с одной своей пациенткой, хотя и знает, что обращаться так с пациентками неэтично...

— А по-моему, это нормально, доктор.

— Это вполне интеллигентная женщина. Я женился на ней.

— Правильно сделали.

— Теперь я счастлив... но...

Потом он развел руками, повернув кверху ладони. Я рассказал ему о своем страхе очередей. Он выписал мне бессрочный рецепт на либриум.

Потом у меня на жопе угнездились фурункулы. Я очень страдал. Меня связали ремнями, эти типы могут творить с человеком всё что заблагорассудится, они сделали мне местную анестезию и перетянули мою жопу ремнями. Я повернул голову, посмотрел на доктора и сказал:

— Есть у меня еще шанс передумать?

Сверху на меня смотрели три физиономии. Его и еще две. Он должен был резать. Она подавать тряпки. Третий — втыкать шприцы.

— Передумать уже нельзя, — сказал доктор, после чего, потирая руки и ухмыляясь, приступил...

В последний раз я виделся с ним по поводу серы у меня в ушах. Я видел, как он шевелит губами, я пытался понять, но ничего не слышал. По его глазам и лицу я догадался, что для него вновь настали трудные времена, и кивнул.

Было тепло. У меня слегка кружилась голова, и я подумал, да, конечно, он чудный малый, но почему он не дает мне рассказать ему о моих проблемах, это нечестно, у меня тоже есть проблемы, к тому же мне приходится ему платить.

В конце концов до моего доктора дошло, что я оглох. Он взял нечто вроде огнетушителя и запихнул его мне в уши. Потом он показал мне огромные куски серы... это сера, сказал он. И ткнул пальцем в ведро. Это было похоже в самом деле на пережаренную фасоль.

Я встал из-за стола, расплатился с доктором и ушел. Я все еще ничего не слышал. Чувствовал я себя не то чтобы плохо и не то чтобы хорошо, мне было интересно, с какой хворью я заявлюсь к нему в следующий раз, что он будет с ней делать, что он будет делать со своей семнадцатилетней дочерью, которая влюбилась в другую женщину и намерена сочетаться с этой женщиной браком, и мне пришло в голову, что *все* непрерывно страдают, включая тех, кто не хочет в этом признаться. Мне показалось, что я сделал потрясающее открытие. Я посмотрел на разносчика газет и подумал, гм-м-м-м, гм-м-м-м, я посмотрел на другого прохожего и подумал, гм-м-м-м, гм-м-м-м, гм-м-м-м-м-м, а у светофора, что возле больницы, выехала из-за угла новая черная машина и сбила хорошенькую девчонку в синем мини-платье, белокурую, с синими лентами в волосах, девчонка приподнялась на залитой солнцем мостовой, а из носа у нее струились пурпур и багрянец.

ХРИСТОС НА РОЛИКАХ

Это был маленький кабинетик на третьем этаже старого здания, неподалеку от дешевых притонов. Джо Мейсон, президент «Роллеруорлд инкорпорейтед», сидел за обшарпанным письменным столом, который он арендовал заодно с кабинетом. На столе, сверху и по бокам, были вырезаны надписи: «Рожденный умереть», «Одни покупают то, за что других вешают», «Дерьмовый супец», «Ненавижу любовь сильнее, чем люблю ненависть».

На единственном оставшемся стуле сидел вице-президент, Клиффорд Андервуд. Имелся там и один телефонный аппарат. Кабинет пропах мочой, однако туалет находился в сорока пяти футах дальше по коридору. Имелось и окно, выходившее в переулок, пожелтевшее окно с толстыми стеклами, которые пропускали в помещение тусклый свет. Мужчины курили сигареты и ждали.

— Когда ты велел ему прийти? — спросил Андервуд.

— В девять тридцать, — сказал Мейсон.

— Это не имеет значения.

Они ждали. Еще восемь минут. Оба закурили по новой сигарете. Раздался стук.

— Входи, — сказал Мейсон. Это был Урод Чонджаки, бородатый, шесть футов шесть дюймов, триста девяносто два фунта. От Чонджаки дурно попахивало. Пошел дождь. Слышно было, как под окном гремит товарняк. Это направлялись на север двадцать четыре вагона, битком набитые коммерцией. От Чонджаки все еще попахивало. Он был ведущим игроком «Желтых Курток», одним из лучших хоккеистов на обоих берегах Миссисипи, на расстоянии двадцати пяти ярдов от каждого берега.

— Садись, — сказал Мейсон.

— Стула нет, — сказал Чонджаки.

— Сделай ему стул, Клифф.

Вице-президент неторопливо поднялся, всем своим видом показывая, что готов сию же секунду пернуть, но вместо этого отошел к окну и прислонился к дождю, который хлестал в толстое желтое стекло. Чонджаки опустил обе ягодицы на стул, протянул руку и закурил «Пэлл-Мэлл». Без фильтра. Мейсон облокотился на стол:

— Ты невежественный сукин сын.

— Минутку, старина!

— Хочешь сделаться героем, сынок? Возбуждаешься, когда твое имя выкрикивают маленькие девочки с безволосыми мохнатками? Любишь цвета родного флага? Любишь ванильное мороженое? Все еще дрочишь свою крошечную пипку, засранец?

— Послушайте, Мейсон...

— Молчать! Три сотни в неделю! Я плачу тебе три сотни в неделю! Когда я нашел тебя в том баре, у тебя на очередной стакан не хватало... ты страдал белой горячкой и питался какой-то благотворительной капустной бурдой! Ты даже коньки надевать не умел! Ты был полным ничтожеством, а я сделал из тебя человека, но могу опять сделать тебя полным ничтожеством! Для тебя я — Бог. К тому же — Бог, который не прощает тебе ни грехов, ни провалов!

Мейсон закрыл глаза и откинулся на спинку вращающегося стула. Он затянулся сигаретой. На нижнюю губу ему упала искорка горящего пепла, но он был слишком взбешен, чтобы обращать внимание на подобные пустяки. Он попросту позволил пеплу обжечь губу. Когда пепел догорел, он, не открывая глаз, вслушался в шум дождя. Обычно он любил слушать дождь. Особенно когда сидел в помещении и за аренду было уплачено, и никакая женщина не сводила его с ума. Но сегодня дождь не помогал. Мейсон не только чуял запах Чонджаки, он ощущал его присутствие нутром. Чонджаки был хуже поноса, Чонджаки был хуже мандавошек. Мейсон открыл глаза, выпрямился и посмотрел на него. Господи, чего только не приходится терпеть, чтобы оставаться в живых.

— Малыш, — негромко сказал он, — вчера вечером ты сломал Сонни Велборну два ребра. Ты меня слышишь?

— Послушайте... — начал Чонджаки.

— Не одно ребро. Нет, одного тебе мало. Два. Два ребра. Слышишь меня?

— Но...

— Слушай, засранец! Два ребра! Слышишь меня? Ты меня слышишь?

— Я вас слышу.

Мейсон положил сигарету, встал с вращающегося стула и, обойдя стол, подошел к стулу Чонджаки. Внешность Чонджаки, можно сказать, имел привлекательную. Чонджаки, можно сказать, был красавчик. Чего никак нельзя было сказать о Мейсоне. Мейсон был стар. Сорок девять. Почти лыс. Сутул. Разведен. Четверо мальчиков. Двое из них в тюрьме. Дождь не кончался. Он мог лить еще два дня и три ночи. Река Лос-Анджелес могла прийти в возбуждение и притвориться рекой.

— Встать! — сказал Мейсон.

Чонджаки встал. И тут Мейсон погрузил ему в живот левый кулак, а когда голова Чонджаки поникла, он водрузил ее на место ребром правой ладони. Тогда он почувствовал себя немного лучше. Это помогло, как чашечка шоколадно-молочного «Овалтина» в утренний январский колотун. Он обошел стол и снова сел. Сигарету он на сей раз курить не стал. Он закурил свою пятнадцатицентовую сигару. Свою послеобеденную сигару он закурил до обеда. Вот насколько лучше он себя чувствовал. Давление. Нельзя давать этому дерьму повышаться. Его бывший шурин помер от кровоточащей язвы, потому что не знал, как отвести душу.

Чонджаки снова сел. Мейсон посмотрел на него.

— Это, малыш, не спорт, а *работа*. Мы считаем, что наносить людям травмы нецелесообразно. Я понятно выражаюсь?

Чонджаки сидел и вслушивался в шум дождя. Он думал о том, заведется ли его машина. В дождь он всегда заводил машину с трудом. В остальном машина была неплохая.

— Я тебя спрашиваю, малыш, понятно я выражаюсь?

— Ах, да-да...

— Два сломанных ребра. У Сонни Велборна сломано два ребра. Он наш лучший игрок.

— Постойте! Он же играет за «Ястребов». Велборн играет за «Ястребов». Как он может быть вашим лучшим игроком?

— Засранец! «Ястребы» — наша команда!

— «Ястребы» — ваша команда?

— Да, засранец. И «Ангелы», и «Койоты», и «Каннибалы», и все прочие треклятые команды в лиге, все они — наша собственность, все ребята...

— Господи Иисусе...

— Какой Иисусе? Иисус тут как раз совсем ни при чем! Хотя постой, ты мне подал идею, засранец.

Мейсон повернулся на стуле к Андервуду, который все еще стоял, прислонившись к дождю.

— Это надо обмозговать, — сказал он.

— Угу, — сказал Андервуд.

— Отвлекись от своей пиписьки, Клифф. Подумай об этом.

— О чем?

— Христос на роликах. Неограниченные возможности.

— Ага. Ага. Можно добавить и дьявола.

— Неплохо. Да, дьявола.

— Можно даже и крест сюда приплести.

— Крест? Нет, это слишком банально.

Мейсон вновь повернулся к Чонджаки. Чонджаки все еще сидел на месте. Мейсон не удивился. Окажись там хоть обезьяна, его бы и это не удивило. Слишком давно Мейсон занимался своим делом. Но это была не обезьяна, это был Чонджаки. С Чонджаки он вынужден был говорить. Обязанности, обязанности... и всё за аренду, нерегулярный кусочек жопы да похороны за городом. У собак блохи, у людей неприятности.

— Чонджаки, — сказал он, — с твоего позволения, я тебе кое-что растолкую. Ты слушаешь? Ты вообще-то слушать способен?

— Слушаю.

— У нас коммерческое предприятие. Мы работаем пять вечеров в неделю. Нас показывают по телевизору. Мы содержим семьи. Платим налоги. Нас, как и всех прочих, штрафуют ебучие копы. Мы страдаем зубной болью, бессонницей, венерическими болезнями. Нам, как и всем, надо как-то пережить рождественские и новогодние праздники, понимаешь?

— Да.

— Кое-кто из нас иногда даже впадает в уныние. Мы тоже люди. Даже я впадаю в уныние. Иногда по вечерам мне хочется плакать. Мне чертовски хотелось заплакать вчера вечером, когда ты сломал Велборну два ребра...

— Он набросился на меня, мистер Мейсон.

— Чонджаки, Велборн даже из левой подмышки твоей бабули волоска бы не выдернул. Он читает

Сократа, Роберта Данкана и У. Х. Одена. Он в лиге уже пять лет, и физических повреждений, которые он за это время нанес, не хватит и на синяк под глазом у церковной моли...

— Он на меня напал, он размахивал клюшкой, орал...

— О, боже, — вполголоса произнес Мейсон. Он положил сигару в пепельницу. — Сынок, я же тебе говорил. Мы все — семья, большая семья. Мы не причиняем друг другу вреда. Мы заполучили самых лучших слабоумных болельщиков среди всех видов спорта. Мы собираем на свои матчи толпу величайших из ныне живущих кретинов, и они покорно кладут денежки нам в карман, уловил? Кретины высшей пробы переметнулись к нам, позабыв о профессиональной борьбе, «Я люблю Люси» и Джордже Патнеме. Мы популярны и не верим ни в злобу, ни в физическое насилие. Верно, Клифф?

— Верно, — сказал Андервуд.

— Давай покажем ему, как это делается, — сказал Мейсон.

— Давай, — сказал Андервуд.

Мейсон поднялся из-за стола и направился к Андервуду.

— Сукин сын, — сказал он, — я убью тебя. Твоя мама глотает собственный пердеж и болеет сифилисом мочевых путей.

— А твоя жрет маринованное кошачье дерьмо, — сказал Андервуд.

Он отошел от окна и двинулся к Мейсону. Мейсон замахнулся раньше. Андервуд отпрянул к столу.

Мейсон обхватил левой рукой его шею, а кулаком и предплечьем правой нанес удар поверх Андервудовой головы.

— У твоей сестрицы сиськи висят на жопе и болтаются в воде, когда она срет, — сказал Андервуду Мейсон. Андервуд вытянул руку назад и легонько ударил Мейсона по голове. Мейсон упал, с грохотом шмякнувшись о стену. Потом он поднялся, подошел к своему столу, сел на вращающийся стул, взял свою сигару и затянулся. Дождь продолжал лить. Андервуд вернулся на свое место и прислонился к окну.

— Когда человек работает пять вечеров в неделю, травмы он себе позволить не может, понятно, Чонджаки?

— Да, сэр.

— Так вот, малыш, у нас здесь бытует одно общее правило, которое гласит... Ты слушаешь?

— Да.

— ... Которое гласит: когда кто-нибудь в лиге наносит травму другому игроку, он лишается работы, он исключается из лиги, мало того, об этом сообщается всем, и он заносится в черный список всех соревнований по хоккею на роликах в Америке. А может, заодно и в России, Китае и Польше. Вбил себе это в башку?

— Да.

— На первый раз мы тебя прощаем, потому что ухлопали уйму денег и времени на твою рекламу. Ты Марк Спитц нашей лиги, но если не будешь в точности выполнять наши указания, мы можем разделаться с тобой точно так же, как они могут разделаться с ним.

— Да, сэр.

— Но это не значит, что можно бездельничать. Ты должен изображать насилие, не прибегая к насилию, уловил? Фокус с зеркалами, кролик из шляпы, лапша на уши. Они любят, когда их дурачат. Они не знают правды, да и ни черта не желают знать, правда делает их несчастными. А мы делаем их счастливыми. Мы ездим на новых машинах и отправляем своих детишек в колледж, верно?

— Верно.

— Ладно, пошел ко всем чертям!

Чонджаки поднялся и направился к выходу.

— И еще, малыш...

— Да?

— Принимай хотя бы изредка ванну.

— Чего?

— Ну, может, дело и не в этом. Ты пользуешься достаточным количеством туалетной бумаги, когда подтираешь жопу?

— Не знаю. А какое количество достаточное?

— Тебе что, мама не говорила?

— Чего?

— Надо подтирать, пока на бумаге ничего не будет видно.

Чонджаки молча стоял и смотрел на него.

— Ладно, можешь идти. И прошу тебя, запомни всё, что я тебе говорил.

Чонджаки ушел. Андервуд подошел к освободившемуся стулу и сел. Он достал свою послеобеденную пятнадцатицентовую сигару и закурил. Двое мужчин минут пять сидели молча. Потом зазвонил телефон. Мейсон взял трубку. Он послушал, потом сказал:

— А, группа бойскаутов номер семьсот шестьдесят три? Сколько? Конечно, конечно, мы пропустим их за полцены. В воскресенье вечером. Отгородим канатом целую секцию. Конечно, конечно. Что вы, не стоит...

Он повесил трубку.

— Засранцы, — сказал он.

Андервуд не ответил. Они сидели, слушая дождь. Дым их сигар выписывал в воздухе интересные узоры. Они сидели, курили, слушали дождь и любовались узорами в воздухе. Вновь зазвонил телефон, и Мейсон скорчил гримасу. Андервуд встал со стула, подошел к телефону и снял трубку. Была его очередь.

КРАСНОНОСЫЙ ЭКСПЕДИТОР

Когда я познакомился с Рэндаллом Харрисом, ему было сорок два, и жил он с седовласой женщиной, некой Марджи Томпсон. В свои сорок пять особой статью Марджи не отличалась. Я в то время редактировал журнальчик «Безумная муха» и пришел в надежде разжиться у Рэндалла каким-нибудь материалом.

Рэндалл слыл изоляционистом, пьяницей, грубияном и желчным типом, но стихи у него были неприглаженные, неприглаженные и искренние, яростные и бесхитростные. В то время так больше никто не писал. Он работал экспедитором на складе автомобильных запчастей.

Я сидел напротив Рэндалла и Марджи. Было четверть восьмого вечера, а Харрис уже упился пивом. Он поставил передо мной бутылку. О Марджи Томпсон я кое-что слышал. Она была старой коммунисткой, спасительницей мира, благодетельницей человечества. Удивительно, что она связалась с Рэндаллом, которому было решительно наплевать на все, и он охотно в этом признавался.

— Я люблю фотографировать дерьмо, — сообщил он мне, — это мое призвание.

Писать Рэндалл начал в возрасте тридцати восьми лет. В сорок два, после трех тоненьких книжек («Смерть подлее, чем моя страна», «Моя мать еблась с ангелом» и «Псевдодикие кони безумия»), он удостоился, что называется, признания критиков. Однако зарабатывать литературным трудом ему не удавалось, по поводу чего он сказал:

— Я всего лишь экспедитор в пучине черной меланхолии.

Он жил вместе с Марджи в одном из старых, выходящих на улицу двориков Голливуда и был странным типом, несомненно.

— Просто я не люблю людей,— сказал он.— Знаешь, Уилл Роджерс когда-то сказал: «Я еще не встречал человека, который бы мне не понравился». Что до меня, то я еще не встречал человека, который бы мне понравился.

Но Рэндалл обладал чувством юмора, способностью смеяться над болью и над собой. Он вызывал симпатию. Это был урод с огромной головой и покореженной физиономией — только нос, казалось, уберегся от полного разгрома.

— У меня в носу костей не хватает, он как резиновый,— объяснил он. Нос у него был длинный и ярко-красный.

О Рэндалле я слышал немало интересного. Он с увлечением бил окна и швырял в стену бутылки. Это был мерзкий пропойца. Кроме того, бывали периоды, когда он не отвечал ни на дверные, ни на телефонные звонки. Телевизора у него не было, один маленький приемничек, и слушал он только симфоническую музыку — довольно странно для такого грубияна.

Случались у Рэндалла и периоды, когда он снимал с телефона нижнюю крышку и обматывал туалетной бумагой звонок, чтобы тот не звенел. В таком виде телефон стоял месяцами. Удивительно, зачем ему вообще нужен был телефон. Образован он был слабовато, но явно прочел почти всех лучших писателей.

— Ну что, разъебай,— сказал он мне,— сдается мне, тебе интересно, почему я с ней связался? — Он показал на Марджи.

Я не ответил.

— Она хороша в постели, — сказал он, — угощает меня самым лучшим сексом западнее Сент-Луиса.

И это был тот самый человек, который написал четыре или пять замечательных любовных стихотворений, посвященных женщине по имени Энни. Удивительно, как это у него получалось.

Марджи знай себе сидела и улыбалась. Она тоже писала стихи, но они были не особенно хороши. Она посещала два семинара в неделю, что вряд ли приносило пользу.

— Так тебе нужны какие-нибудь стихи? — спросил он меня.

— Да, хотелось бы взглянуть.

Харрис подошел к стенному шкафу, открыл дверь и поднял с пола несколько рваных и жеваных листочков бумаги. Он протянул их мне:

— Это я написал вчера ночью.

Потом он сходил на кухню и принес еще два пива. Марджи не пила.

Я начал читать стихи. Все они были яркие. Он печатал, очень сильно ударяя по клавишам, и слова казались высеченными на бумаге. Сила его сочинений всегда меня поражала. Казалось, он говорит всё, что мы должны были сказать, но никогда не решались.

— Я возьму эти стихи. — сказал я.

— Ладно, — сказал он. — Пей до дна.

Посещения Харриса всегда были чреваты выпивкой. Он курил сигарету за сигаретой. Носил он свободные коричневые брюки военного образца, которые были велики ему на два размера, и старые рубашки, неизменно рваные. В нем было около шести футов и двести двадцать фунтов, в основном за счет пивного жирка. Он сутулился и смотрел на собеседника из-под полуприкрытых век. Мы пили добрых два с половиной часа, в комнате было не продохнуть от дыма. Вдруг Харрис поднялся и сказал:

— Пошел к черту, разъебай, ты мне опротивел!

— Полегче, Харрис...

— Пошел ВОН, разъебай!

Я встал и ушел, прихватив стихи.

Два месяца спустя я вернулся в тот дворик, чтобы вручить Харрису пару экземпляров «Безумной мухи». Я напечатал все десять его стихотворений. Меня впустила Марджи. Рэндалла не было.

— Он в Новом Орлеане,— сказала Марджи.— Кажется, ему подфартило. Джек Теллер хочет издать его новую книгу, но сначала желает с ним познакомиться. Теллер говорит, что не печатает книги людей, которые ему не нравятся. Он оплатил самолет в оба конца.

— Строго говоря, привлекательным Рэндалла не назовешь,— сказал я.

— Посмотрим,— сказала Марджи.— Теллер — пьяница и вдобавок сидел в тюрьме. Они могли бы составить очаровательную парочку.

Теллер издавал журнал «Рифрафф» и имел собственную типографию. Он выпускал весьма изящную продукцию. На обложке последнего номера «Рифраффа» красовалась мерзкая физиономия Харриса, присосавшегося к пивной бутылке, а внутри имелось несколько его стихотворений.

«Рифрафф» был повсеместно признан ведущим литературным журналом того времени. На Харриса начали обращать внимание. Это сулило ему неплохие перспективы, лишь бы он не испортил все дело своими язвительными речами и хмельными манерами. Перед моим уходом Марджи сообщила мне, что она беременна — от Харриса. Как я уже говорил, ей было сорок пять.

— Что он сказал, когда узнал об этом?

— Похоже, ему было все равно.

Я ушел.

Книгу действительно опубликовали — тиражом в две тысячи экземпляров, изданных с большим вкусом. Переплет изготовили из пробки, импортированной из

Ирландии. Стихи набрали вразрядку на многоцветных листах высококачественной бумаги, украшенной некоторыми из Харрисовых набросков тушью. Книга была встречена восторженно – благодаря как оформлению, так и содержанию. Но авторского гонорара Теллер выплачивать не мог. Они с женой едва сводили концы с концами. Книге предстояло еще десять лет продаваться по семьдесят пять долларов на рынке раритетов. Харрис тем временем вновь приступил к работе экспедитором на складе автомобильных запчастей.

Когда месяца через четыре или пять я вновь зашел, Марджи уже не было.

– Она давно ушла, – сказал Харрис. – Выпей пивка.

– А что случилось?

– Ну, после Нью-Орлеана я написал несколько рассказов. Пока я был на работе, она порылась в моем столе. Прочла парочку рассказов и не одобрила их.

– О чем были эти рассказы?

– А, она прочла кое-что о том, как в Новом Орлеане я только и делал, что прыгал из койки в койку.

– Рассказы-то хоть правдивые? – спросил я.

– Как идут дела у «Безумной мухи»? – спросил он.

Родился ребенок, девочка – Наоми Луиза Харрис. Она жила с матерью в Санта-Монике, и раз в неделю Харрис их навещал. Он давал деньги на содержание ребенка и продолжал пить свое пиво. Потом я узнал, что он ведет еженедельный раздел в авангардистской газете «Эл-Эй Лайфлайн». Этот раздел он назвал «Заметки первоклассного маньяка». Проза у него была такая же, как стихи, – непокорная, злопыхательская и расхлябанная.

Харрис отпустил козлиную бородку и отрастил волосы. Когда мы с ним увиделись в следующий раз, он жил с тридцатипятилетней рыжеволосой красоткой по имени Сьюзен. Сьюзен работала в магазине „Товары для художников“, занималась живописью и довольно сносно играла на гитаре. Иногда она также пила с Рэндаллом пиво, что уже превосходило все достижения Марджи. Дома у них, казалось, стало почище. Когда Харрис допивал бутылку, он бросал ее не на пол, а в бумажный пакет. Тем не менее, он так и остался мерзким пропойцей.

— Я пишу роман,— сказал он мне,— а в соседних университетах мне время от времени устраивают поэтические чтения. Я даже получил одно предложение из Мичигана и одно из Нью-Мексико. Все они весьма выгодные. Чтений я не люблю, но читаю хорошо. Я им предлагаю настоящее зрелище, да и стихи хороши.

Кроме того, Харрис занялся живописью. Рисовал он весьма посредственно. Он рисовал, как упившийся водкой пятилетний ребенок, и все же ухитрился продать парочку картин по сорок или пятьдесят долларов. Он сказал мне, что подумывает бросить работу. Три недели спустя он ее действительно бросил, чтобы отправиться на мичиганские чтения. Отпуск он уже использовал для поездки в Новый Орлеан.

Помню, как-то раз он поклялся мне:

— Я ни за что не стану читать этим кровопийцам, Чинаски. До самой гробовой доски я ни разу не устрою поэтических чтений. Все это суета, распродажа.

О его заявлении я ему напоминать не стал.

Его роман «Смерть в жизни всех глаз на земле» выпустило некрупное, но престижное издательство, которое выплачивало нормальный авторский гонорар. Рецензии были хвалебные, в том числе в «Нью-Йоркском книжном обозрении». Однако он так и остался мерзким пропойцей и из-за своего пьянства нередко ссорился со Сьюзен.

В конце концов, после одной жуткой попойки, когда он всю ночь бесновался, ругался и истошно вопил, Сьюзен от него ушла. Мы с Рэндаллом увиделись через несколько дней после ее ухода. Харрис вел себя на удивление тихо и даже стал не особенно мерзким.

— Я любил ее, Чинаски,— сказал он мне.— Я этого не переживу, малыш.

— Переживешь, Рэндалл. Вот увидишь. Переживешь. Человек куда более живуч, чем ты думаешь.

— Черт,— сказал он,— надеюсь, ты прав. А то я, черт подери, совсем упал духом. Сколько хороших мужиков кончили из-за баб под мостом! Женщины так, как мы, не страдают.

— Страдают. Просто она не сумела совладать с твоим пьянством.

— Чушь, старина, я почти всегда пишу в пьяном виде.

— В этом и есть твой секрет?

— Да, черт возьми. В трезвом виде я всего лишь экспедитор, да и то весьма посредственный...

Я ушел, а он остался допивать свое пиво.

Очередной обход я совершил три месяца спустя. Харрис все еще жил в своем дворике. Он познакомил меня с Сандрой, миловидной блондинкой двадцати семи лет. Ее отец был судьей, а она окончила Южно-Калифорнийский университет. Помимо хорошей фигурки, она обладала хладнокровием и утонченностью, чего другим женщинам Рэндалла явно недоставало. Они распивали бутылку хорошего итальянского вина.

Рэндалловская козлиная бородка превратилась в окладистую бороду, а волосы стали намного длиннее. Одежда у него была новая, сшитая по последней моде. Он носил туфли за сорок долларов, новые наручные часы, лицо его уже не казалось таким одутловатым, да и ногти стали почище... однако нос, пока он пил вино, все так же краснел.

— В конце недели мы с Рэндаллом переезжаем в Западный Лос-Анджелес,— сказала мне Сандра.— Здесь невозможно жить.

— Здесь я написал кучу хороших вещей, — сказал он.

— Рэндалл, милый, — сказала она, — пишет не *место*, пишешь ты. Думаю, мы сможем устроить Рэндалла на три дня в неделю преподавателем.

— Я не умею преподавать, — сказал он.

— Дорогой, ты сумеешь научить их *всему*.

— Черт подери, — сказал он.

— По книге Рэндалла хотят поставить фильм. Мы читали сценарий. Сценарий просто превосходный.

— Фильм? — переспросил я.

— Надежды мало, — сказал Харрис.

— Дорогой, он уже запущен в производство. Надо хоть чуточку верить.

Я выпил с ними еще один стакан вина и ушел. Сандра была красавицей.

Я не получил рэндалловского адреса в Западном Лос-Анджелесе и попыток разыскать Рэндалла не предпринимал. Лишь больше года спустя я прочел рецензию на фильм «Цветок на хвосте преисподней». Фильм был поставлен по мотивам его романа. Рецензия была восторженная, а Харрис даже сыграл в фильме эпизодическую роль.

Я сходил и посмотрел картину. Книгу экранизировали довольно удачно. С виду Харрис показался мне чуть более строгим, чем во время нашей последней встречи. Я решил его разыскать. После недолгой сыскной работы как-то вечером, около девяти, я постучался в дверь его коттеджа в Малибу. Дверь открыл Рэндалл.

— Чинаски, это ты, старик, — сказал он. — Входи.

На кушетке сидела красивая девушка. С виду ей было лет девятнадцать, она так и лучилась природной красотой.

— Это Карилла, — представил ее он.

Они распивали бутылку дорогого французского вина. Я сел и выпил с ними стакан. Я выпил несколько стаканов. Появилась еще одна бутылка, мы негромко беседовали. Харрис не пьянел, не начинал грубить и к тому же, казалось, совсем не курил.

— Я работаю над пьесой для Бродвея, — сообщил он мне. — Говорят, театр умирает, но у меня для них кое-что есть. Заинтересовался один из ведущих продюсеров. Сейчас я привожу в надлежащий вид последний акт. Неплохой жанр. Ты же знаешь, диалоги мне всегда удавались блестяще.

— Да, — сказал я.

В тот вечер я ушел около половины двенадцатого. Беседа была приятной... На висках у Харриса появилась аристократическая седина, а слово «чёрт» он произнес не больше четырех-пяти раз.

Пьеса «Пристрели своего отца, пристрели своего бога, разнеси выстрелом распутанный клубок» имела успех. Она не сходила со сцены едва ли не дольше всех постановок в истории Бродвея. Чего только в ней не было: кое-что для революционеров, кое-что для реакционеров, кое-что для любителей комедии, кое-что для любителей драмы, даже кое-что для интеллектуалов, и при всем при том она была не лишена смысла. Рэндалл Харрис переехал из Малибу в большой дом высоко на Голливудских холмах. О нем уже можно было прочесть во всех разделах светской хроники.

Проделав некоторую работу, я определил местонахождение его дома на Голливудских холмах, трехэтажного особняка, который возвышался над огнями Лос-Анджелеса и Голливуда.

Я поставил машину, вышел и направился по дорожке к парадной двери. Было около половины девятого вечера, прохладно, почти холодно. Светила полная луна, и воздух был свеж и прозрачен.

Я позвонил. Ждать, казалось, пришлось очень долго. Наконец дверь отворилась. На пороге стоял дворецкий.

— Да, сэр? — спросил он меня.

— Генри Чинаски к Рэндаллу Харрису,— сказал я.

— Одну минуту, сэр.

Он неслышно затворил дверь, а я стал ждать. Ждал я опять очень долго. Потом дворецкий вернулся.

— Сожалею, сэр, но мистера Харриса в это время нельзя беспокоить.

— Ничего не поделаешь.

— Не желаете ли что-нибудь передать, сэр?

— Передать?

— Да, передать.

— Ну что ж, передайте ему мои поздравления.

— Поздравления? Это всё?

— Да, всё.

— Доброй ночи, сэр.

— Доброй ночи.

Я вернулся к машине, сел. Она завелась, и я начал долгий спуск с холмов. У меня был с собой старый номер «Безумной мухи», я хотел, чтобы он поставил на нем свой автограф. Это был номер с десятью стихотворениями Рэндалла Харриса. Вероятно, он был занят. Может быть, подумал я, если я пошлю ему по почте журнал и конверт с обратным адресом и наклеенной маркой, он автограф поставит.

Было всего лишь девять часов вечера. Я вполне мог успеть съездить куда-нибудь еще.

ДЬЯВОЛ БЫЛ ГОРЯЧ

Так вот, это произошло после ссоры с Фло, и у меня не было желания ни напиваться, ни идти в массажный кабинет. Поэтому я сел в машину и поехал в сторону пляжа. Дело шло к вечеру, и ехал я медленно. Добравшись до берега, я поставил машину и поднялся на пирс. Я зашел в пассажик, сыграл несколько партий на автоматах, но там воняло мочой, и я ушел. Для карусели я был уже староват, поэтому кататься не стал. По пирсу прогуливались те же типы, что и обычно, – вялая, равнодушная толпа.

Тут я и обратил внимание на громоподобный звук, доносившийся из ближайшего павильона. Магнитофон или проигрыватель, без сомнения. Перед зданием стоял зазывала:

– Да, дамы и господа, внутри, именно здесь, внутри... мы и в самом деле поймали *дьявола!* Он выставлен напоказ, чтобы вы убедились своими глазами! Подумать только, всего за четвертак, за двадцать пять центов, вы можете воочию увидеть настоящего дьявола... потерпевшего крупнейший провал всех времен! Провал единственной попытки совершить революцию в раю!

Ну что ж, в качестве компенсации за страдания, которые причиняла мне Фло, я был готов немного позабавиться. Я заплатил четвертак и вместе с шестью или семью другими отборными недоумками вошел в здание. Там был какой-то малый в клетке. Его опрыскали красной краской, а в рот запихнули какую-то штуковину, заставлявшую его пускать язычки пламени и завиточки дыма. Свою роль он играл спустя рукава. Он знай себе ходил кругами и то и дело твердил: «Черт подери, я должен отсюда выбраться! И как только меня угораздило попасть в такую хреновину?» Но вид у него, скажу я вам, был все-таки угрожающий. Неожиданно он выполнил шесть быстрых сальто назад. Сделав последнее сальто, он приземлился на ноги, огляделся и сказал:

— Ах, черт, я ужасно себя чувствую.

Потом он увидел меня. Он подошел прямо к тому месту, где я стоял, к самым прутьям. От него веяло теплом, как от батареи. Как это делалось, я не знаю.

— Сын мой, — сказал он, — наконец-то ты пришел! Я ждал. Тридцать два дня я уже сижу в этой треклятой клетке!

— Понятия не имею, о чем ты.

— Сын мой,— сказал он,— не шути так со мной. Приходи ночью с кусачками и освободи меня.

— Не морочь мне голову, старина,— сказал я.

— Тридцать два дня я сижу здесь, сын мой! Наконец-то я выхожу на свободу!

— Так ты хочешь сказать, что ты и вправду дьявол?

— Да чтоб мне кошку в жопу отдрючить, если это не так! — ответил он.

— Если ты дьявол, тогда выбирайся отсюда с помощью своих сверхъестественных сил.

— Мои силы временно иссякли. Этот малый, зазывала, он сидел вместе со мной в камере для пьянчуг. Я сказал ему, что я дьявол, и он внес за меня залог. В той тюряге я утратил свои силы, иначе он бы мне не понадобился. Он меня опять напоил, а когда я очнулся, то уже сидел в этой клетке. Подлюга, он кормит меня собачьей едой и бутербродами с ореховым маслом. Сын мой, помоги мне, я тебя умоляю!

— Ты спятил,— сказал я,— ты попросту полоумный.

— Главное, приходи ночью, сын мой, с кусачками.

Вошел зазывала и объявил, что сеанс с дьяволом окончен, а если мы хотим увидеть его еще раз, придется снова платить двадцать пять центов. Я уже насмотрелся. Я вышел оттуда вместе с шестью или семью другими отборными недоумками.

— Эй, он с тобой *разговаривал*, — сказал маленький старикашка, шедший рядом со мной, — я хожу смотреть на него каждый вечер, и ты первый человек, с которым он заговорил.

— Чушь, — сказал я.

Меня остановил зазывала:

— Что он тебе сказал? Я видел, как он с тобой разговаривал. Что он тебе сказал?

— Он сказал мне всё.

— Так вот, руки прочь, приятель, он мой! Столько денег я не заколачивал с тех пор, как у меня была трехногая бородатая дама.

— И куда она подевалась?

— Сбежала с человеком-осьминогом. Теперь у них ферма в Канзасе.

— По-моему, вы тут все спятили.

— Я тебе одно скажу: этого малого нашел я. Не смей даже близко к нему подходить!

Я подошел к машине, сел и поехал обратно к Фло. Когда я вошел, она сидела на кухне и пила виски. Сидя там, она не одну сотню раз повторила мне, какой я никчемный мужик. Я выпил с ней немного, почти ничего ей не говоря. Потом я встал, сходил в гараж, взял кусачки, сунул их в карман, сел в машину и снова поехал к пирсу.

Я взломал дверь черного хода — щеколда проржавела и оторвалась сразу. Он спал на полу клетки. Я попытался перекусить прут, но кусачки его не брали. Прутья были очень толстые. Потом он проснулся.

— Сын мой, — сказал он, — ты пришел! Я знал, что ты придешь!

— Слушай, старина, кусачками тут ничего не сделаешь. Прутья слишком толстые.

Он встал:

— Давай их сюда.

— Бог мой, — сказал я, — да у тебя руки горячие! Наверняка у тебя сильный жар.

— Не называй меня Богом, — сказал он.

Он искромсал кусачками прут, как нитку, и вышел из клетки.

— А теперь, сын мой, — к тебе. Мне надо восстановить силы. Несколько ресторанных бифштексов, и я приду в норму. Я сожрал столько собачьей кормежки, что боюсь, того и гляди, залаю.

Мы вернулись к машине, и я повез его к себе домой. Когда мы вошли, Фло все еще сидела на кухне и пила виски. Для затравки я сделал ему бутерброд с яичницей и грудинкой, и мы подсели к Фло.

— Твой приятель красив, как дьявол, — сказала она мне.

— По его словам, он и *есть* дьявол, — сказал я.

— Давненько, — сказал он, — не пробовал я хорошей бабы.

Он наклонился и надолго зажал рот Фло поцелуем. Когда он от нее оторвался, она, похоже, пребывала в состоянии шока.

— Таким *жарким* поцелуем меня еще никто не награждал, — сказала она, — а награждали меня ими в избытке.

— Правда? — спросил он.

— Если ты и в любви так же силен, как в поцелуях, это уже будет просто чересчур, просто-напросто *чересчур!*

— Где у тебя спальня? — спросил он меня.

— Дама тебе покажет, — сказал я.

Он удалился вслед за Фло в спальню, а я налил себе полный стакан виски.

Я никогда не слыхал таких воплей и стонов, и продолжалось это добрых сорок пять минут. Потом он вышел один, сел и налил себе выпить.

— Сын мой, — сказал он, — ты отхватил себе хорошую бабу.

Он вышел в переднюю комнату, растянулся на кушетке и уснул. Я пошел в спальню, разделся и лег рядом с Фло.

— Боже мой, — сказала она, — боже мой, просто не верится. Он устроил мне и рай, и ад.

— Надеюсь только, он не устроит нам пожар, — сказал я.

— По-твоему, он может заснуть с сигаретой?

— Ладно, это все ерунда, — сказал я.

Короче, он начал меня выживать. Приходилось спать на кушетке. Мне приходилось каждую ночь слушать доносящиеся из спальни вопли и стоны Фло. В один прекрасный день, когда Фло ушла в магазин, а мы пили пиво в обеденном уголке, я решил с ним потолковать.

— Послушай, — сказал я, — я не против того, чтобы помочь ближнему в беде, но в данном случае я лишился жены и постели. Кажется, мне придется тебя отсюда попросить.

— Думаю, я еще немного задержусь, сын мой, таких бабенок, как твоя старуха, у меня почти никогда не было.

— Послушай, старина, — сказал я, — боюсь, чтобы избавиться от тебя, мне придется прибегнуть к крайним мерам.

— Крутой, что ли? Так вот, слушай, крутой, у меня есть для тебя кое-что новенькое. Ко мне вернулись мои сверхъестественные способности. Если будешь мешаться, можешь сгореть. Смотри!

У нас был пес. Старикан. Он почти ни на что не годился, зато лаял по ночам, честный сторожевой пес. Так вот, он направил на Старикана палец, из пальца послышалось какое-то чиханье, потом шипение, оттуда вырвался тонкий огненный лучик и коснулся Старикана. Старикан вспыхнул и исчез. Его попросту больше не было. Ни костей, ни шерсти, ни даже вони. Одно пустое пространство.

— Ладно, приятель,— сказал я,— можешь еще денька два пожить, но потом тебе придется уйти.

— Поджарь мне бифштекс,— сказал он,— я проголодался, боюсь, этак и спермы может поубавиться.

Я встал и бросил на сковородку кусок мяса.

— А на гарнир поджарь ломтиками картошку, и помидор нарежь тонкими дольками. Кофе не нужно. У меня бессонница. Лучше выпью еще пару пива.

Когда я поставил перед ним еду, вернулась Фло.

— Привет, любимый,— сказала она,— как дела?

— Превосходно,— сказал он,— а что, разве кетчупа нет?

Я вышел, сел в машину и поехал на пляж.

Зазывала уже обзавелся новым дьяволом. Я заплатил четвертак и вошел. Этот дьявол и вправду ничего из себя не представлял. Красная краска, которой его опрыскали, подтачивала его силы, и, дабы не сойти с ума, он пил. Это был здоровенный детина, но актерским талантом он отнюдь не отличался. Я оказался одним из немногочисленных посетителей. Там было больше мух, чем людей.

Ко мне подошел зазывала:

— С тех пор как ты спер у меня настоящего, я помираю с голоду. Наверно, у тебя теперь свой балаган?

— Послушай,— сказал я,— я бы все отдал, лишь бы вернуть его тебе. Я просто пытался быть добрым малым.

— А знаешь, что бывает в этом мире с добряками?

— Ага, они кончают тем, что стоят на углу Седьмой и Бродвея и продают «Сторожевую башню».

— Меня зовут Эрни Джеймстаун, — сказал он,— расскажи мне все по порядку. У нас сзади есть комната.

Мы с Эрни вошли в заднюю комнату. За столом сидела его жена и пила виски. Она подняла голову:

— Слушай, Эрни, если этот ублюдок хочет стать нашим новым дьяволом, и думать об этом забудь. С таким же успехом мы можем устроить тройное самоубийство.

— Успокойся, — сказал Эрни, — и дай сюда бутылку.

Я рассказал Эрни обо всем, что произошло. Он внимательно меня выслушал, а потом сказал:

— Я тебя от него избавлю. У него есть две слабости — выпивка и женщины. И еще одно. Не знаю, почему это происходит, но, когда он сидит взаперти — в камере для пьянчуг, например, или в той же клетке,— он лишается своих сверхъестественных сил. Ладно, с этого и начнем.

Эрни подошел к стенному шкафу и выволок оттуда целую кучу цепей и висячих замков. Потом он подошел к телефону и попросил позвать Эдну Цикуту. Эдна Цикута должна была встретиться с нами через двадцать минут на углу возле бара «Вуди». Мы с Эрни сели в машину, заехали в винный магазин за двумя бутылками виски, встретились с Эдной, забрали ее с собой и поехали ко мне.

Они все еще были на кухне. Они лобызались и обнимались как безумные. Но, завидев Эдну, дьявол тут же позабыл о моей старухе. Он отшвырнул ее, точно пару грязных трусов. Эдна была неотразима. Во время ее сборки не сделали ни единой ошибки.

— Почему бы вам двоим не выпить за знакомство до дна? — сказал Эрни. Эрни поставил перед каждым из них большой стакан виски. Дьявол посмотрел на Эрни:

— Эй, мать твою, ты же тот малый, что посадил меня в клетку, верно?

— Брось, — сказал Эрни, — забудем, что было, то быльем поросло.

— Черта с два! — Он поднял палец, к Эрни протянулся огненный лучик, и Эрни больше не стало.

Эдна улыбнулась и подняла свой стакан. Дьявол осклабился, поднял свой и жадно его осушил.

— Превосходное пойло! — сказал он. — Кто его купил?

— Тот человек, что только минуту назад покинул комнату, — сказал я.

— А-а.

Они с Эдной выпили еще и принялись сверлить друг друга глазами. И тут с ним заговорила моя старуха:

— Перестань пялиться на эту потаскуху!

— Кто потаскуха?

— Она.

— Пей себе свою выпивку и помалкивай!

Он устремил на мою старуху свой палец, послышалось негромкое потрескивание, и она исчезла. Потом он посмотрел на меня:

— А ты что хочешь сказать?

— Да я же тот парень, что принес кусачки, помнишь? Я здесь так, на побегушках, полотенца подаю и все такое прочее...

— Эх, хорошо снова обладать сверхъестественными силами.

— Да, они пришлись кстати, — сказал я, — надо же как-то решать проблему перенаселенности.

Он сверлил взглядом Эдну. Они были так поглощены разглядыванием друг друга, что мне удалось стащить одну бутылку виски. Я взял бутылку, сел в машину и опять поехал на пляж.

Жена Эрни все еще сидела в задней комнате. Увидев новую бутылку, она обрадовалась, и я наполнил два стакана.

— Что это за малыша вы заперли в клетке? — спросил я.

— А, это третий запасной полузащитник из команды одного местного колледжа. Хочет разжиться мелочью на карманные расходы.

— У тебя весьма аппетитная грудь,— сказал я.

— Ты так думаешь? Эрни о моей груди никогда ничего не говорит.

— Пей до дна. Это хорошее пойло.

Я подсел к ней поближе. У нее были аппетитные толстые ляжки.

Когда я ее поцеловал, она не стала противиться.

— Ах, я так устаю от этой жизни,— сказала она,— Эрни всегда был дешевым жуликом. А у тебя приличная работа?

— О да. Я старший экспедитор компании «Дромбо-Вестерн».

— Поцелуй меня еще разок.

Я скатился с нее и вытерся простыней.

— Если Эрни узнает, он убьет нас обоих,— сказала она.

— Эрни вряд ли узнает. Не бойся.

— Ты очень хорош в любви,— сказала она,— но почему именно со *мной*?

— Сам не пойму.

— Нет, правда, что это на тебя нашло?

— Ох,— сказал я,— нечистый попутал.

Потом я закурил сигарету, откинулся на подушку, затянулся и выпустил идеально круглое колечко дыма. Она встала и направилась в ванную. Через минуту я услышал, как струится в унитазе вода.

КРЕМЕНЬ

Я человек не очень приятный — это вам любой скажет. Я и слова-то такого не знаю. Меня всегда восхищали подлецы, разбойники, сукины сыны. Мне не нравятся гладковыбритые мальчики при галстуке и приличной работе. Я люблю людей отчаянных, с выбитыми зубами, шальной башкой и сломанной жизнью. Такие меня интересуют. Они полны тайн и взрывчатки. Мне также нравятся опустившиеся женщины, матерящиеся пьяные сучки со сползшими чулками и размалеванными физиономиями. Меня больше интересуют развратники, чем святые. Мне хорошо с бродягами, потому что я сам бродяга. Я не люблю законы, правила, религию и мораль. Я не позволю обществу перекраивать меня по-своему.

Однажды ночью я пил у себя с Марти, бывшим уголовником. Я не работал. Я не хотел работать. Я хотел сидеть, сняв ботинки, пить вино и трепаться, а еще лучше — хохотать. Марти был скучноват, но у него были руки работяги, перебитый нос, кротовьи глазки — ничего выдающегося, но повидал он немало.

— Ты мне нравишься, Хэнк, — сказал Марти, — Ты настоящий мужик, я редко встречал таких мужиков, как ты.

— Ага, — сказал я.

— Ты кремень.

— Ага.

— Когда я работал в забое...

— Ага.

— Мы схватились с одним пацаном. Топорищами дрались. Первым ударом он сломал мне левую руку. Я не сдался. Я ему башку к чертовой матери расквасил. В конце концов он совсем без башки остался. Я ему мозги смял. Его в дурдом увезли.

— Здорово, — сказал я.

— Слушай, — сказал Марти. — Я хочу биться с тобой.

— Первый удар за тобой. Давай бей.

Марти сидел на зеленом стуле с прямой спинкой. Я как раз шел к раковине, чтобы налить себе еще вина из бутылки. Я развернулся и наварил ему правой по морде. Он загремел на пол прямо со стулом, потом поднялся и попер на меня. Я не думал, что он левой ударит. Он шарахнул мне прямо по лбу, и я свалился. Я дотянулся до мешка с блевотиной и пустыми бутылками, достал одну, приподнялся и швырнул. Марти увернулся — я как раз оказался около стула. Уже занес его над головой, и тут открылась дверь. Вошла хозяйка, симпатичная блондинка лет двадцати с чем-то. Я никогда не мог понять, зачем она содержит этот гадюшник.

Я поставил стул на место.

— Иди к себе, Марти.

Марти, похоже, засмущался — прямо как маленький. Он прошел по коридору, вошел в свою комнату и закрыл дверь.

— Мистер Чинаски, — сказала она, — запомните...

— Сами запомните, — сказал я. — Это бесполезно.

— Что бесполезно?

— Вы не в моем вкусе. Я не хочу вас ебать.

— Послушайте, что я вам скажу. Прошлой ночью я видела, как вы мочились на соседней стоянке. Если это повторится, я вас выселю. В лифте тоже кто-то мочился. Вы, наверно?

— Я не мочусь в лифтах.

— Да, но я видела вас вчера на стоянке. Я смотрела внимательно. Это были вы.

— Черта с два это был я.

— Вы были сильно выпивши и не помните. Не делайте так больше.

Она закрыла дверь и ушла.

Несколько минут спустя я сидел, спокойно попивая винцо и пытаясь вспомнить, мочился я в лифте или нет, но тут кто-то постучал.

— Войдите, — сказал я.

Это был Марти.

— Хочу тебе кое-чего рассказать.

— Конечно. Садись.

Я налил Марти стакан портвейна, и он сел.

— Я влюблен, — сказал он.

Я не ответил. Я свернул папиросу.

— Ты веришь в любовь? — спросил он.

— Приходится верить. Была у меня однажды любовь.

— Где она?

— Ее нет. Она умерла.

— Умерла. Как?

— Алкоголь.

— Она тоже пьет. Я беспокоюсь за нее. Она вечно пьяная. Не может остановиться.

— Никто не может остановиться.

— Я хожу с ней на собрания «Анонимных алкоголиков». С пьяной хожу. Там половина пьяных, на этих собраниях. Такой перегар стоит.

Я промолчал.

— Она молода, Господи. А какая фигура! Я люблю ее, старик, правда люблю ее!

— Черт, Марти, это секс, и ничего более.

— Нет, я люблю ее, я прямо чувствую это.

— Наверно, это возможно.

— Господи, они ее в подвале держат. Ей нечем заплатить за жилье.

— В подвале?

— Да, у них внизу комната — там котельная и дерьмо всякое.

— Трудно поверить.

— Да, она там. Я люблю ее, старик, но у меня нет денег, чтобы помочь ей.

— Грустно. Я был в такой ситуации. Это мучительно.

— Если бы я мог завязать со всем этим, бросить пить дней на десять и вернуть здоровье — я нашел бы какую-нибудь работу и помог ей.

— Слушай, — сказал я. — Ну вот ты пьешь. Если ты ее любишь, то прекрати пить. Сейчас же.

— Господи, — сказал он. — Конечно! Я вылью в раковину.

— Давай без театральных сцен. Просто пододвинь сюда.

Я спустился на лифте на первый этаж с поллитровкой дешевого виски, которую украл за неделю до этого в винной лавке Сэма. Потом сошел по ступенькам в подвал. Там тускло горела лампочка. Я шел высматривая дверь. Наконец нашел. Было, наверно, час или два ночи. Я постучал. Дверь слегка приоткрылась — я увидел и в самом деле симпатичную женщину в халате. Такого я не ожидал. Молодая, светлые волосы с рыжиной. Я просунул ногу в дверь, протиснулся внутрь, закрыл дверь и огляделся. Неплохо.

— Вы кто? — спросила она. — Уходите.

— У тебя тут неплохо. Получше, чем у меня.

— Уходите отсюда! Уходите! Уходите!

Я достал из бумажного пакета поллитровку виски. Она посмотрела на нее.

— Как тебя зовут? — спросил я.

— Джини.

— Слушай, Джини, где тут у тебя стаканы?

Она указала на полку, я подошел и взял два фужера. Тут же была раковина. Я налил в фужеры немного воды, подошел, поставил их, открыл виски и смешал с водой. Мы сели на краешек ее кровати и стали пить. Она была молодая и соблазнительная.

Потрясающе. Я ждал нервного срыва, психопатии какой-нибудь. Джини выглядела вполне нормально, даже довольно бодро. Ох, как ей нравилось виски. Она пила со мной наравне. Я пришел к ней в какой-то горячке, но теперь горячка прошла. Я хочу сказать, что, будь она чумазая, как поросенок, или будь в ней еще что-нибудь непристойное или гадкое (заячья губа, например), меня бы это заводило еще сильнее. Я вспомнил историю в «Программе скачек» про породистого жеребца, которого никак не могли спарить с кобылой. Ему выискивали самых красивых кобылиц, и всякий раз жеребец перед ними пасовал. Потом какой-то дока все понял. Он вымазал красивую кобылу грязью, и жеребец живо на нее взобрался. Штука в том, что жеребец робел перед красотой, а когда ее вымазали, перепачкали грязью, он понял, что сам не хуже или даже лучше. Мужики порой рассуждают почти как кони.

В общем, Джини налила еще, потом спросила, как меня зовут и где я живу. Я сказал, что живу наверху и мне просто захотелось с кем-нибудь выпить.

— Я видела вас в «Кламбере» однажды вечером, около недели назад,— сказала она,— вы были очень веселый, всех смешили и всех угощали выпивкой.

— Не припоминаю.

— А я припоминаю. Вам нравится мой халат?

— Да.

— Почему бы вам не снять штаны и не почувствовать себя как дома?

Я так и поступил, потом развалился рядом с ней на кровати. Все происходило потихоньку. Помню, я говорил, что у нее хорошенькие грудки, и потом сосал одну грудь. Потом, смотрю, мы уже принялись за дело. Я сверху. Но что-то не сработало. Я скатился.

— Извини, — сказал я.

— Ничего, — сказала она, — ты мне все равно нравишься.

Мы сидели, о чем-то болтали, допивали виски.

Потом она встала и выключила свет. Мне стало очень грустно, я забрался в кровать и привалился к ее спине. Джини была теплая, сочная, я чувствовал, как она дышит, как ее волосы ложатся мне на лицо. У меня начал вставать член, и я ткнулся им в Джини. Чувствую — она протянула руку и впихнула его куда надо.

— Ну вот, — сказала она, — другое дело...

Это было прекрасно, долго и прекрасно, потом мы кончили, а потом заснули.

Когда я проснулся, она еще спала, я встал и начал одеваться. Я уже оделся, и тут она поворачивается и смотрит на меня.

— Еще разочек перед уходом.

— Хорошо.

Я снова разделся и залез к ней. Она повернулась ко мне спиной, и мы проделали то же самое, точно так же. Я кончил, а она так и осталась лежать ко мне спиной.

— Ты придешь ко мне еще?

— Конечно.

— Ты живешь наверху?

— Да. Номер триста девять. Я к тебе приду, или ты ко мне.

— Лучше ты ко мне приходи.

— Хорошо, — сказал я. Я оделся, открыл дверь, закрыл дверь, поднялся по лестнице, вошел в лифт и нажал кнопку под номером «три».

Однажды вечером, около недели спустя, я пил вино с Марти. Мы болтали о разных пустяках, а потом он сказал:

— Господи, как мне плохо.

— Что, опять?

— Ага. Джини, девочка моя. Я тебе о ней рассказывал.

— Да. Та, что в подвале живет. Ты влюблен в нее.

— Ага. Ее выкинули из подвала. Она даже за подвал не смогла уплатить.

— И где она?

— Не знаю. Ушла. Слышал только, что ее выселили. Никто не знает, чем она занималась, куда поехала. Я ходил на собрание «Анонимных алкоголиков», но ее там не было. Мне скверно, Хэнк. Мне очень скверно. Я любил ее. Я схожу с ума.

Я молчал.

— Что мне делать, старик? Я места себе не нахожу...

— Давай выпьем за ее удачу, Хэнк, за ее удачу.

Мы крепко выпили за нее.

— Она была хороша, Хэнк, поверь мне, она была хороша.

— Я верю тебе, Марти.

Через неделю Марти выселили за неуплату, а я устроился на мясокомбинат, напротив которого была парочка мексиканских баров. Я полюбил эти мексиканские бары.

После работы от меня пахло кровью, но никто вроде бы не обращал внимания.

Однажды я ехал на автобусе домой, и тут все начали дергать носами и раздраженно поглядывать в мою сторону. Тогда я снова почувствовал себя подонком. Это помогло.

НАЕМНЫЙ УБИЙЦА

С этими двумя Ронни договорился встретиться в немецком баре, в районе Сильвер-лейк. Было семь пятнадцать вечера. Он сидел один за столиком и пил темное пиво. Официантка была блондинкой с чудесной жопой, а ее груди, казалось, того и гляди вывалятся из блузки.

Блондинок Ронни любил. Можно кататься на коньках по льду, а можно кататься на роликах. Блондинки — это катание по льду, все прочие — на роликах. Блондинки даже по-особому пахнут. Однако от женщин сплошь неприятности, а неприятности зачастую перевешивали для него удовольствие. Другими словами, цена была чересчур высока.

И все же мужчине иногда нужна женщина — хотя бы как доказательство того, что он в состоянии добиться ее благосклонности. Секс — дело второстепенное. Влюбленным в этом мире несладко, и так будет всегда.

Семь двадцать. Он знаком попросил официантку принести еще пива. Она подошла, улыбаясь, с пивом у самой груди. Такой она просто не могла не понравиться.

— Нравится тебе здесь работать? — спросил он ее.

— Конечно, здесь столько мужчин.

— Порядочных?

— И порядочных, и не очень.

— Как же ты их различаешь?

— Достаточно на них посмотреть.

— Ну а я что за мужчина?

— Вы-то? — Она рассмеялась. — Конечно, порядочный.

— Ты заслужила чаевые, — сказал Ронни.

Семь двадцать пять. Они сказали — в семь. Потом он поднял голову. Это был Курт. И с Куртом — еще один малый. Они подошли и сели. Курт знаком попросил кувшин.

— «Бараны» совсем не тянут, — сказал Курт. — В этом сезоне я угробил на них пятьсот долларов.

— Думаешь, Протро свое отыграл?

— Ага, с ним всё кончено, — сказал Курт. — Ах да, это Билл. Билл, это Ронни.

Они пожали друг другу руки. Подошла официантка с кувшином.

— Господа, — сказал Ронни, — это Кэти.

— Ого! — сказал Билл.

— Да-а! — сказал Курт.

Официантка рассмеялась и удалилась, покачивая бедрами.

— Пиво хорошее, — сказал Ронни. — Я жду здесь с семи часов, вот и успел распробовать.

— Тебе бы не стоило напиваться, — сказал Курт.

— Он надежен? — спросил Билл.

— У него прекрасные рекомендации, — сказал Курт.

— Слушай, — сказал Билл, — не надо только ломать комедию. Я же деньги плачу.

— Почем мне знать, что ты не легавый? — спросил Ронни.

— А мне почем знать, что ты не смотаешься с моими двумя с полтиной?

— Три штуки.

— Курт сказал — две с половиной.

— Я только что поднял цену. Ты мне не нравишься.

— Твоя задница меня тоже не очень-то привлекает. Смотри, как бы я вообще все не отменил.

— Не отменишь. Таких дел вы не отменяете.

— Ты регулярно этим занимаешься?

— Да. А ты?

— Ладно, господа, — сказал Курт, — мне плевать, о чем вы там добазаритесь. Главное — пришлите мне с вашего договора тыщонку.

— Ты здесь самый везучий, Курт, — сказал Билл.

— Ага, — сказал Ронни.

— Каждый — специалист в своем деле, — сказал Курт, закуривая.

— Почем мне знать, Курт, а вдруг этот малый смотается с моими тремя штуками?

— Не смотается, иначе ему эта работенка больше не светит. Это единственное, что он умеет делать.

— Это ужасно, — сказал Билл.

— Что здесь ужасного? Тебе-то он понадобился, верно?

— Вообще-то да.

— И другим он бывает нужен. Говорят, у каждого человека есть к чему-то способности. У него способности к этому.

Кто-то опустил деньги в музыкальный автомат, и они сидели, слушая музыку и потягивая пивко.

— Эх, погонял бы я эту блондиночку, — сказал Ронни. — Часиков шесть бы ее своим концом погонял.

— Я тоже, — сказал Курт, — если б он у меня был.

— Давай возьмем еще кувшин, — сказал Билл. — Что-то мне не по себе.

— Тут не о чем волноваться, — сказал Курт. Он знаком попросил еще один кувшин пива. — Те пятьсот долларов, что просадил на «Баранах», я верну на «Аните». Двадцать шестого у них открытие сезона. Я пойду.

— Башмак будет участвовать? — спросил Билл.

— Газет я еще не читал. Но думаю, будет. Ему скачек не бросить. Они у него в крови.

— А Лонгден бросил,— сказал Ронни.

— А что ему оставалось? Старика приходилось привязывать к седлу ремнями.

— Но свой последний заезд он выиграл.

— Кампус придержал свою лошадь.

— Не думаю, что на скачках возможно надувательство,— сказал Билл.

— Для толкового человека нет ничего невозможного,— сказал Курт.— Я, например, отродясь не работал.

— Ага,— сказал Ронни,— зато мне вечерком предстоит работенка.

— Смотри, не провали дело, малыш,— сказал Курт.

— Провалов у меня не бывает.

Они умолкли и принялись за пиво. Потом Ронни сказал:

— Ну и где же эти треклятые деньги?

— Не волнуйся, получишь,— сказал Билл.— Хорошо еще, я прихватил с собой лишние пятьсот долларов.

— Они нужны мне сейчас. Все.

— Отдай ему деньги, Билл. А заодно и мне пришли мою долю.

Все до единой купюры были сотенные. Билл отсчитал их под столом. Сначала свои получил Ронни, потом Курт. Они пересчитали. Все нормально.

— Где это? — спросил Ронни.

— Возьми,— сказал Билл, протягивая ему конверт.— Здесь адрес и ключ.

— Это далеко?

— Полчаса. Поезжай по автостраде Вентура.

— Можно тебя кое о чем спросить?

— Конечно.

— Зачем?

— Зачем?

— Да, зачем?

— Тебе что, интересно?

— Нет.

— Тогда зачем спрашиваешь?

— Наверно, чересчур много пива.

— Кажется, тебе пора, — сказал Курт.

— Еще кувшинчик пивка, — сказал Ронни.

— Хватит, — сказал Курт, — иди.

— Ладно, черт возьми, я пошел.

Ронни выбрался из-за столика и направился к выходу. Курт с Биллом сидели и смотрели на него. Он вышел на улицу. Ночь. Звезды. Луна. Уличное движение. Его машина. Он открыл ее, сел, поехал.

Ронни внимательно проверил улицу и еще внимательнее — адрес. Он поставил машину в полутора кварталах оттуда и вернулся обратно пешком. Ключ подошел к замку. Ронни открыл дверь и вошел. В передней комнате работал телевизор. Ронни пошел по ковру.

— Билл? — спросил кто-то. Он прислушался к голосу. Она была в ванной. — Билл? — снова сказала она. Он толчком распахнул дверь — в ванне она и сидела, очень светловолосая, очень белая, молодая. Она пронзительно вскрикнула.

Он сомкнул руки у нее на горле и затолкнул ее под воду. Намокли рукава. Она отчаянно отбивалась руками и ногами. Бороться было так трудно, что ему пришлось залезть к ней в ванну, прямо в одежде. Пришлось удерживать ее всем весом. Наконец она замерла, и он ее отпустил.

Биллова одежда оказалась ему не совсем впору, но по крайней мере она была сухая. Бумажник намок, но бумажник он не выбросил. Потом вышел на улицу, прошел полтора квартала пешком до машины и уехал.

ВОТ ЧТО УБИЛО ДИЛАНА ТОМАСА

Вот что убило Дилана Томаса.

Я сажусь на самолет с подругой, звукооператором, оператором и режиссером. Работает камера. Звукооператор укрепил маленькие микрофончики на мне и на моей подруге. Я лечу в Сан-Франциско читать стихи. Я Генри Чинаски, поэт. Я тонкий, обаятельный. Я крепкий мужик, любого завалю. Любую.

Пятнадцатый канал собрался сделать обо мне документальный фильм. На мне новая чистая рубашка, моя подруга живенькая, обаятельная, ей чуть за тридцать. Она ваяет, пишет, она чудо как хороша в любви. Камера шарит по моему лицу. Я делаю вид, что не замечаю. Пассажиры смотрят, стюардесса сияет, у индейцев отобрали землю, Том Микс мертв, а я недурно позавтракал.

И все же я не могу забыть годы, проведенные в хмурых комнатах, куда могли постучаться разве что домовладелицы, явившиеся за просроченной платой, или люди из ФБР. Я жил с крысами и мышами, моя кровь и вино стекали по стенам мира, которого я не понимал и не понимаю до сих пор. Я предпочитал жить впроголодь, чем жить, как они; я ушел глубоко в себя и там затаился. Я опустил все шторы и уставился в потолок. Я выбирался разве что в бар, где клянчил выпивку, исполнял мелкие поручения, был бит в переулках упитанными и уверенными в себе людьми, унылыми и благополучными. Да, я изредка побеждал, но только потому, что был сумасшедший. У меня годами не было женщины, я сидел на ореховой пасте, черством хлебе и вареном картофеле. Я был дурак, кретин, идиот. Я хотел писать, но машинка вечно была в закладе. Я забывал про все и пьянствовал.

Самолет поднялся в воздух, и они опять начали снимать. Мы с подругой болтали. Принесли выпивку. У меня есть стихи и есть хорошая женщина. Все устраивается. Но будь осторожен, Чинаски, не попади в западню. Ты долго бился за возможность расставлять слова по-своему. Не позволяй мелкой лести и кинокамере сбить себя с толку. Помни, что говорил Джефферс: даже сильнейшие попадают в западню — как Бог, ходивший когда-то по земле.

Ну ты-то не Бог, Чинаски, так что расслабься и выпей еще. Может, сказать что-нибудь глубокомысленное звукооператору? Нет, пусть себе потеет. Пусть все они потеют. Это ведь их пленка, мне-то что. Вон, смотри, какие облака. Ты летишь с должностными лицами из Ай-би-эм, из Тексако, из...

Ты летишь с врагами.

На эскалаторе у выхода из аэропорта какой-то человек спрашивает:

— Почему снимают на камеру? Что произошло?

— Я поэт, — говорю я ему.

— Поэт, — спрашивает он, — а как вас зовут?

— Гарсиа Лорка, — говорю я.

Как изменился Норт-Бич. Все теперь молоды, все носят джинсы, все чего-то ждут. Я состарился. Где те, кто был молод двадцать лет назад? Где Джо-Колотун? Вот именно. Когда я жил в Сан-Франциско тридцать лет назад, я обходил Норт-Бич стороной. Теперь я двигаюсь по Норт-Бич. Кругом афиши с моей физиономией. Аккуратней, старик, идет отсос. Они хотят твоей крови.

Мы с подругой идем с Марионетти. Идем и идем себе с Марионетти. С Марионетти хорошо, у него очень кроткие глаза, молодые девушки останавливают его на улице и заговаривают с ним. Теперь я, наверно, мог бы и остаться в Сан-Франциско, но меня не собьешь — мне надо вернуться в Лос-Анджелес, где в окне над парадным установлен пулемет. Бога они, может, и поймали, но Чинаски консультирует сатана.

Марионетти исчезает, и мы оказываемся перед битническим кафе. Я никогда не был в битническом кафе. И вот я в битническом кафе. Мы с подругой берем по высшему разряду — шестьдесят центов порция. Ничего себе. Дороговато. Вокруг сидит молодняк, попивает кофе и дожидается, пока что-нибудь произойдет. Ничего не произойдет.

Мы переходим улицу и попадаем в итальянское кафе. Вернулся Марионетти с парнем из «Сан-Франциско кроникл», который написал в своей колонке, что я — величайший мастер короткого рассказа со времен Хемингуэя. Я говорю ему, что он ошибается; я не знаю, кто лучший со времен Хемингуэя, но не Г. Ч. Я слишком беззаботный. Я недостаточно старателен. Я устал.

Приносят вино. Вино плохое. Мадам приносит суп, салат, миску равиоли. Еще одна бутылка плохого вина. Основное блюдо в нас уже не полезет. Мы лениво переговариваемся. Мы не стремимся блеснуть. Возможно, нам это и не под силу. Мы выходим.

Я иду за ними на холм, со мной моя красавица подруга. Меня начинает рвать. Плохое красное вино. Салат. Суп. Равиоли. Меня всегда тошнит перед выступлением. Это добрый знак. Я на грани срыва. Я поднимаюсь на холм с ощущением, будто меня пырнули в живот.

Они приводят нас в комнату, оставляют нам пару бутылок пива. Я просматриваю стихи. Я прихожу в ужас. Я блюю в раковину, блюю в унитаз, блюю на пол. Я готов.

Лучший сбор со времен Евтушенко... Я выхожу на сцену. Весь на понтах. Понтовый Чинаски. У меня за спиной холодильник, забитый пивом. Я протягиваю руку и достаю пивка. Усаживаюсь и начинаю читать. Они заплатили по два доллара каждый. Нормальные ребята. Некоторые проявляют неприязнь с самого начала. Треть собравшихся меня ненавидит, треть любит, треть не понимает, из-за чего сыр-бор. У меня есть несколько стихов, из-за которых меня станут ненавидеть еще сильнее. Хорошо, когда вызываешь неприязнь, это раскрепощает.

— Лаура Дэй, встань, пожалуйста! Встань, пожалуйста, любовь моя!

Она встает, машет рукой.

Меня уже больше интересует пиво, чем поэзия. Я что-то вяло говорю в паузах, банальщину какую-то, чушь. Я — X. Богарт. Я — Хемингуэй. Я весь на понтах.

— Стихи читай, Чинаски! — кричат они.

И правда что. Я стараюсь не отвлекаться от стихов. Однако все чаще бросаюсь к холодильнику. Так легче работать, к тому же они уже заплатили. Мне рассказывали, что Джон Кейдж однажды вышел на сцену, съел яблоко, ушел и получил за это тысячу долларов. Я мог точно рассчитывать на пиво.

Ну вот, закончилось. Набежали люди. Просят автографы. Они приехали из Орегона, из Лос-Анджелеса, из Вашингтона. Попадаются симпатичные девчонки. Вот что убило Дилана Томаса.

Я снова поднялся наверх, пью пиво, разговариваю с Лаурой и с Джо Крисяком. Внизу долбят в дверь.

— Чинаски! Чинаски!

Джо идет вниз, чтобы разогнать их. Я рок-звезда. В итоге я иду вниз сам, впускаю несколько человек. Некоторых я знаю. Голодающие поэ-ты. Издатели мелких журналов. Несколько неизвестных тоже пробрались. Всё, всё — закройте дверь!

Мы пьем. Мы пьем. Пьем. Ал Мазантик упал в ванной и проломил себе затылок. Он замечательный поэт, этот Ал.

Так, все общаются. Все, по обыкновению, безобразно хлебают пиво. Издатель мелкого журнала наехал на педика. Это не по мне. Я пытаюсь их разнять. Окно вдребезги. Я выталкиваю их на лестницу. Выталкиваю на лестницу всех, кроме Лауры. Вечеринка закончена. А, нет, еще не совсем. Мы с Лаурой еще здесь. Мы с моей любовью еще здесь. Она у меня с норовом, я ей не уступаю. Как водится, на пустом месте. Я говорю, чтоб она проваливала. Она проваливает.

Я просыпаюсь несколько часов спустя, она стоит посреди комнаты. Я соскакиваю с кровати, крою ее матом. Она бросается на меня:

— Я убью тебя, сукин сын!

Я пьян. Она оседлала меня на полу на кухне. У меня лицо в крови. Она прокусила мне руку. Я не хочу умирать. Не хочу умирать! Черт бы побрал эту страсть! Я вбегаю на кухню и выливаю на руку полпузырька йода. Она выкидывает из своего чемодана мои трусы и рубашки, хватает свой билет на самолет. Она опять уходит своей дорогой. Мы опять расстаемся навсегда. Я возвращаюсь в кровать и слышу, как Лаура уходит, стуча каблучками, вниз по холму.

В самолете на обратном пути работает камера. Ребята с пятнадцатого канала вздумали понять жизнь. Камера дает крупный план моей прокушенной руки. В руке двойной виски.

— Джентльмены, — говорю я, — женский пол абсолютно невыносим. Абсолютно.

Все согласно кивают. Звукооператор кивает, оператор кивает, режиссер кивает. Некоторые пассажиры тоже кивают. Всю дорогу я крепко пью — как говорится, смакую печаль. На что годен поэт без боли? Она нужна ему, как пишущая машинка.

Разумеется, я направляюсь к бару аэропорта. А как же иначе? Камера следует за мной. Ребята в баре глядят по сторонам, поднимают бокалы и говорят о том, насколько невыносим женский пол.

За выступление я получил четыреста долларов.

— А почему снимают на камеру? — спрашивает парень, сидящий рядом со мной.

— Я поэт, — отвечаю я.

— Поэт? — спрашивает он. — А как вас зовут?

— Дилан Томас, — говорю я.

Я поднимаю бокал, опустошаю его разом, смотрю прямо перед собой. Я иду своей дорогой.

БЕЗ ШЕИ И ДУРНОЙ КАК ЧЕРТ

У меня схватило желудок, а она фотографировала, как я потею и умираю в зале ожидания, глядя на пухленькую девчонку в коротком лиловом платьице и туфлях на высоких каблуках, расстреливающую из ружья шеренгу пластмассовых уток. Я сказал Вики, что сейчас вернусь, попросил у буфетчицы бумажный стаканчик и немного воды и бросил туда свой «алказельцер». Потом я сел и снова начал потеть.

Вики была счастлива. Мы уезжали из города. Мне нравилось, что Вики счастлива. Свое счастье она заслужила. Я встал, пошел в туалет и хорошенько просрался. Когда я вышел, пассажиров уже приглашали пройти на посадку. Гидроплан был не очень большой. Два пропеллера. Мы вошли последними. Он вмещал всего шесть или семь пассажиров.

Вики села на место второго пилота, а мне соорудили сиденье из штуковины, которая убиралась в нишу над дверью. Вот и всё! СВОБОДА. Мой привязной ремень был сломан.

На меня смотрел какой-то японец.

— У меня ремень сломан,— сообщил я ему. В ответ он радостно улыбнулся.— Полижи говнеца, сынок,— посоветовал я ему. Вики то и дело оборачивалась и улыбалась. Она была счастлива, малышке дали конфетку — старый, тридцатипятилетний гидроплан.

Уже через двенадцать минут мы сели на воду. Я даже не блеванул. Я вышел. Вики мне все рассказала.

— Самолет сделали в сороковом году. У него дырки в полу. Пилот поворачивал руль направления рукояткой на потолке. Я ему говорю: «Мне страшно», — а он мне: «Я и сам боюсь».

Всю свою информацию я черпал у Вики. Я не очень легко сходился с людьми. В общем, потом мы втиснулись в автобус и принялись потеть, хихикать и разглядывать друг друга. От конечной остановки автобуса до гостиницы было квартала два, и Вики вводила меня в курс дела:

— Вот заведение, где можно поесть, вот для тебя винная лавка, вот бар, вот заведение, где можно поесть, вот еще одна винная лавка...

Номер оказался вполне приличный, со стороны фасада, над самой водой. Телевизор работал как-то неуверенно, заикаясь; я плюхнулся на кровать и, пока Вики разбирала вещи, уткнулся в экран.

— Ах, как мне здесь нравится! — сказала она. — А тебе?

— И мне.

Я встал, спустился вниз, перешел улицу и взял пиво со льдом. Лед я высыпал в раковину и опустил в него пиво. Я выпил двенадцать бутылок пива, после десятой слегка повздорил из-за чего-то с Вики, выпил оставшиеся две и уснул.

Когда я проснулся, Вики уже купила ящик со льдом и рисовала на крышке. Вики была настоящим ребенком, романтиком, но я ее за это любил. Я это одобрял, ибо слишком много было во мне мрачных бесов.

«Июль 1972 года. Авалон, Каталена», — вывела она на ящике печатными буквами. Она не знала, как правильно пишется название. Да и никто из нас не знал.

Потом она нарисовала меня, а внизу: «Без шеи и дурной как черт».

Потом она нарисовала даму, а внизу: «Генри примечает хорошую жопу с первого взгляда».

И в кружке́: «Одному богу известно, как его носу не тесно».

И еще: «У Чинаски превосходные ноги».

Там же она изобразила множество птичек и солнышек, звезд и пальм — и океан.

— Ты позавтракать способен? — спросила она. Ни одна из моих женщин меня раньше не баловала. Мне нравилось, когда меня баловали; я чувствовал, что заслуживаю быть избалованным. Мы пошли и отыскали вполне сносное заведение, где можно было поесть за столиком прямо на улице. За завтраком она спросила меня:

— Ты действительно получил Пулитцеровскую премию?

— Какую Пулитцеровскую премию?

— Вчера вечером ты сказал мне, что получил Пулитцеровскую премию. Пятьсот тысяч долларов. Ты сказал, что тебе сообщили об этом фиолетовой телеграммой.

— Фиолетовой телеграммой?

— Да, ты сказал, что переплюнул Нормана Мейлера, Кеннета Коха, Диану Вакоски и Роберта Крили.

Мы доели завтрак и немного прошлись. На весь город едва набиралось пять или шесть кварталов. Всем вокруг было по семнадцать лет. Они сидели и равнодушно ждали. Не все. Попадались немногочисленные туристы — старые, настроенные славно повеселиться. Они сердито разглядывали витрины, прогуливались, топча тротуары, и излучали: у меня есть деньги, у нас есть деньги, у нас больше денег, чем у вас, мы лучше вас, нас ничто не волнует; всё кругом дерьмо, но мы не дерьмо, мы всё знаем, полюбуйтесь на нас.

С их розовыми рубашками, зелеными рубашками и синими рубашками, с раздавшимися вширь белыми гниющими телами, с полосатыми шортами, незрячими глазами и немыми устами, они шли себе своей дорогой, очень яркие, как будто яркость могла воскресить из мертвых и смерть могла обернуться жизнью. Это было карнавальное шествие американского увядания, они и понятия не имели, как бесчеловечно обходятся сами с собой.

Я оставил Вики на улице, поднялся наверх, сел за машинку и выглянул в окно. Безнадежно. Всю жизнь я хотел стать писателем, и вот у меня появилась такая возможность, но ничего не снисходило. Не было ни боя быков, ни боксерских турниров, ни молоденьких сеньорит. Неоткуда там было взяться даже завалящему озарению. Меня наебали. Я не мог выдавить из себя ни словечка, меня попросту загнали в угол. Ну что ж, оставалось лишь умереть. Но я всегда представлял это себе совсем по-другому. Я имею в виду литературное творчество. Может, дело было в фильме Лесли Говарда. Или в том, что я прочел о жизни Хемингуэя и Д. Г. Лоуренса. Или Джефферса. Существует целая куча разнообразных способов приступить к литературным занятиям. После чего вы какое-то время пишете. И встречаетесь с некоторыми писателями. Хорошими и плохими. И у всех у них мелкие душонки ремесленников. Это становится ясно, стоит только войти в комнату, где они сидят. Каждые пятьсот лет появляется лишь один великий писатель, и это не вы, и уж во всяком случае не они. Нас наебали.

Я включил телевизор и стал смотреть, как изрыгает на меня свои любовные неурядицы целая куча врачей и сестер. Какая преснятина. Ничего удивительного, что они попали в беду. Они только и знали, что трепать языком, спорить, скулить да копаться в себе. Я уснул.

Разбудила меня Вики.

— Ах,— сказала она,— я так чудесно провела время!

— Да?

— Я увидела одного парня в лодке и говорю ему: «Куда вы плывете?» — а он мне: «Я — лодка-такси, развожу людей по кораблям, а с кораблей доставляю на берег», — а я говорю: «Отлично», это стоит всего пятьдесят центов, и я несколько часов с ним каталась, пока он развозил людей по кораблям. Это было чудесно.

— А я видел врачей и сестер, — сказал я, — и у меня испортилось настроение.

— Мы катались несколько часов, — сказала Вики, — я дала ему поносить свою шляпу, а он ждал, пока я покупала бутерброд с морским ушком. Вчера ночью он упал с мотоцикла и ободрал себе ногу.

— Здесь каждые пятнадцать минут бьют куранты. Это невыносимо.

— Я заглядывала на все корабли. Там было полным-полно старых пьяниц. С некоторыми были молоденькие женщины в сапожках. С другими были молоденькие мужчины. Прямо старые пьяные развратники.

Мне бы Викину способность собирать информацию, подумал я, я бы наверняка сумел что-нибудь написать. А так приходится сидеть да ждать, пока на меня что-нибудь снизойдет. Когда оно появляется, я могу его обрабатывать и уплотнять, но я не умею ходить и искать. Всё, о чем я умею писать, — это о распивании пива, посещениях ипподрома да прослушивании симфонической музыки. Такая жизнь не увечна, но и не полноценна. И как только я стал таким ограниченным? У меня же был сильный характер. Что случилось с моим характером? Неужели люди и вправду стареют?

— Когда я сошла на берег, я увидела птицу. Я с ней поговорила. Ты не против, если я эту птицу куплю?

— Нет, не против. Где она?

— Всего в квартале отсюда. Может, пойдем посмотрим?

— Почему бы и нет?

Я влез в одежду, и мы спустились вниз. Это оказалось нечто зеленое в мелких кляксах красных чернил. Ничего особенного, даже для птицы. Зато, в отличие от прочих пернатых, он не срал каждые три минуты, и это было приятно.

— У него нет шеи. Совсем как у тебя. Потому мне и хочется его купить. Это краснощекий неразлучник.

В гостиницу мы вернулись с краснощеким неразлучником в клетке. Мы поставили клетку на стол, и Вики дала неразлучнику имя Авалон. Она села и принялась с ним разговаривать:

— Авалон, привет, Авалон... Авалон, Авалон, привет. Авалон... Авалон, о, Авалон...

Я включил телевизор.

Бар оказался вполне приличный. Я сидел там с Вики и грозился ей разнести заведение в щепки. В былые времена я имел обыкновение разносить бары в щепки, ныне же я лишь грозил это сделать.

Там был оркестр. Я встал и пустился в пляс. Современные танцы просты. Дрыгаешь себе во все стороны руками и ногами, голову либо держишь неподвижно, либо подергиваешь ею, как сукин сын, и все считают, что ты бесподобен. Людей одурачить легко. Я плясал и терзался из-за своей пишущей машинки.

Я подсел к Вики и заказал еще несколько порций выпивки. Схватив Вики за голову, я показал ей буфетчицу:

— Слушай, да она же красавица! Правда, красавица?

Потом подошел Эрни Хемингуэй со своей седой крысиной бородкой.

— Эрни, — сказал я, — я думал, ты из дробовика не промахнулся.

Хемингуэй рассмеялся.

— Что будешь пить? — спросил я.

— Я угощаю, — сказал он.

Эрни купил нам выпивку и сел. Казалось, он слегка похудел.

— Я рецензировал твою последнюю книгу,— сказал я ему.— Я написал плохую рецензию. Извини.

— Ничего страшного,— сказал Эрни.— Как тебе нравится остров?

— Он для них,— сказал я.

— То есть?

— Публика счастлива. Ей всё доставляет удовольствие: мороженое в стаканчиках, рок-концерты, пение, современные ритмы, любовь, ненависть, мастурбация, горячие сосиски, сельские танцы, Иисус Христос, катание на роликах, спиритизм, капитализм, коммунизм, обрезание, газетные комиксы, Боб Хоуп, ходьба на лыжах, рыбалка, убийство, игра в кегли, дискуссии — всё что угодно. Все они — одна огромная шайка.

— Ничего себе речь!

— Ничего себе публика!

— Ты говоришь точно персонаж раннего Хаксли.

— Думаю, ты не прав. Я в отчаянии.

— Но,— сказал Хемингуэй,— люди для того и становятся интеллектуалами, чтобы больше не приходить в отчаяние.

— Люди становятся интеллектуалами не от отчаяния, а от страха.

— А разница между страхом и отчаянием в том, что...

— Готово! — перебил я.— Вот вам и интеллектуал!.. Моя выпивка...

Немного погодя я рассказал Хемингуэю о своей фиолетовой телеграмме, а потом мы с Вики ушли и вернулись к нашей птице и к нашей постели.

— Ничто не поможет,— сказал я,— у меня саднит желудок, в нем девять десятых моей души.

— Попробуй вот это,— сказала Вики и протянула мне стакан воды с алказельцером.

— Пойди прогуляйся, — сказал я, — мне это сегодня не по силам.

Вики пошла прогуляться и раза два-три возвращалась проверить, как я себя чувствую. Чувствовал я себя нормально. Я вышел, поел, вернулся с двумя шестерными упаковками и нашел старый фильм с Генри Фондой, Тайроном Пауэром и Рэндольфом Скоттом. Тридцать девятый год. Все они были так молоды. Просто невероятно. Мне тогда было семнадцать лет. Но мне, конечно, повезло больше, чем им. Я был все еще жив.

«Джесси Джеймс». Актеры играли из рук вон плохо. Вики вернулась и рассказала мне о всевозможных поразительных вещах, а потом она легла рядом со мной на кровать и стала смотреть «Джесси Джеймса». Когда Боб Форд собирался убить Джесси (Тай Пауэр) выстрелом в спину, Вики жалобно застонала, убежала в ванную и затаилась. Форд сделал свое черное дело.

— Уже всё, — сказал я, — можешь выходить.

Это была кульминация всей поездки на Каталину. Больше почти ничего не произошло. Перед отъездом Вики сходила в Торговую палату и поблагодарила их за предоставленную возможность так хорошо отдохнуть. Кроме того, она возблагодарила ангела, что бережет моряков от гибели в морской пучине, и накупила подарков своим друзьям Лите и Уолтеру, Аве и ее сынишке Майку, кое-что мне, кое-что Энни, кое-что мистеру и миссис Кроти — были и другие, которых я позабыл.

Мы поднялись на борт корабля, прихватив с собой нашу птичью клетку и нашу птицу, наш ящик со льдом, чемодан и электрическую пишущую машинку. Я нашел место на корме, мы там сели, и Вики взгрустнулось, потому что все кончилось. Перед отъездом я встретил на улице Хемингуэя, он обменялся со мной хипповым рукопожатием и спросил меня, не еврей ли я и приеду ли я еще раз, и я сказал «нет» насчет еврея, а насчет приезда понятия не имел, все зависит от дамы, и он сказал, не хочу касаться твоих личных дел, и я сказал, Хемингуэй, у тебя чертовски странная манера говорить, а все судно накренилось влево, закачалось, запрыгало, и молодой человек, который выглядел так, будто прошел недавно курс электротерапии, начал разносить бумажные пакеты для рвоты. Наверное, гидроплан лучше, подумал я, всего двенадцать минут и куда меньше народу, а к нам медленно приближался Сан-Педро, цивилизация, цивилизация, смог и убийство, намного уютнее, намного уютнее, безумцы и пьяницы — последние святые, оставшиеся на земле. Я никогда не ездил верхом, не играл в шары, никогда не видал Швейцарских Альп, а Вики посмотрела на меня с такой детской улыбкой, и я подумал, она и вправду удивительная женщина, ну да, ведь должно и мне наконец повезти, и встал размять ноги, глядя прямо перед собой. Я опять захотел срать и решил немного подзавязать с выпивкой.

КАК ЛЮБЯТ МЕРТВЕЦЫ

1

Это была гостиница почти на вершине холма, спуск с того холма крут ровно настолько, чтобы подгонять вас вниз по дороге в винную лавку, а обратный подъем с бутылкой — ровно настолько, чтобы не лишать понапрасну сил. Некогда гостиницу выкрасили в переливчато-зеленый цвет с множеством ослепительно-ярких пятен, но после дождей, особых лос-анджелесских дождей, от которых все становится чистым и блеклым, яркая зелень уже держалась на честном слове — как и люди, что жили внутри.

То, как я туда переехал и почему покинул прежнюю комнату, я помню довольно смутно. Вероятно, дело в том, что я пил, не слишком утруждал себя работой, а по утрам громко скандалил с уличными дамами. Эти утренние споры происходили отнюдь не в десять тридцать утра. Они происходили в три тридцать утра. Обычно, если никто не звонил в полицию, все кончалось записочкой под дверью, всегда карандашом на рваной линованной бумаге: «уважаемый сэр, мы вынуждены просить вас как можно быстрее съехать». Как-то раз это случилось днем. Скандал был окончен. Мы подмели разбитое стекло, сложили все бутылки в бумажные мешки, выбросили из пепельниц окурки, поспали, проснулись, и я уже, не покладая сами знаете чего, усердно трудился сверху, когда услышал, как в замке поворачивается ключ. Я так удивился, что даже не остановил долбежку. На пороге возник коротышка управляющий — лет сорока пяти, совсем без волос, разве что на яйцах да за ушами, — он взглянул на лежавшую снизу, подошел и ткнул в нее пальцем: «Ты... ты, ВОН ОТСЮДА!» Я сбился с ритма и распластался ничком, искоса поглядывая на него. Потом он ткнул пальцем в меня: «И ТЫ тоже вон отсюда!» Он повернулся, вышел за дверь, неслышно затворил ее и направился дальше по коридору. Я снова завел машину, и нам удалось отметить прощание классным пистоном.

Как бы то ни было, я оказался там, в зеленой гостинице, в поблекшей зеленой гостинице, я оказался там со своим чемоданом, битком набитым тряпьем, временно в одиночестве, зато я имел деньги на жилье, был трезв и поселился в комнате со стороны фасада, с видом на улицу, — третий этаж, телефон в коридоре за дверью, газовая плитка на подоконнике, большая раковина, маленький холодильник в стене, пара стульев, стол, кровать и ванная дальше по коридору. И хотя здание было очень старое, там даже имелся лифт — некогда это был шикарный притон. Теперь же там поселился я. Первым делом я разжился бутылочкой, а выпив и уничтожив двух тараканов, почувствовал себя как дома. Потом направился к телефону и попытался дозвониться даме, которая, как я полагал, сумеет меня ублажить, но в тот момент она, видимо, ублажала кого-то другого.

2

Часа в три пополудни кто-то постучался. Я надел свой рваный халат и открыл дверь. На пороге стояла женщина, тоже в халате.

— Да? — сказал я. — Да?

— Я ваша соседка, Митци. Живу дальше по коридору. Я видела вас сегодня возле телефона.

— Да? — сказал я.

Потом она вынула из-за спины руку и показала мне. В руке была пинта хорошего виски.

— Входите, — сказал я.

Я протер два стакана, открыл бутылку.

— Чистое или смешать?

— Примерно две трети воды.

Над раковиной висело маленькое зеркальце, она встала там и принялась накручивать волосы на бигуди. Я протянул ей стакан смеси и сел на кровать.

— Я видела вас в коридоре. Я с первого взгляда поняла, что вы человек порядочный. Людей я различать умею. Среди здешних есть и не очень порядочные.

— Все говорят мне, что я ублюдок.

— Не верю.

— Я тоже.

Я допил свое виски. Свое она пила маленькими глоточками, поэтому я смешал себе еще. Мы непринужденно болтали. Я выпил третий стакан. Потом я поднялся и встал у нее за спиной.

— О-о-о-ох! *Глупышка!*

Я ткнул ее кулаком.

— Ой!! Ты *все-таки* ублюдок!

В руке у нее была бигудяшка. Я приподнял Митци и поцеловал ее в тонкие старушечьи губки. Они были мягкие и податливые. Она была готова. Я сунул ей в руку ее стакан, довел ее до кровати, усадил: «Допивай». Она допила. Я сходил и налил ей еще. Под халатом на мне ничего не было. Халат распахнулся, и штуковина начала выпирать. Боже, как я омерзителен, подумал я. Дешевый актеришка. Играю в кино. В фильмах для семейного просмотра в далеком будущем. В 2490 году нашей эры. Я с трудом подавил желание рассмеяться над самим собой — ходячим довеском к этому дурацкому болту. Чего мне и вправду хотелось, так это виски. Хотелось оказаться в замке среди холмов. В парилке. Чего угодно хотелось, только не этого. Мы сидели со своими стаканами. Я еще раз поцеловал ее, запихнув ей в глотку свой воняющий табачищем язык. Перевел дух. Распахнул ее халат и увидел груди. Ничего особенного, бедняжка. Я опустил голову и приник губами к одной из грудей. Та растянулась и обмякла, точно наполовину наполненный спертым воздухом шар. Я расхрабрился и присосался к груди, а Митци взяла в руку болт и выгнула спину. Так мы и рухнули навзничь на убогой кровати, не сняв халатов. Там я ею и овладел.

3

Его звали Лу, он когда-то сидел в тюрьме и был рудокопом. Жил он в той же гостинице, внизу. На своей последней работе он чистил кастрюли в заведении, где делали леденцы. Этой работы он лишился — как и всех прочих — по пьяни. Страховка по безработице кончается, и мы делаемся похожи на крыс — на крыс, которым негде приткнуться, на крыс, которым надо платить за жилье, на крыс с животами, что просят есть, с болтами, что то и дело встают, с душами, что томятся от скуки, и ни образования, ни профессии. Дерьмо непролазное, как говорится, вот что такое Америка. Мы хотим немногого и не в состоянии это получить. Дерьмо непролазное.

С Лу я познакомился во время пьянки, народ валил валом. Моя комната превратилась в банкетный зал. Приходили все. Среди них был индеец, Дик, который крал в магазине бутылочки по полпинты и ставил их в свой кухонный шкаф. Говорил, что это придает ему уверенности. Если мы нигде не могли раздобыть выпивку, нашей последней надеждой всегда оставался индеец.

Особыми способностями к магазинным кражам я не обладал, но все-таки научился одному трюку у Алабама, тощего усатого воришки, который некогда работал санитаром в больнице. Бросаете все мясное и ценное в большой пакет, а сверху присыпаете картошкой. Продавец взвешивает весь пакет и берет с вас за картошку. Зато никто лучше меня не умел брать в кредит у Дика. В округе было полным-полно Диков, Диком звали и хозяина винной лавки. Мы сидели, а последняя бутылка подходила к концу. В качестве первого шага я посылал кого-нибудь в лавку.

— Меня зовут Хэнк, — говорил я парню. — Скажи Дику, что Хэнк прислал тебя за пинтой в долг, а если возникнут вопросы, пускай мне позвонит.

— Ладно, ладно, — и парень уходил. Мы ждали, уже ощущая во рту вкус выпивки, курили, вышагивали из угла в угол, сходили с ума. Потом парень возвращался. — Дик сказал «нет»! Дик сказал, что больше в кредит тебе не поверит!

— ЧЕРТ ПОДЕРИ! — орал я. После чего, преисполнившись отягощенного красноглазием и небритостью негодования, я поднимался. — ПРОКЛЯТЬЕ, ЧЕРТ ПОДЕРИ ЭТОГО НЕДОНОСКА!

Я мог и вправду разгневаться, это был искренний гнев, не знаю, откуда он брался. Я громко хлопал дверью, спускался на лифте и по склону холма спускался, твердя: «Грязный недоносок, ах ты, грязный недоносок!..» — и вваливался в винную лавку.

— Вот и я, Дик.

— Привет, Хэнк.

— Мне нужны ДВЕ ЛИТРОВЫЕ! — И я называл очень хороший сорт. — Две пачки курева, пачку вон тех сигар и еще, ну-ка посмотрим... ага, банку вон тех орешков.

Дик выкладывал товар на прилавок, после чего стоял и ждал.

— Ну а платить кто будет?

— Дик, запиши это на мой счет.

— Ты и так уже задолжал мне двадцать три пятьдесят. Раньше ты платил, раньше ты каждую неделю понемногу платил, я помню, это было каждую пятницу. Но уже три недели ты ничего мне не платишь. Ты же не такой, как все эти голодранцы. Ты птица высокого полета. Я тебе верю. Неужели трудно хотя бы изредка приносить мне доллар-другой?

— Слушай, Дик, спорить я не настроен. Либо ты кладешь товар в пакет, либо забираешь его НАЗАД.

Потом я пододвигал бутылки и все прочее поближе к нему и ждал, попыхивая сигаретой с таким видом, точно владел всем миром. На высокий полет я был способен не больше кузнечика. Я не испытывал ничего, кроме страха, что Дик поступит как здравомыслящий человек — поставит бутылки обратно на полку и велит мне проваливать ко всем чертям. Однако на лице его неизменно отражалось уныние, и он складывал товар в пакет, а потом я дожидался, когда он подсчитает новую сумму. Он вручал мне счет. Я кивал и выходил из лавки. При данных обстоятельствах напитки делались намного приятней на вкус. А когда я приносил мальчикам и девочкам гостинцы, я и вправду был королем.

Как-то вечером мы сидели с Лу в его комнате. Он уже неделю не платил за жилье, да и меня сроки поджимали. Мы пили портвейн. Мы даже крутили самокрутки. У Лу была специальная машинка, и самокрутки выходили отличные. Главное было сохранить четыре стены вокруг. Если у вас есть четыре стены, у вас есть и надежда. А стоит вам оказаться на улице, как надежда тает, и они берут вас, берут голыми руками. Зачем что-то красть, если это нельзя приготовить? Как можно кого-то отдрючить, если живешь в подворотне? Как можно спать, когда все в благотворительной ночлежке храпят? И крадут у вас башмаки? И воняют? И лишены рассудка? Нельзя даже подрочить. Нужны четыре стены. Предоставьте человеку четыре стены на достаточно длительный срок, и у него появится возможность завладеть миром. Короче, мы слегка беспокоились. Каждый шаг в коридоре мнился шагом хозяйки. А хозяйка у нас была особа весьма загадочная. Молодая блондинка, которую никто не сумел отдрючить. Я держался с ней очень сухо, рассчитывая, что она придет сама. Она действительно приходила и стучалась в дверь, но лишь за деньгами. У нее где-то имелся муж, но мы его ни разу не видели. Они и жили там, и не жили. Нам грозила неминуемая гибель. Мы считали, что если нам удастся выебать хозяйку, со всеми бедами будет разом покончено. Это был один из тех домов, где передрючить всех баб — дело вполне естественное, едва ли не обязательное. Но этой я добиться не мог, отчего чувствовал себя неуверенно. Короче, мы сидели, курили наши самокрутки, пили портвейн, а четыре стены таяли на глазах, исчезали. В такие моменты лучше всего поболтать. Дерешь себе глотку, попиваешь винцо. Мы были трусами, потому что хотели жить. Очень сильного желания жить мы не испытывали, но все-таки жить хотели.

— Ну что ж,— сказал Лу,— кажется, есть идейка.

— Да ну?

— Ага.

Я налил еще вина.

— Работаем вместе.

— Конечно.

— Так вот, ты говорун хоть куда, можешь рассказать кучу интересных историй, не важно, правдивые они или нет...

— Правдивые.

— Я же говорю, это не важно. Язык у тебя подвешен что надо. Короче, делаем вот что. На нашей улице есть шикарный бар, ты его знаешь, «Молино».

Ты идешь туда. Все, что тебе нужно, – это деньги на первый стакан. На это мы скинемся. Ты садишься, потягиваешь выпивку и смотришь, не засветит ли кто-нибудь пачку бабок. Там у людей бывают толстые пачки. Засекаешь такого парня и подходишь к нему. Садишься рядом и начинаешь заливать, нести свой собачий бред. Ему понравится. У тебя даже имеется словарный запас. Отлично, он весь вечер тебя угощает и сам пьет весь вечер. Пускай пьет. Когда бар закрывается, ты ведешь его в сторону Альварадо-стрит – на запад, мимо подворотни. Пообещай раздобыть ему какую-нибудь юную милашку, пообещай что угодно, но веди его на запад. А я буду поджидать в подворотне вот с этим.

Лу пошарил за дверью и извлек оттуда бейсбольную биту, это была очень большая бейсбольная бита, думаю, не меньше сорока двух унций.

– Боже мой, Лу, ты же его убьешь!

– Да ты что, пьяного невозможно убить, сам знаешь. Может, будь он трезвый, я бы его убил, но пьяного эта штуковина только на время вырубит. Мы берем бумажник и делим бабки.

– Послушай, Лу, я же человек порядочный, я совсем не такой.

– Да какой ты порядочный! Ты самый гнусный сукин сын из всех, кого я встречал. За что и ценю.

4

Я нашел. Толстого здоровяка. Всю жизнь меня увольняли толстые воплощения идиотизма вроде него. С никчемных, низкооплачиваемых, нудных, тяжелых работ. Дельце предстояло деликатное. Я завел разговор. Не знаю, о чем я болтал. Он слушал, смеялся, кивал и заказывал выпивку. У него были наручные часы, пальцы в перстнях, битком набитый дурацкий бумажник. Потрудиться пришлось изрядно. Я рассказывал ему истории о тюрьмах, о бригадах железнодорожных рабочих, о бардаках. Россказни о бардаках ему пришлись по душе.

Я рассказал ему о парне, который приходил туда раз в две недели и щедро платил. Все, что ему было нужно, — это шлюха в одной комнате с ним. Они раздевались, играли в карты и болтали о том о сем. Так и сидели. Потом, часа через два, он вставал, одевался, прощался и уходил. Ни одну шлюху даже пальцем не тронул.

— Вот чертовщина, — сказал он.

— Ага.

Я решил, что не буду возражать, если Лу заработает победное очко ударом своей мощной биты по этому жирному черепу. Никому не нужный тип с дурным глазом. Говна кусок.

— Любишь маленьких девочек? — спросил я его.

— Да, да, конечно.

— Лет эдак четырнадцати с половиной?

— О боже мой, да.

— Одна такая приезжает в час тридцать ночи на поезде из Чикаго. Примерно в два десять она будет у меня. Чистенькая, страстная, умненькая. Правда, я иду на огромный риск и поэтому прошу десятку. Не слишком дорого?

— Нет, что ты.

— Отлично, когда заведение закроется, пойдешь со мной.

В два часа ночи бар наконец закрылся, и я повел его оттуда — в сторону подворотни. Может, Лу там не будет. Может, он упился вином или просто-напросто пошел на попятную. Таким ударом можно убить человека. Или сделать его на всю жизнь дураком. Мы ковыляли в свете луны. Вокруг не было ни души, ни одной живой души на улицах. Дельце предстояло проще пареной репы.

Мы вошли в подворотню. Лу был там. Но толстяк его увидел. Когда Лу замахнулся, он присел и заслонился рукой. Бита угодила мне по башке прямо за ухом.

5

Лу вернулся на прежнюю работу — на ту, которой он лишился по пьяни,— и поклялся, что отныне будет пить только по выходным.

— Отлично, дружище,— сказал я ему,— тогда держись от меня подальше, я пьяница и пью беспробудно.

— Знаю, Хэнк, и ты мне нравишься, ты мне нравишься больше всех, кого я встречал, но я должен держаться и пить только по выходным, в пятницу вечером и в субботу, а в воскресенье ни капли. В прежние времена в понедельник с утра я все время прогуливал, и это стоило мне работы. Я буду держаться подальше, но знай, что дело совсем не в тебе.

— А в том, что я пьянь беспробудная.

— Ну да, именно в этом.

— Ладно, Лу, просто-напросто не стучись в мою дверь до пятницы. Может, ты услышишь пение и смех семнадцатилетних красавиц, но в дверь мою не стучись.

— Старина, ты же дрючишь одних крокодилов.

— Сквозь винные пары они выглядят на семнадцать.

Он принялся объяснять, в чем состоит его работа — нечто связанное с чисткой внутренних деталей конфетных машин. Работа была мерзкая и грязная. Хозяин нанимал только бывших заключенных и те ишачили на износ. День-деньской он клял бывших заключенных на чем свет стоит, и они ничего не могли поделать. Он регулярно им недоплачивал, и они ничего не могли поделать. Стоило им пожаловаться, как их увольняли. Многих из них освободили условно. Хозяин крепко держал их за яйца.

— Похоже, этот малый так и просит, чтоб его прикончили, — сказал я Лу.

— Ну, я-то ему нравлюсь, он говорит, что такого хорошего работника у него еще не было, но я должен завязать с выпивкой, ему нужен человек, на которого можно положиться. Один раз он даже позвал меня к себе, чтобы я ему кое-что покрасил. Я выкрасил его ванную, поработал на славу. У него дом на холмах, большой дом, а на его женушку стоит полюбоваться. Я думал, таких женщин вообще не делают, она такая красивая — глаза, ножки, фигурка, походка, бойкий язычок. Боже мой!

6

Короче, Лу сдержал слово. Какое-то время мы вообще с ним не виделись, даже в выходные, а между тем я испытывал адские душевные муки. Я то и дело вздрагивал, нервы стали ни к черту — от малейшего шума я вскакивал как ужаленный. Я боялся заснуть: кошмар за кошмаром, с каждым разом страшнее. Засыпать в состоянии высшей степени опьянения вполне безопасно, тебе ничего не грозит, но стоит уснуть полупьяным или, того хуже, трезвым, как начинаются сны, только разве поймешь, спишь ты или действие происходит в комнате, ибо во сне тебе видится вся комната, грязная посуда, мыши, облезлые стены, пара обосранных трусов, забытых на полу какой-то шлюхой, подтекающий кран, луна за окном, точно пуля, машины, битком набитые трезвыми разжиревшими типами и светящие фарами в твое окно, всё-всё-всё, ты в каком-то темном углу, темном-темном, ни спасения, ни оправдания, нет-нет, оправдания никакого, темный угол, пропитанный потом, тьма и мерзость, зловоние действительности, всё смердит: пауки, глаза, хозяйки гостиниц, тротуары, пивные, дома, трава, не трава, свет, отсутствие света, тебе не принадлежит ничего. И никаких тебе розовых слонов, зато в избытке маленькие человечки с жестокими выходками, а то и грозный великан, норовящий тебя придушить или впиться тебе зубами в шею, лежишь на спине и обливаешься потом, не в силах пошевелиться, а эта черная, вонючая, мохнатая тварь лежит на тебе на тебе на тебе.

Если всего этого нет, то в дневное время сидишь, отмеряя часы невыразимого страха, страх распускается у тебя внутри гигантским цветком, ты не способен подвергнуть его анализу, постигнуть, откуда он там берется, и это его только усугубляет. Часами сидишь на стуле посреди комнаты, сокрушенный, пронзенный насквозь. Посрать и поссать — невероятнос напряжспие, полнейшая бессмыслица, а причесываться или чистить зубы — нелепые, безумные поступки. Идешь сквозь море огня. Или наливаешь воды в стакан с выпивкой — кажется, что ты не имеешь права наливать воду в стакан. Я решил, что я спятил, всерьез захворал, и от этого чувствовал себя грязным. Я пошел в библиотеку и попытался найти книги о том, почему люди чувствуют себя так, как я, но таких книг там не было, а если и были, я не мог в них разобраться. Ходить в библиотеку было не так-то просто: все казались такими довольными — читатели, библиотекари — все, кроме меня. Трудно было даже пользоваться библиотечным сортиром: тамошние бродяги, педрилы, подглядывавшие за тем, как я ссу, все казались здоровее меня — беспечными и уверенными в себе. Я то и дело выходил оттуда и, перейдя улицу, поднимался по винтовой лестнице в бетонное здание, где хранились тысячи ящиков с апельсинами. Вывеска на крыше другого здания гласила: «ИИСУС СПАСАЕТ» — но когда я поднимался по той винтовой лестнице и входил в то бетонное здание, ни Иисус, ни апельсины гроша ломаного для меня не стоили. Я всякий раз думал: вот где мне самое место, внутри этого бетонного склепа.

Мысли о самоубийстве всегда присутствовали, назойливые, точно муравьи, ползающие по изнанке манжет. Самоубийство было единственной позитивной вещью. Все остальное было негативным. И был еще Лу, с радостью чистивший потроха конфетных машин, дабы оставаться в живых. Он был мудрее меня.

7

В это время я познакомился в баре с дамой, постарше меня, весьма здравомыслящей. Ножки у нее все еще были стройные, она обладала необычным чувством юмора и носила очень дорогую одежду. Она скатилась по наклонной от какого-то богача. Мы отправились ко мне и зажили вместе. Она была добротная телка, но все время должна была пить. Звали ее Вики. Мы дрючились и пили вино, пили вино и дрючились. У меня был читательский билет, и каждый день я ходил в библиотеку. О самоубийстве я ей ничего не рассказывал. Мое возвращение из библиотеки неизменно давало повод для шуток. Я открывал дверь, а Вики поднимала голову:

— Что, опять *книг* не принес?

— Вики, в библиотеке книг не держат.

Я входил, вынимал из пакета бутылку (или бутылки), и мы начинали.

Как-то раз, после недельного запоя, я решил покончить с собой. Ей я ничего не сказал. Я рассудил, что лучше сделать это, когда она уйдет в бар на поиски очередного «богатого лоха». Мне не нравилось, что эти толстые шуты ее дрючат, но она приносила мне деньги, сигары и виски. Она потчевала меня обычными россказнями о том, будто я единственный, кого она любит. По неизвестной мне причине она звала меня «мистер Ван Бильдержоп». Напившись, она то и дело твердила: «По-твоему, ты первоклассный парень, по-твоему, ты — мистер Ван Бильдержоп!» Я все время разрабатывал план, как покончить с собой. В один прекрасный день я твердо поверил, что все-таки это сделаю. Это произошло после недельного запоя, после портвейна, мы покупали огромные кувшины и выстраивали их в ряд на полу, позади огромных кувшинов мы выстроили в ряд винные бутылки обычного размера, восемь или девять бутылок, а позади бутылок обычного размера мы выстроили в ряд четыре или пять маленьких бутылочек. Ночь и день смешались. Мы только и делали, что дрючились, трепались и пили, трепались, пили и дрючились. Яростные споры кончались любовными объятиями. В постели она была прелестным поросеночком, вертлявым и ловким. Одна на двести женщин. С большинством остальных это нечто вроде спектакля, юмористической сценки. Как бы там ни было, возможно, от всего этого, от пьянства и оттого, что Вики дрючили толстые, неуклюжие недоумки, я впал в уныние и сильно затосковал — а что же мне еще, черт возьми, оставалось делать? встать за револьверный станок?

Когда вино разогнало тоску, невыносимыми стали страх и тщетность дальнейшей жизни, и я понял, что теперь это сделаю. Едва она выйдет из комнаты, для меня всё будет кончено. Как именно, я смутно себе представлял, но ведь существовали сотни способов. У нас была маленькая газовая плитка. Газ — это чудесно. Газ сродни поцелую. Он оставляет тело в целости и сохранности. Вино кончилось. Я едва был способен ходить. Мое тело захватили полчища страха и пота. Это же проще простого. Какое облегчение, что не придется больше обгонять на тротуаре другое человеческое существо, видеть, как они ходят, спрятавшись в своем жире, видеть их крысиные глазки, их жуткие, низкопробные рожи, их животный расцвет. Какой сладкий сон, что не придется больше вглядываться в очередное человеческое лицо.

— Пойду взгляну на газету, узнаю, какой сегодня день, ладно?

— Конечно, — сказала она, — конечно.

Я вышел за дверь. В коридоре никого. Ни единого человеческого существа. Было около десяти вечера. Я спустился вниз на лифте, провонявшем мочой. Чтобы оказаться проглоченным этим лифтом, потребовалось немало усилий. Я пошел вниз по склону холма. Когда я вернусь, ее уже не будет. Она быстренько сматывается, когда кончается выпивка. И тогда я смогу это сделать. Но сначала надо узнать, какой сегодня день. Я пошел вниз по склону холма, а там, возле аптеки, был газетный стенд. На газете я увидел дату. Была пятница. Отлично, пятница. День как день, не хуже других. Что-нибудь это да значило. Потом я прочел заголовок:

КУЗЕНУ МИЛТОНА БЕРЛЯ
УПАЛ НА ГОЛОВУ КАМЕНЬ

Я не совсем уловил смысл. Наклонившись поближе, я прочел заголовок еще раз. Он остался прежним:

КУЗЕНУ МИЛТОНА БЕРЛЯ
УПАЛ НА ГОЛОВУ КАМЕНЬ

Жирным шрифтом, крупными буквами, «шапка» во всю ширину полосы. Из всех важных событий, происшедших в мире, в заголовок вынесли именно это.

КУЗЕНУ МИЛТОНА БЕРЛЯ
УПАЛ НА ГОЛОВУ КАМЕНЬ

Почувствовав огромное облегчение, я пересек улицу и вошел в винную лавку. Там я взял в кредит две бутылки портвейна и пачку сигарет. Когда я вернулся, Вики была еще дома.

– Ну, какой сегодня день? – спросила она.

– Пятница.

– Отлично.

Я налил два полных стакана вина. В маленьком стенном холодильнике оставалось немного льда. Кубики льда в вине не тонули.

– Не хочу тебя огорчать, – сказала Вики.

– Знаю, что не хочешь.

– Выпей сначала глоток.

– Конечно.

– Пока тебя не было, под дверь сунули записку.

– Ага.

Я выпил глоток, подавил рвотный позыв, закурил сигарету, выпил еще глоток, потом она протянула мне записку. Был теплый лос-анджелесский вечер. Пятница. Я прочел записку:

«Уважаемый мистер Чинаски! До среды вы должны внести плату за жилье. Если вы этого не сделаете, вас выставят вон. Мне известно, что вы водите в свою комнату женщин. И слишком шумите. И разбили свое окно. За привилегии платят. По крайней мере полагается платить. Я всегда к вам хорошо относилась. А теперь говорю: в среду, или вас выставят вон. Жильцы устали от всего этого шума, от ругани и пения целыми днями и ночами, ночами и днями. Я тоже устала. Бесплатно здесь жить нельзя. Только не говорите, что я вас не предупреждала».

Я допил остаток вина, едва не выдав его назад. Был теплый вечер в Лос-Анджелесе.

– Надоело мне ебаться с этими придурками, – сказала она.

– Я раздобуду денег, – пообещал я ей.

– Как? Ты же ничего не умеешь делать.

– Знаю.

— Как же мы тогда расплатимся?

— Как-нибудь.

— Тот последний парень мне три палки поставил. Всю мохнатку окорябал.

— Не волнуйся, крошка, я гений. Беда лишь в том, что никто об этом не знает.

— В *чем* ты гений?

— Не знаю.

— Мистер Ван Бильдержоп!

— Он самый. Между прочим, тебе известно, что кузену Милтона Берля упал на голову камень?

— Когда?

— Вчера или сегодня.

— Что за камень?

— Не знаю. Думаю, какой-нибудь большой, маслянистый желтый булыжник.

— Ну и кого это волнует?

— Не меня. Во всяком случае не меня. Разве что...

— Разве что?..

— Разве что, сдается мне, этот камень спас мне жизнь.

— Ты говоришь как засранец.

— Я и есть засранец.

Я ухмыльнулся и налил вина под завязку.

ВСЕ ЗАДНИЦЫ НА СВЕТЕ И МОЯ

«...ни один человек не страдает сильнее, чем того требует природа».

Из разговора, подслушанного за игрой в кости

1

Это был девятый заезд, и звали жеребца Зеленый Сыр. Он оказался впереди на шесть ярдов, и я получил пятьдесят два за пятерку, а поскольку я и без того оставался в плюсе, было самое время выпить.

— Дай-ка мне дозу зеленого сыра,— сказал я буфетчику. Это его не смутило. Он знал, что за напитки я употребляю. Я там весь день околачивался. Да и накануне я пил всю ночь и, придя домой, вынужден был, конечно, добавить. К этому я был готов. У меня имелись виски, водка, вино и пиво. Часов в восемь вечера позвонил некий гробовщик и сказал, что желает со мной увидеться.

— Отлично,— сказал я,— прихвати выпить.

— Не возражаешь, если я прихвачу друзей?

— У меня нет друзей.

— Я имею в виду моих друзей.

— Мне наплевать,— сказал я ему.

Я пошел на кухню и налил в стакан для воды на три четверти виски. Я выпил его залпом, не разбавив, совсем как в прежние времена. Некогда я выпивал литр за полтора-два часа.

— Зеленый сыр,— сказал я кухонным стенам. Я открыл большую банку охлажденного пива.

2

Гробовщик приехал, уселся за телефон, и весьма скоро появилось множество незнакомых людей, у всех с собой была выпивка. Среди них было много женщин, и у меня возникло желание их всех изнасиловать. Я сидел на ковре, ощущая электрический свет, ощущая, как шествуют сквозь меня стройными рядами напитки, словно бы атакуя хандру, словно бы атакуя безумие.

— Больше мне уже не придется работать, — оказал я им. — Лошади обо мне позаботятся так, как не заботилась ни одна шлюха!

— Ах, мы *знаем*, мистер Чинаски! Мы знаем, что вы — ВЕЛИКИЙ человек!

На кушетке сидел маленький седой разъебай и потирал ручонки, с вожделением глядя на меня. Без шуток. Он действовал мне на нервы. Я допил стакан, который держал в руке, отыскал где-то еще один и его тоже выпил. Потом я завел разговор с женщинами. Всем им я посулил ласки своего могучего члена. Они смеялись. Без шуток, я намерен был действовать. Немедленно. Без отлагательств. Я двинулся к женщинам. Мужчины меня оттащили. Для человека искушенного я чересчур смахивал на школьника. Не будь я великим мистером Чинаски, кто-нибудь наверняка бы меня прикончил. А поскольку никто этого не сделал, я разодрал на груди рубашку и предложил любому выйти со мной на лужайку. Мне повезло. Ни у кого не возникло желания смотреть, как я падаю, запутавшись в собственных шнурках.

Когда рассудок мой слегка прояснился, было уже четыре утра. Везде горел свет, и все ушли. А я сидел на прежнем месте. Я отыскал теплое пиво и выпил. Потом лег спать с чувством, знакомым всем пьяницам: я вел себя как круглый идиот, ну и черт с ним.

3

Уже лет пятнадцать или двадцать меня донимал геморрой; кроме того — прободная язва, слабая печень, фурункулы, нервные страхи, разнообразные душевные болезни, но живут и не с такими хворями, главное — чтобы не развалилось все в одночасье.

Похоже было, что пьянство меня почти доконало. Я чувствовал слабость и головокружение, но это дело привычное. Хуже было с геморроем. На него не действовали ни горячие ванны, ни мази — ничто не помогало. Кишка почти целиком вывалилась у меня из жопы и торчала, точно собачий хвост. Я пошел к врачу. Он мельком взглянул.

— Операция, — сказал он.

— Не возражаю, — сказал я, — единственная загвоздка в том, что я трус.

— Та-та, токта нам притется трутнее.

Ах ты, паршивый нацистский выродок, подумал я.

— Фот, примите фо фторник фечером это слапительное, потом в семь утра, кокта фстането, йа? И постафьте клисму, стафьте клисму, пока дер вассер не станет чистый, йа? Потом, в срету утром, ф тесять часоф, я посмотрю фас еще рас.

— Яволь, майн хер, — сказал я.

4

Трубка клизмы то и дело выскальзывала, вся ванная стала мокрая, было холодно, болел живот, и я тонул в слизи и дерьме. Вот как кончился мир, не взрывом атомной бомбы, а дерьмом-дерьмом-дерьмом. В устройстве, которое я купил, струю воды перекрыть было нечем, а пальцы меня не слушались, вот вода и текла полным ходом внутрь и полным ходом наружу. Вся процедура заняла полтора часа, и к тому времени мой геморрой уже захватил власть над миром. Несколько раз мне приходила в голову мысль попросту бросить все и умереть. У себя в чулане я обнаружил банку чистого скипидарного спирта. Банка была красивая, красно-зеленая. «ОПАСНО ДЛЯ ЖИЗНИ! – гласила этикетка. – При приеме внутрь вредно или смертельно». Я был трусом: я поставил банку на место.

5

Доктор велел мне лечь животом на стол.

– Ну-с, просто расслапьте дер бок, йа? расслапьте, расслапьте...

Внезапно он запихнул мне в жопу клинообразную коробку и принялся разматывать свою змею, которая вползла в мою кишку в поисках блокировки, в поисках раковой опухоли.

– Ха! Ну-с, немношко польно, найн? Фы пыхтеть, как сопака, тафайте, ха-ха-ха-ха-хе-а-а!

– Ах ты, грязный разъебай!

– Што?

– Дерьмо, дерьмо, дерьмо! Пес вонючий! Свинья, садист... Ты сжег Жанну на костре, вбил гвозди в руки Христа, голосовал за войну, голосовал за Голдуотера, голосовал за Никсона... Мать твою в задницу! Что ты со мной ДЕЛАЕШЬ?

– Скоро фсё кончится. Фы это карашо переносите. Фы бутете кароший пациент.

Он смотал змею, а потом я увидел, как он всматривается в нечто вроде перископа. Он засунул в мою окровавленную жопу кусок марли, я встал и оделся.

– И что же вы будете оперировать?

– Только дер Кеморрой.

Выходя, я загляделся на ножки его медсестры. Она мило улыбнулась.

6

В приемном покое на наши серые лица, наши белые лица, наши желтые лица смотрела маленькая девочка...

— Все умирают! — объявила она. Ей никто не ответил. Я перевернул страницу старого номера «Тайма».

После надлежащего заполнения бумаг... анализа мочи... крови... меня отвели в четырехместную палату на восьмом этаже. На вопрос о вероисповедании я ответил «католик» — главным образом дабы уберечься от расспросов и пристальных взглядов, обычно сопровождающих заявление об отсутствии вероисповедания. Меня уже утомили споры и канцелярская волокита. Это был католический госпиталь — не исключено, что можно было рассчитывать на лучшее обслуживание или благословение Папы Римского.

Короче, меня заперли в одной палате с тремя другими больными. Меня — нелюдима, монаха, азартного игрока, бездельника, идиота. Все было в прошлом. Милое сердцу уединение, холодильник, битком набитый пивом, сигары на туалетном столике, телефоны длинноногих, жопастых женщин.

Там лежал один с желтым лицом. Он почему-то смахивал на большую, жирную птицу, которую окунули в мочу и высушили на солнце. Он то и дело нажимал свою кнопку. У него был жалобный, хнычущий, мяукающий голос.

— Сестра, сестра, где доктор Томас? Доктор Томас давал мне вчера кодеин. Где доктор Томас?

— Я не знаю, где доктор Томас.

— Можно мне принять таблетки от кашля?

— Они же у вас на тумбочке.

— Они не помогают, и от того лекарства кашель тоже не проходит.

— Сестра! — завопил седой больной с северо-восточной койки. — Можно мне еще кофейку? Мне бы хотелось еще кофейку.

— Сейчас посмотрю, — сказала она и вышла.

В моем окне демонстрировались холмы, крутые склоны холмов. Я смотрел на склоны холмов. Темнело. На холмах одни лишь дома. Старые дома. У меня возникло странное чувство, что они пусты, что все давно умерли, что все их покинули. Я слушал, как трое мужчин жалуются на плохое питание, на дороговизну лечения, на докторов и сестер. Когда один говорил, другие двое, казалось, не слушали, они не отвечали. Потом начинал другой. Они соблюдали очередность. Больше там нечем было заняться. Речь их была маловразумительна, они то и дело меняли тему. Со мной в палате лежали парень из Окленда, кинооператор и желтая обоссанная птица. В небе за моим окном вращался крест — сперва он был синий, потом он был красный. Настала ночь, занавески вокруг наших коек задернули, и мне стало легче, но, как ни странно, я сознавал, что ни боль, ни возможная смерть не приближают меня к роду людскому. Начали приходить посетители. У меня посетителей не было. Мне казалось, я стал святым. Я выглянул в свое окно и рядом с вращающимся красно-синим крестом увидел на небе вывеску. «МОТЕЛЬ» — гласила она. Там тела созвучней друг другу. В гармонии ебли.

7

Пришел бедолага в зеленой одежде и побрил мне жопу. Каких только нет на свете жутких работ! Есть и одна, которой я избежал.

Мне на голову натянули купальную шапочку и затолкали меня на каталку. Всё, час пробил. В операционную. Трус, скользящий по коридорам мимо умирающих. Со мной были мужчина и женщина. Меня толкали и улыбались, они казались очень добрыми и спокойными. Меня вкатили в лифт. В лифте были четыре женщины.

— Я на операцию. Дамочки, никто случайно не хочет поменяться со мной местами?

Они вытянулись в струнку, прижавшись к стене, и отвечать не пожелали.

В операционной мы ожидали прихода Бога. Наконец Бог явился.

— Так, так, так, а фот и майн трук!

На подобную ложь я даже не потрудился ответить.

— Пофернитесь, пошалуйста, на дер шифот.

— Ну что ж, — сказал я, — сдается мне, передумать я уже не успею.

— Йа, — сказал Бог, — теперь фы ф нашей фласти!

Я почувствовал, как мне перетягивают спину ремнем. Мне раздвинули ноги. Сделали первое спинномозговое обезболивание. Чувство было такое, словно он стелил у меня на спине и вокруг очка полотенца. Еще один укол. Третий. Я безостановочно им хамил. Трус, лицедей, пытающийся храбриться.

— Усыпите, йа, — сказал он. Я почувствовал укол в локоть, острую боль. Бесполезно. На счету у меня слишком много запоев.

— Сигары у кого-нибудь не найдется? — спросил я.

Кто-то рассмеялся. Оригинальностью я уже не блистал. Растерял форму. Я решил хранить молчание. Я почувствовал, как в жопу мне впился скальпель. Боли не было.

— Ну-с, фот, — услышал я его голос, — фот клафная трутность, фитите? Унд тут...

8

В послеоперационной палате было скучно. Там ходили хорошенькие женщины, но на меня они не обращали внимания. Я приподнялся на локте и огляделся. Повсюду тела. Белые-белые и неподвижные. Перенесшие настоящие операции. Легочные больные. Сердечники. Я почувствовал себя в каком-то смысле дилетантом, и в каком-то смысле мне стало стыдно. Когда меня оттуда увезли, я обрадовался. Трое моих соседей, когда меня вкатили в палату, принялись таращить глаза. Растерял форму. Я скатился с той штуковины на койку. Как выяснилось, ноги у меня затекли и совершенно не слушались. Я решил поспать. Слишком гнетущая там была обстановка. Когда я проснулся, задница страшно болела. Однако ног я так и не чувствовал. Я дотянулся рукой до члена, и мне показалось, будто его нет на месте. То есть ощущения никакого не возникло. За исключением того, что я хотел ссать, но поссать не мог. Это было ужасно, и я попытался об этом не думать.

Пришла одна из моих бывших любовниц, села и принялась на меня смотреть. Я сообщил ей, что ложусь в больницу. Зачем, я и сам толком не знаю.

— Привет! Как дела?

— Отлично, только поссать не могу.

Она улыбнулась.

Мы о чем-то недолго поговорили, а потом она ушла.

9

Это было как в кино. Все санитары казались гомосексуалистами. Один был больше других похож на мужчину.

— Эй, дружище! — Он подошел. — Я не могу проссаться. Хочу ссать, но не могу.

— Сейчас приду. Все устроим.

Ждал я довольно долго. Потом он вернулся, задернул вокруг моей койки занавеску и сел.

Боже, подумал я, что он намерен делать? Неужто отсасывать?

Но, присмотревшись, я увидел, что у него с собой какая-то машинка. Я смотрел, как он берет полую иглу и вставляет ее в ссальную дыру моего члена. Чувствительность, которой, как я думал, лишился мой член, внезапно вернулась.

— Чертова штуковина! — прошипел я.

— Ощущеньице не из самых приятных, верно?

— Верно, верно. Не могу не согласиться. Ой-ой-ой! Срань господня!

— Уже почти всё.

Он нажал на мой мочевой пузырь. Я увидел, как наполняется мочой маленький квадратный аквариум. Эпизод был из тех, что в кино не показывают.

— Боже милостивый, приятель, сдаюсь! Пора кончать, потрудились на славу.

— Секундочку. Всё.

Он вытащил иглу. За окном вращался, вращался мой красно-синий крест. На стене висел Христос, у его ног была воткнута засохшая пальма. Неудивительно, что люди тянутся к богам. Не так-то просто видеть жизнь без прикрас.

— Благодарю, — сказал я санитару.

— Не стоит, не стоит. — Он отдернул занавеску и вышел, прихватив свою машинку.

Моя желтая обоссанная птица принялась лупить кулаком по кнопке.

— Где этот санитар? Ну что за дела, придет он наконец или нет?

Он нажал еще раз. Санитар вошел.

— У меня спина болит! У меня *дико* болит спина! Никто не пришел меня навестить! Надеюсь, вы, парни, это заметили! Никто ко мне не пришел! Даже жена! Где моя жена? Санитар, приподнимите мне кровать, у меня спина болит! ВОТ ЗДЕСЬ! Выше! Нет, нет, боже мой, так чересчур высоко! Ниже, ниже! Вот. Стоп! Где мой обед? Я еще не обедал! Послушайте...

Санитар вышел.

Я часто вспоминаю о маленькой ссальной машинке. Возможно, мне придется купить такую же и носить ее с собой всю жизнь. Поспешно прятаться в подворотнях, за деревьями, на заднем сиденье моей машины.

Оклендец с первой койки был молчуном.

— У меня что-то с ногой, — сказал он вдруг, обращаясь к стенам, — ничего не понимаю, вечером нога распухла, и опухоль до сих пор не спадает. Болит и болит.

Седой в углу нажал свою кнопку.

— Санитар, — сказал он, — санитар, может, сварганите мне кофейку?

Да, подумал я, главное — постараться не лишиться рассудка.

10

На другой день седой старикан (кинооператор), прихватив свой кофе, сел на стул подле моей койки.

— Терпеть не могу этого сукина сына.

Он говорил о желтой обоссанной птице. Ну что ж, делать нечего, оставалось только поболтать с седым. Я сказал ему, что до нынешнего состояния меня довела, главным образом, выпивка. Забавы ради я поведал ему о некоторых своих наиболее бурных запоях и о некоторых безумствах, которые творились. Он тоже не остался в долгу.

— В прежние времена, — сказал он мне, — если не ошибаюсь, между Глендейлом и Лонг-Бич ходили большие красные вагоны. Они ходили весь день и почти всю ночь, был только перерыв часа на полтора, кажется с трех тридцати до пяти тридцати утра. Короче, пошел я как-то вечером выпить и встретил в баре приятеля, а когда бар закрылся, мы поехали к нему и допили то, что у него оставалось. Я уехал от него и вроде как заблудился. Я свернул в тупик, но не знал, что это тупик. Я все ехал и ехал, очень быстро. Ехал, пока не наткнулся на железнодорожные пути. Когда я врезался в рельсы, руль подскочил вверх, ударил меня в челюсть и вырубил. Так я и застрял поперек путей, в машине, в глубоком нокауте. Правда, мне повезло, потому что это были те самые полтора часа, когда поезда не ходили. Не знаю, сколько я там просидел. Только в чувство меня привел паровозный гудок. Я очнулся и увидел, что по рельсам прямо на меня мчится поезд. Я едва успел завести машину и дать задний ход. Поезд пронесся мимо. Я отогнал машину домой, передние колеса погнулись и вихляли.

— Круто.

— А в другой раз сижу я в баре. Прямо через дорогу есть заведение, где обедают железнодорожники. Остановился поезд, и мужики вышли поесть. А я сижу в баре рядом с каким-то малым. Он поворачивается ко мне и говорит: «Когда-то я на таких штуковинах ездил, могу и сейчас завести. Пошли, сам увидишь». Я вышел с ним из бара, и мы влезли в паровоз. Он и в самом деле его завел. Мы набрали неплохую скорость. Потом я начал думать, какого черта я в это дело ввязался? Я этому малому и говорю: «Не знаю, как ты, а я сваливаю!» В поездах я немного разбирался и знал, где находится тормоз. Я рванул тормоз и задолго до того, как поезд остановился, спрыгнул на откос. Он спрыгнул с другой стороны, и больше я его не видел. Очень скоро вокруг поезда собралась большая толпа — полицейские, железнодорожные сыщики, охранники, репортеры, зеваки. Я стою в сторонке вместе с толпой и смотрю. «Давай поднимемся и выясним, что происходит!» — говорит кто-то рядом со мной. «Да ну к черту, — говорю я, — это же всего-навсего поезд». Я боялся, что кто-нибудь мог меня увидеть. На другой день об этом писали в газетах. Заголовок гласил: ПОЕЗД ИДЕТ В ПАКОЙМУ БЕЗ МАШИНИСТА. Статью я вырезал и сохранил. Десять лет я хранил эту вырезку. На нее то и дело натыкалась жена: «Какого черта ты хранишь эту заметку — ПОЕЗД ИДЕТ В ПАКОЙМУ БЕЗ МАШИНИСТА?» Я ей так ничего и не рассказал. Я все еще боялся. Ты первый, кому я об этом рассказываю.

— Не волнуйся,— сказал я ему,— больше эту историю ни одна живая душа не услышит.

Потом у меня сильно прихватило задницу, и седой посоветовал мне попросить укол. Сестра сделала мне укол в бедро. Уходя, она оставила занавеску задернутой, но седой продолжал сидеть. Мало того, к нему пришел посетитель. Посетитель с голосом, звук которого отдавался во всех моих разъебанных кишках. Будь здоров голосина.

— Я намерен провести все корабли по заливу вокруг косы. Там и будем снимать. Капитану одного из этих судов мы платим восемьсот девяносто долларов в месяц, а под его началом еще двое ребят. Ведь у нас здесь целая флотилия. Грех ее не использовать. Зрители уже заждались хорошей морской истории. Они не видели хорошей морской истории со времен Эррола Флинна.

— Ага,— сказал седой,— такие вещи происходят циклично. Зрители уже готовы. Им нужна хорошая морская история.

— Конечно, ведь среди молодежи многие вообще морских историй не видели. Если уж говорить о молодых, то именно их я намерен снимать. Я их хорошенько по кораблям погоняю. Старики у нас будут только в главных ролях. Мы просто-напросто выведем корабли в залив и там будем снимать. На двух кораблях не хватает мачт, а в остальном все в полном порядке. Выдадим им мачты и сразу же начинаем.

— Да, зрители явно готовы к морской истории, это же цикличность, и цикл подоспел как раз вовремя.

— Их беспокоит бюджет. Черт возьми, это же обойдется в сущий пустяк. Зачем...

Я отдернул занавеску и обратился к седому:

— Слушай, можешь считать меня ублюдком, но вы, ребята, сидите у самой моей кровати. Ты не можешь увести друга к своей койке?

— Конечно, конечно!

Продюсер встал:

— Черт возьми, извините. Я не знал...

Он был толстый и мерзкий; довольный, счастливый, отвратный.

— Ничего, — сказал я.

Они перешли к койке седого и продолжили разговор о морской истории. Эту морскую историю выслушали все умирающие на восьмом этаже госпиталя «Королева ангелов». Наконец продюсер ушел.

Седой посмотрел в мою сторону:

— Это величайший продюсер в мире. Никто из современников не поставил столько великих картин. Это Джон Ф.

— Джон Ф., — сказала обоссанная птица, — ага, он сделал несколько великих, великих картин.

Я попытался уснуть. Ночью спать было нелегко, потому что они все храпели. Одновременно. Седой громче всех. Утром он неизменно будил меня, дабы пожаловаться на то, что всю ночь не сомкнул глаз. А в ту ночь до утра кричала обоссанная птица. Сначала по поводу того, что ему не удается просраться. Выдерните затычку, боже мой, мне надо похезать! Или ему больно. Или где же его доктор? Доктора у него то и дело менялись. Один терял терпение, и его место занимал другой. Они не могли понять, что с ним неладно. Ничего особенного: ему нужна была его мама, а мама давно умерла.

11

В конце концов я уговорил их перевести меня в двухместную палату. Но после переезда дела пошли еще хуже. Соседа звали Херб, и, как сказал мне санитар: «Он не болен. С ним все в полном порядке». Он носил шелковый халат, брился два раза в день, имел телевизор, который никогда не выключал, и постоянно принимал посетителей. Он руководил довольно крупным коммерческим предприятием и вывел рецепт, согласно которому его коротко стриженные седые волосы служили признаком молодости, работоспособности, ума и брутальности.

Телевидение оказалось куда хуже, чем я мог себе представить. У меня никогда не было телевизора, и поэтому привыкнуть к его меню я не успел. Автогонки еще были туда-сюда. С автогонками я мирился, хотя это и тоска зеленая. Но еще показывали нечто вроде марафона ради некоего Общего Дела и собирали при этом деньги. Начали они спозаранку и продолжали без перерыва. Вывешивались маленькие цифры, указывающие, сколько собрано денег. Был там некто в поварском колпаке. Понятия не имею, что, черт возьми, он хотел этим сказать. И была жуткая старуха с лягушачьей мордой. Она была страшна как смертный грех. Я не мог в это поверить. Я не мог поверить, что эти люди не знают, какие у них безобразные, голые, мясистые, мерзкие рожи, – это же насилие над всеми приличиями. И при этом они знай себе подходили и преспокойненько демонстрировали свои рожи на экране, разговаривали друг с другом и смеялись по какому-то поводу. Рассмешить этими шутками было не так-то просто, но их, похоже, это ничуть не волновало. Ну и рожи, ну и рожи! Херб не проронил ни слова. Он просто-напросто неотрывно пялился в экран с таким видом, точно ему интересно. Имен этих людей я не знаю, но все они были какими-то знаменитостями. Там объявляли имя, и все приходили в возбуждение – кроме меня. Я не мог этого понять. Меня начало подташнивать. Я пожалел, что не остался в старой палате. Тем временем я пытался совершить свой первый акт дефекации. Ничего не получалось. Сгусток крови. Был субботний вечер. Пришел священник.

– Не хотите ли завтра причаститься? – спросил он.

– Нет, спасибо, святой отец, я не очень хороший католик. Я уже двадцать лет не был в церкви.

– Но вас крестили по-католически?

– Да.

– Тогда вы все-таки католик. Только расхлябанный.

Совсем как в кино – он говорит начистоту, совсем как Кэгни, или это Пэт О'Брайен щеголял в белом воротничке? Все мои фильмы жутко древние: последнее, что я видел, были «Потерянные выходные». Он дал мне тоненькую брошюрку.

– Прочтите это.

Он ушел.

МОЛИТВЕННИК, – гласило название. – «Составлен для чтения в больницах и других лечебных учреждениях».

Я начал читать.

«О Предвечная и благословенная Троица, Отец, Сын и Дух Святой со всеми ангелами и святыми, я Тебя обожаю».

«О Дева Мария, Мать моя, я отдаюсь Тебе всецело и дабы доказать, сколь самозабвенна моя любовь к Тебе, я посвящаю Тебе глаза мои, уши мои, рот мой, сердце мое, все мое существо без остатка».

«Страдающее Сердце Иисусово, помилуй умирающих».

«О мой Бог, я, коленопреклоненный, Тебя обожаю...»

«Возблагодарите, блаженные Души, вместе со мною Господа Милосердного, что благоволит к столь недостойной твари».

«Это грехи мои, милый Иисус, причинили Тебе такие невыносимые муки... грехи мои наносили Тебе удары плетью, и надели Тебе терновый венец, и прибили Тебя гвоздями к кресту. Я признаю, что заслуживаю лишь наказания».

Я встал и попытался посрать. Прошло уже три дня. Ничего. Лишь еще один сгусток крови да расходящиеся швы в прямой кишке. Херб смотрел комедийную передачу.

— Сегодня в программе будет участвовать Бэтман. Хочу посмотреть на Бэтмана!

— Да ну? — Я снова вполз в койку.

«Особенно сожалею я о моих грехах нетерпимости и гнева, о моих грехах разочарования и непокорности».

Появился Бэтман. Все участники передачи казались взволнованными.

— Это Бэтман! — сказал Херб.

— Отлично, — сказал я. — Бэтман.

«Возлюбленная Дева Мария, будь моей спасительницей».

— Он умеет петь! Слушай, он петь умеет!

Бэтман уже снял свой наряд летучей мыши и был в обычном уличном костюме. Весьма заурядный с виду молодой человек с каким-то невыразительным лицом. Он пел. Песня все никак не кончалась, а Бэтман своим пением, похоже, очень гордился — по какой-то причине.

— Он умеет петь! — сказал Херб.

> «Боже мой милосердный, кто есть я и кто есть Ты, чтобы осмелиться мне к Тебе приблизиться?»
> «Я всего лишь несчастная, жалкая, грешная тварь, абсолютно недостойная явиться пред Тобою».

Я повернулся к телевизору спиной и попытался уснуть. Херб включил его на полную громкость. У меня было немного ваты, которой я заткнул уши, но это почти не помогло. Я никогда не посру, подумал я, никогда больше не буду срать, по крайней мере пока включена эта штуковина. От нее сжимаются, сжимаются мои кишки... На сей-то раз я уж наверняка рехнусь!

> «О Боже, Господь мой, с этого дня я с готовностью и смирением принимаю из рук Твоих такую смерть, какую Ты соблаговолишь мне ниспослать, вместе со всеми ее муками, страданиями и болью. (Полное отпущение грехов ежедневно, условия обычные.)»

Наконец, в полвторого ночи, мое смиренное терпение лопнуло. Я слушал с семи утра. Путь моему говну преградили на Веки Вечные. Я чувствовал, что за эти восемнадцать с половиной часов расплатился за Крест сполна. Я ухитрился повернуться на другой бок.

— Херб! Ради Христа, старина! Я больше не могу! Я сейчас с катушек слечу! Херб! ПОМИЛОСЕРДСТВУЙ! Я терпеть не могу телевизор! Я ТЕРПЕТЬ НЕ МОГУ РОД ЛЮДСКОЙ! Херб! Херб!

Он спал, сидя в койке.

— Ах ты, грязный пиздорванец, — сказал я.

— Что? Что такое?

— ПОЧЕМУ ТЫ НЕ ВЫКЛЮЧАЕШЬ ЭТУ ШТУКОВИНУ?

— Не... выключаю? А, конечно, конечно... что же ты не сказал, малыш?

12

Херб тоже храпел. И разговаривал во сне. Примерно в три тридцать утра я уснул. В четыре пятнадцать утра я проснулся оттого, что из коридора доносился такой звук, словно там волочили по полу стол. Внезапно зажегся свет, и надо мной возникла здоровенная темнокожая баба с бумагами на дощечке. Бог мой, это была некрасивая и бестолковая с виду деваха, будь прокляты Мартин Лютер Кинг и расовое равенство! Она могла бы запросто, одним ударом выбить из меня все дерьмо. А что, может, это и неплохая идея? Может, меня провожают в последний путь? Может, со мной покончено?

— Слушай, крошка,— сказал я,— тебе не трудно объяснить мне, что происходит? Что, настал мой ебучий конец?

— Вы Генри Чинаски?

— Боюсь, что так.

— Вы в списке на причастие.

— Нет, постой! У него все в башке перепуталось. Я же сказал ему: *никакого причастия.*

— А-а,— сказала она. Она снова задернула занавеску и погасила свет. Я услышал, как стол, или что уж там это было, поволокли дальше по коридору. Папа Римский наверняка будет мною весьма недоволен. Стол поднимал адский шум. Я слышал, как больные и умирающие просыпаются, кашляют, задают в пустоту вопросы, звонят сестрам.

— Что это было, малыш?

— Что именно?

— Да всё — шум, свет?

— Это Крутой Темнокожий Ангел Бэтмана готовил Тело Христово.

— Что-что?

— Ладно, спи.

13

Наутро пришел мой доктор, заглянул мне в жопу и сказал, что я могу отправляться домой.

— Только, мальчик мой, не нато естить ферхом, йа?

— Йа. А как насчет какой-нибудь горячей мохнатки?

— Што?

— Насчет половых сношений.

— О, *найн, найн*! Фосопнофить нормальную шиснь мошно путет только месяца через полтора или тфа.

Он удалился, а я начал одеваться. Телевизор мне не мешал. Кто-то на экране сказал: «Интересно, готовы мои спагетти?» Он сунулся мордой в кастрюлю, а когда поднял голову, оказалось, что спагетти прилипли к его физиономии. Херб рассмеялся. Я пожал ему руку.

— Пока, сынок, — сказал я.

— Было очень приятно, — сказал он.

— Ага, — сказал я.

Я уже собрался уходить, когда это случилось. Я рванул в сортир. Кровь и говно. Говно и кровь. Было так больно, что я принялся разговаривать со стенами.

— О-ох, мама, грязные ебучие ублюдки, ох, черт, черт, уроды малахольные, ох, небеса хуесосные, хватит жопу калечить, отстаньте! Черт, черт, черт, ОЙ-ОЙ-ОЙ!

Наконец все прекратилось. Я подтерся, наложил марлевую повязку, натянул брюки, подошел к своей койке и взял свою дорожную сумку.

— Пока, Херб, пока, сынок.

— Пока, малыш.

Вы угадали. Я снова рванул в сортир.

— Ах вы, грязные разъебаи, кошкодралы вонючие! О-о-о-ох, чертчертчертЧЕРТ!

Я вышел и немного посидел. Потом, совершив еще один акт, попроще, я почувствовал, что готов идти. Я спустился по лестнице и подписал счетов на целое состояние. Прочесть я ничего не мог. Мне вызвали такси, я стоял у входа в пункт скорой помощи и ждал. С собой у меня была маленькая сидячая ванночка. Лоханка, в которую срут, предварительно наполнив ее горячей водой. На улице стояли трое из Окленда, двое мужчин и женщина. Голоса у них были громкие и южные, а по их виду и поведению чувствовалось, что у них отродясь ничего не болело — даже зубы. Я почувствовал в жопе биение и острую боль. Попробовал сесть, но это было ошибкой. С ними был маленький мальчик. Он подбежал и попытался выхватить у меня лоханку. Дернул ее на себя.

— Нет, ублюдок, нет, — зашипел я на него.

Он едва ее не выхватил. Он был сильнее меня, но я в нее крепко вцепился.

> «О Иисус, Твоему покровительству я поручаю моих родителей, родственников, благодетелей, учителей и друзей. Вознагради их особо за все треволнения и горести, что я им принес».

— Ах ты, онанист недоразвитый! Отпусти мою парашу! — сказал я ему.

— Донни! Оставь дядю в покое! — прикрикнула на него женщина.

Донни убежал прочь. Один из мужчин посмотрел на меня.

— Привет! — сказал он.

— Привет, — отозвался я.

Такси смотрелось неплохо.

— Чинаски?

— Ага. Поехали. — Я сел впереди вместе с парашей. Опустился вроде бы на одну ягодицу. Я показывал ему дорогу. Потом: — Слушай, если я заору, тормози за щитом с указателями, за бензоколонкой, где угодно. Но остановись. Меня может припереть, надо будет посрать.

— Ладно.

Мы ехали дальше. Улицы смотрелись неплохо. Было около полудня. Я был все еще жив.

— Слушай, — сказал я ему, — где тут приличный бордель? Где тут можно разжиться добротным, чистым и дешевым кусочком жопы?

— О таких вещах я понятия не имею.

— ГОВОРИ! НЕ БОЙСЯ! — заорал я на него. — Я что, похож на легавого? Или на стукача? Со мной можешь не церемониться, мастер!

— Нет, я серьезно. Я о таких вещах знать не знаю. Я работаю только днем. Может, ночной таксист тебе и покажет.

— Ладно, верю. Поверни здесь.

Старая лачуга, притулившаяся среди всех этих многоэтажек, смотрелась неплохо. Мой «Плимут-57» был заляпан птичьим дерьмом, а шины — наполовину спущены. Все, что мне было нужно, — это горячая ванна, горячая ванна. Горячая вода, ласкающая мою несчастную задницу. Тишина. Старые программки скачек. Счета за газ и за свет. Письма от одиноких женщин, слишком далеких для ебли. Вода. Горячая вода. Тишина. И сам я, ораторствующий в четырех стенах, вновь спускающийся в люк моей распроклятой души. Я дал ему щедрые чаевые и стал медленно подниматься по подъездной аллее. Дверь была открыта. Настежь. Кто-то где-то стучал молотком. Постельного белья на кровати не было. Боже мой, да тут устроили налет! Меня выселили! Я вошел.

— Эй! — крикнул я.

В передней комнате появился домовладелец:

— Вот черт, а мы вас так скоро не ждали! Протекал бак для горячей воды, и нам пришлось его снять. Мы поставим новый.

— То есть горячей воды нет?

— Да, горячей воды нет.

«О милосердный Иисус, я с готовностью принимаю то испытание, которое Ты соблаговолил мне ниспослать».

Вошла его жена:

— Ох, а я как раз хотела постелить вам постель.

— Вот и хорошо. Просто прекрасно.

— Бак он должен был поставить сегодня. Но может не хватить деталей. В воскресенье детали раздобыть трудновато.

— Ладно, постель я сам постелю, — сказал я.

— Я сейчас принесу.

— Не надо, прошу вас, я сам.

Я вошел в спальню и начал стелить постель. Потом опять подступило. Я рванул в сортир. Усевшись, я услышал, как он стучит молотком по баку для воды. Я был рад, что он стучит молотком. Произнес негромкую речь. Потом лег в постель. До меня донеслись голоса парочки из соседнего дворика. Они ссорились.

— Вся беда с тобой в том, что ты ничего не желаешь понять! Ни черта не знаешь! Ты попросту дура! И шлюха вдобавок!

Я снова дома. Это было чудесно. Я перевернулся на живот. Во Вьетнаме вовсю шуровали войска. В подворотнях присосались к винным бутылкам бродяги. Солнце еще не зашло. Солнце светило сквозь занавески. Увидел, как по наружному подоконнику ползет паук. Я увидел на полу старую газету. Там было фото трех молоденьких девушек, прыгающих через изгородь и в избытке демонстрирующих ножки. Весь дом походил на меня и имел такой же запах, как я. Меня знали обои. Это было прекрасно. Я ощущал свои ноги, свои локти и волосы. Своих сорока пяти лет я не чувствовал. Я чувствовал себя распроклятым монахом, коему только что было ниспослано откровение. Чувство было такое, словно я влюбился во что-то очень хорошее и, не зная, во что именно, точно знал: оно существует. Я вслушивался во все звуки, звуки мотоциклов и машин. Я услышал, как лают собаки. Услышал людей и их смех. Потом я уснул. Я спал, спал и спал. Пока в окно ко мне заглядывало деревце, пока деревце смотрело на меня. Солнце продолжало трудиться, а паук знай себе ползал.

ПРИЗНАНИЯ ЧЕЛОВЕКА ДОСТАТОЧНО НЕНОРМАЛЬНОГО, ЧТОБЫ ЖИТЬ СО СКОТАМИ

1

Помнится, я дрочил в чулане, надев мамины туфли на высоком каблуке, и смотрел в зеркало на свои ноги, медленно поднимая прикрывавший их кусок материи, все выше и выше — как бы любуясь женскими ножками, и мне помешали двое друзей, вошедшие в дом: «Я уверен, он где-то здесь». Мое истинное «я» начало одеваться, а потом кто-то из них открыл дверь чулана и обнаружил меня. «Ах ты, сукин сын!» — вскричал я и выгнал обоих из дома, успев услышать, как, уходя, они говорят: «Что с ним стряслось? Что за чертовщина с ним происходит?»

2

Некогда К. выступала на сцене, и она частенько показывала мне газетные вырезки и фотографии. Однажды она едва не победила в конкурсе на звание «Мисс Америка». Познакомился я с ней в баре на Альварадо-стрит — заведении гнусном, но еще не превратившемся в самый дешевый притон. Она прибавила в весе и возрасте, но еще сохранились некие признаки фигурки, некий шик, — правда, только намек на былое, и больше почти ничего. Мы с ней оказались у разбитого корыта. Оба мы не работали, и мне никогда не понять, как нам удавалось выкручиваться. Но были сигареты, вино и хозяйка, которая верила нашим россказням о том, что деньги скоро появятся, а сейчас нет ни гроша. Главным образом мы нуждались в вине.

Мы спали почти весь день, но, когда начинало темнеть, приходилось вставать, возникало желание встать:

К: Черт, я бы пропустила стаканчик.

Я все еще лежал на кровати и докуривал последнюю сигарету.

Я: Ладно, черт возьми, отправляйся к Тони и возьми нам пару бутылок портвейна.

К: Литровых?

Я: Конечно литровых. И никакого «Галло». И того, другого, не надо, от него у меня голова две недели раскалывается. Возьми еще две пачки курева, любого.

К: Но у нас всего пятьдесят центов!

Я: Сам знаю! Остальное возьмешь у него в *долг*. Что с тобой, совсем *отупела*?

К: Он сказал, что больше не даст...

Я: «Он сказал, он сказал» – да кто он такой? *Господь Бог?* Заговори ему зубы. Улыбнись! Повихляй перед ним своим жбаном! Пускай у него встанет конец! Надо будет – уведи его в подсобку, только возьми ВИНА!

К: Ладно, ладно.

Я: И с пустыми руками не возвращайся.

К. говорила, что любит меня. Она имела обыкновение обвязывать мой член ленточками, а потом мастерить для залупы маленькую бумажную шляпку.

Если она возвращалась без вина или всего лишь с одной бутылкой, тогда я, как безумец, врывался в лавку, рычал, скулил и угрожал старику, пока он не давал мне того, чего я хотел, и кое-что в придачу. Порой я приносил домой сардины, хлеб, чипсы. Это были очень хорошие времена, и, когда Тони продал свою лавку, мы взялись за нового владельца, к которому было не так легко подступиться, но можно было найти подход. В этом деле мы показали себя с наилучшей стороны.

3

Это было похоже на дрель, вполне возможно, это дрелью и было, я чуял запах разогретого масла, эту штуковину втыкали мне в голову, втыкали мне в плоть, и она сверлила, разбрызгивая кровь с гноем, а я сидел, и моя обезьянья душонка балансировала на краю пропасти. Я покрылся фурункулами величиной с небольшое яблоко. Это было и нелепо, и невероятно. Самый тяжелый случай в моей практике, сказал один из врачей, а лет ему было немало. Они собирались вокруг и разглядывали меня, точно невиданное чудище. Я и был чудищем. В благотворительное отделение и обратно я ездил на трамвае. Детишки в трамваях таращили глаза и спрашивали матерей: «Что с дядей стряслось? Мама, что у дяди с лицом?» А мама отвечала: ТС-С-С!!! Это «тс-с-с» было для меня страшнейшим из приговоров, но потом они все равно позволяли маленьким паршивцам и паршивкам пялиться из-за спинок сидений, а я смотрел в окно на проплывавшие мимо дома, я тонул, барахтался и тонул, ничего не поделаешь. За неимением соответствующего термина врачи называли это «прыщавость вульгарис». Я часами сидел на деревянной скамейке в ожидании своей дрели. Весьма грустная история, не правда ли? Помню старые кирпичные здания, покладистых, спокойных сестер, врачей, смеющихся, когда все трудности позади. Там я и осознал всю ненадежность больниц, осознал, что врачи — короли, а больные — дерьмо, что больницы существуют для врачей, овладевающих всем благодаря своему белому крахмальному превосходству, овладевающих даже сестрами: «Доктор, доктор, ущипните меня в лифте за жопу, позабудьте о зловонии рака, позабудьте о зловонии жизни. Мы не какие-нибудь несчастные идиоты, мы никогда не умрем. Мы пьем наш морковный сок, а если почувствуем недомогание, в нашем распоряжении опиум, шприц, любой наркотик, какой пожелаем. Жизнь будет вечно издавать для нас, таких замечательных, соловьиные трели». Я входил, садился, и в меня вставляли сверло. ТР-Р-Р-Р, ТР-Р-Р-Р, ТР-Р-Р-Р, ТР-Р, а солнце тем временем выращивало георгины и апельсины и светило сквозь платья сестер, сводя несчастных идиотов с ума. Тр-р-р-Р-Р, тр-р-р, тр-р.

— Первый раз вижу, чтобы *кто-нибудь* так спокойно сидел под иглой!

— Только посмотрите, он крепкий как сталь!

Снова сборище разъебаек-сестер, сборище мужчин, владеющих большими домами и находящих время смеяться, читать, ходить по театрам, покупать картины и забывать о мыслях, забывать о каких-либо чувствах. Белый крахмал и мое поражение. Сборище.

— Как вы себя чувствуете?

— Превосходно.

— Игла не причиняет вам боли?

— Отъебись.

— Что?

— Отъебись, говорю.

— Он еще совсем ребенок. Он озлоблен. Нельзя его винить. Сколько тебе лет?

— Четырнадцать.

— Я просто похвалил тебя за мужество, за то, как ты переносишь уколы. Ты выносливый.

— Отъебись.

— Так нельзя со мной разговаривать.

— Отъебись. Отъебись. Отъебись.

— Зря ты так расстраиваешься. А что если бы ты был слепой?

— Тогда мне не пришлось бы смотреть на твою треклятую харю.

— Малыш просто спятил.

— Наверняка. Оставь его в покое.

Больничка была хоть куда, и я даже представить себе не мог, что вернусь туда через двадцать лет, опять в благотворительное отделение. Больницы, тюрьмы и шлюхи — вот университеты жизни. Я удостоен нескольких дипломов. Величайте меня «мистером».

4

Я связался с очередной шлюхой. Мы жили во дворике, на втором этаже, и я работал. Это меня едва и не доконало — пьянство всю ночь и работа весь день. Я то и дело выбрасывал бутылку в одно и то же окно. Это окно я носил на угол к стекольщику, и тот чинил его, вставлял в раму стекло. Я проделывал это раз в неделю. Стекольщик как-то странно смотрел на меня, но всегда брал мои деньги, что ему казалось нормальным. Пьянствовал я беспробудно, лет пятнадцать подряд, а как-то утром проснулся, и вот те на: изо рта и из жопы струилась кровь. Говно черное. Кровь, кровь, водопады крови. Кровь воняет хуже дерьма. Она вызвала врача, и за мной приехала «скорая помощь». Санитар сказал, что я слишком тяжелый, чтобы нести меня по лестнице, и попросил меня спуститься пешком.

— Конечно, старина, — сказал я. — Рад помочь — не хочу, чтобы ты перетруждался.

На улице я лег на носилки; их развернули, и я упал на них, как увядший цветок. Цветок жутковатый. Соседи выглядывали из окон, стояли на лестнице, когда я спускался. Они почти постоянно видели меня пьяным.

— Смотри, Мейбл, — сказала одна из них, — вот этот ужасный тип!

— Да помилует Господь его душу! — последовал ответ.

Добрая старая Мейбл. Я выплюнул через край носилок полный рот красноты, и кто-то испустил протяжный стон.

Хотя я и работал, деньги у меня не водились, поэтому впереди вновь маячило благотворительное отделение. «Скорая помощь» была набита битком. В машине имелись полки, и нас распихали кого куда.

— Полна коробочка, — сказал водитель, — поехали.

Дорога была гнусная. Нас качало, кренило на сторону. Я из последних сил старался не харкать кровью, поскольку не хотел, чтобы кого-то стошнило.

— Ох, — услышал я голос одной негритянки, — не могу поверить, что это происходит со мной, не могу поверить, о Боже, помоги мне!

В подобных местах Бог пользуется большой популярностью.

Меня отнесли в полутемный подвал, кто-то дал мне что-то в стакане воды, и дело с концом. Время от времени я блевал кровью в подкладное судно. Там, внизу, нас было четверо или пятеро. Один был пьян — и безумен, — но казался здоровым. Он встал с койки и принялся бродить, ковылять по комнате, падая на людей, опрокидывая вещи:

— Хо-хо был, я хо-хо работу, я работяг, работяг бездельник без денег, я работяг.

Я схватил кувшин для воды, чтобы его огреть, но ко мне он так и не приблизился. Наконец он рухнул в углу и отключился. Потом меня перенесли наверх. Палата была переполнена. Меня положили в темном углу.

— Ох, помрет он в этом темном углу, — сказала одна из сестер.

— Это точно, — сказала другая.

Как-то ночью я встал и не сумел добраться до сортира. Я заблевал кровью весь пол. Я упал, и у меня не хватило сил подняться. Я позвал сестру, но двери в отделении были от трех до шести дюймов толщиной и обиты жестью, и меня никто не услышал. Сестра приходила примерно раз в два часа — проверить наличие трупов. Мертвецов за ночь вывозили немало. Я не мог уснуть и смотрел, как это делается. Парня перетаскивали с койки на каталку и натягивали ему на голову простыню. Каталки были хорошо смазаны. Сам не зная зачем, я орал:

— Сестра!

— Заткнись, — сказал один из стариков, — дай поспать.

Я потерял сознание.

Когда я пришел в себя, уже горел свет. Меня пытались поднять две сестры.

— Я же не велела вам вставать, — сказала одна.

Говорить я не мог. В голове у меня раздавалась барабанная дробь. Я чувствовал себя выпотрошенным. Казалось, я все слышу, но ничего не вижу — лишь вспышки света, казалось. Но ни страха, ни паники; лишь ощущение ожидания, ожидания чего угодно, и безразличие.

— Вы слишком тяжелый, — сказала одна из сестер, — влезайте в это кресло.

Они усадили меня в кресло и поволокли по полу. Больше шести фунтов я в себе не ощущал.

Потом вокруг меня собрались они: люди. Помню врача в зеленом халате — хирургическом. Он казался рассерженным. Он говорил со старшей сестрой.

— Почему этому человеку не сделали переливание крови? В нем же осталось всего... несколько кубиков.

— Его бумаги пришли вниз, когда я была наверху, а потом их подшили, и я не успела просмотреть.

К тому же, доктор, ему кровь для переливания не выделили.

— Я требую, чтобы сюда доставили кровь, НЕМЕДЛЕННО.

«Что это за парень, черт подери? — подумал я. — Чудной какой-то. На врача совсем не похож».

Они приступили к переливанию — девять пинт крови и восемь глюкозы.

В качестве первой кормежки сестра попыталась подсунуть мне ростбиф с картофелем, горохом и морковью. Она поставила передо мной поднос.

— Черт, я это есть не могу, — сказал я ей, — это меня доконает.

— Ешьте, — сказала она, — у вас так записано, такая диета.

— Принесите молока, — сказал я.

— Ешьте это, — сказала она и вышла.

К еде я не притронулся.

Через пять минут она вбежала в палату.

— НЕ ЕШЬТЕ ЭТО! — закричала она. — Это вам НЕЛЬЗЯ!! В списке ошибка!

Она унесла поднос и вернулась со стаканом молока.

Как только в меня перелили первую бутыль крови, меня усадили на каталку и отвезли в рентгеновский кабинет. Доктор велел мне встать. Я то и дело опрокидывался навзничь.

— ЧЕРТ ПОДЕРИ! — орал он. — ОПЯТЬ Я ИЗ-ЗА ВАС ПЛЕНКУ ИСПОРТИЛ! НУ-КА ВСТАНЬТЕ И ПРЕКРАТИТЕ ПАДАТЬ!

Я попытался, но устоять на ногах не смог. Я опрокинулся навзничь.

— А, черт, — сказал он сестре, — увезите его.

В первый день Пасхи, в пять утра, под самым нашим окном заиграл оркестр Армии спасения. Они играли жуткую религиозную музыку, играли плохо и громко, музыка заливала меня, текла сквозь меня, едва меня не убила. Никогда еще я не чувствовал смерть так близко, как в то утро. Я был на дюйм от нее, на волосок. Наконец они перешли в другую часть парка, и я принялся медленно возвращаться к жизни. Не исключено, что в то утро они прикончили своей музыкой с полдюжины пленных.

Потом заявились мой отец с моей шлюхой. Она была пьяна, и я понял, что он дал ей денег на выпивку и нарочно привел ее ко мне пьяную, дабы меня расстроить. Мы со стариком давно были на ножах — он отвергал все, во что верил я, и наоборот. Она стояла, пошатываясь, над моей койкой, краснолицая и пьяная.

— Зачем ты привел ее в таком виде? — спросил я. — Неужели нельзя было подождать до завтра?

— Я же говорил тебе, что от нее никакого проку! Я всегда это говорил!

— Ты напоил ее, а потом привел сюда. Почему ты мне постоянно гадишь?

— Я говорил тебе, что в ней никакого проку, говорил, *говорил*!

— Ах ты, сукин сын, еще одно слово, и я выну из руки эту иглу, встану и тебя измудохаю!

Он взял мою шлюху под руку, и они удалились.

Сдается мне, им позвонили и сообщили, что я при смерти. Кровотечение не останавливалось. В тот вечер пришел священник.

— Святой отец, — сказал я, — только не обижайтесь, но я бы хотел умереть без всяких обрядов, без всяких речей.

И тут я удивился, потому что он отпрянул и затрясся, не веря своим ушам; он вел себя так, словно я его ударил. Я говорю, что удивился, поскольку считал этих ребят более хладнокровными. Но в конце концов, и они подтирают жопу.

— Со мной поговорите, святой отец, — сказал какой-то старик, — можете поговорить со мной.

Священник подошел к старику, и все остались довольны.

Спустя тринадцать дней с того вечера, как меня увезли в больницу, я уже водил грузовик и таскал тюки до пятидесяти фунтов весом. Еще через неделю я принял свой первый стакан — тот самый, от которого, по их словам, должен был умереть.

Думаю, когда-нибудь я умру в том треклятом благотворительном отделении. Похоже, это мне на роду написано.

5

Удача вновь от меня отвернулась, да и нервишки от чрезмерного винопития в то время пошаливали; глаза безумные, слабость; слишком подавленное настроение, чтобы искать мою всегдашнюю противозапойную меру — временную работу в качестве экспедитора или кладовщика, поэтому я отправился на мясокомбинат и вошел в кабинет.

— Я тебя, случаем, раньше не видел? — спросил хозяин.

— Нет, — соврал я.

Двумя-тремя годами раньше я там побывал, прошел всю бумажную волокиту, медосмотр и так далее, меня повели по лестнице вниз на четыре этажа, становилось всё холоднее, а полы ярко блестели от крови — зеленые полы, зеленые стены. Он объяснил мне задачу: нажимаешь кнопку, после чего из отверстия в стене раздается грохот, напоминающий столкновение футбольных защитников или падение слонов, и возникает оно — нечто дохлое, очень большое, окровавленное, ты берешь это, как он показал, бросаешь в кузов грузовика, нажимаешь кнопку, и появляется еще одно, точно такое же. Потом он ушел. Оставшись один, я снял рабочий халат, защитный шлем, сапоги (на три номера меньше, чем нужно), поднялся по лестнице и вышел оттуда. И вот я вернулся.

— С виду ты староват для такой работы.

— Хочу поднабраться силенок. Мне нужна тяжелая работа, по-настоящему тяжелая.

— А справишься?

— Да у меня жилы стальные. Я выступал на ринге. Лучше всех дрался.

— Да ну?

— Точно.

— Гм, по лицу-то это заметно. Наверняка тебе здорово доставалось.

— На лицо не смотрите. У меня были быстрые руки. И до сих пор такие остались. Просто приходилось иногда подставляться, бой должен казаться упорным.

— Я боксом интересуюсь. А твоего имени что-то не припоминаю.

— Я дрался под другим именем. Малыш Метеор.

— Малыш Метеор? И Малыша Метеора не помню.

— Я дрался в Южной Америке, Африке, Европе, на островах, дрался в маленьких городишках. Вот откуда в моем послужном списке столько пробелов — не люблю записываться боксером, а то люди думают, что я шучу или вру. Я просто оставляю пустые места, и катись оно все к чертовой матери.

— Ладно, завтра в девять тридцать утра явишься на медосмотр, и мы тебе работу дадим. Так говоришь, тебе тяжелая работа нужна?

— Ну, если найдется что-то другое...

— Нет, пока нет. Вообще-то с виду ты тянешь лет на пятьдесят. Может, я зря это делаю? Мы не любим, когда люди у нас попусту отнимают время.

— Я вам не люди, я — Малыш Метеор.

— Ладно, малыш, — рассмеялся он, — будет тебе РАБОТА!

Мне не понравилось, как он это сказал.

Два дня спустя я вошел через проходную в деревянную будку, где предъявил старику пропуск с моим именем: Генри Чинаски, – и он направил меня на погрузочную платформу. Мне надо было разыскать Тёрмана. Я пришел туда. На деревянной скамье рядком сидели люди, посмотревшие на меня так, точно я был гомосексуалистом или безруким, безногим инвалидом.

Окинув их, как я полагал, спокойным, презрительным взглядом, я на лучший свой босяцкий манер протянул:

– Где Тёрман? Надо с ним повидаться.

Кто-то показал.

– Тёрман?

– Ну?

– Я у тебя работаю.

– Ну?

– Ну.

Он посмотрел на меня:

– Где твои сапоги?

– Сапоги? Не получал, – сказал я.

Он пошарил под скамьей и протянул мне пару, старую, жесткую, задубевшую пару. Я надел их. Та же история: на три номера меньше. Пальцы сдавило, и я их поджал.

Потом он дал мне окровавленный халат и шлем. Я надел их. Так я и стоял, пока он закуривал, или, как говорят англичане, зажигал сигарету. Широким, развязным жестом настоящего мужчины он выбросил спичку.

– Пошли.

Там были одни негры, и, пока я шел, они провожали меня взглядами «Черных мусульман». Во мне набиралось больше шести футов, но все они были еще выше, а если и не выше, то вдвое, а то и втрое шире.

— Хэнк! — окликнул Тёрман.

Хэнк, подумал я. Хэнк, как и я. Вот и славненько. Я уже обливался потом под шлемом.

— Дай ему РАБОТУ!

Господи боже мой, о господи боже мой. Куда подевались милые, беззаботные вечера? Почему такого не случается с Уолтером Винчеллом, который верит в Американский Путь? Разве не был я одним из самых блестящих студентов на факультете антропологии? Что же стряслось?

Хэнк подвел меня к пустому грузовику с полквартала длиной, который стоял на погрузочной платформе.

— Жди здесь.

Потом подбежали несколько черных мусульман с тачками, выкрашенными паршивой комковатой белой краской, вроде смеси белил с куриным пометом. Каждая тачка была с верхом нагружена окороками, которые плавали в жидкой водянистой крови. Нет, в крови они не плавали, они угнездились в ней, как пули, как пушечные ядра, как смерть.

Один из парней вскочил в кузов у меня за спиной, остальные принялись швырять в меня окорока, а я ловил их и бросал парню у меня за спиной, который поворачивался и бросал окорок в глубину кузова. Окорока летели быстро, БЫСТРО, они были тяжелые и делались все тяжелее. Не успевал я бросить один окорок и повернуться, как ко мне уже подлетал другой. Я знал, что меня пытаются уничтожить. Вскоре я уже так вспотел, как будто открыли краны, заболела спина, заболели запястья, заныли руки, заныло все, и я держался из последних сил. Почти ничего не видя, я едва успевал собраться, чтобы поймать очередной окорок и бросить его. Я был заляпан кровью и то и дело ощущал сильный мужской шлепок по ладоням, окорок проминался, как женская задница, а я слишком ослаб, чтобы заговорить и сказать: «Эй, ребята, что за ЧЕРТОВЩИНА с вами творится?» Окорока летят, я верчусь, пригвожденный, как на кресте, под шлемом, а они всё подвозят тачки, полные окороков, окороков, и вот наконец тачки пусты, а я стою, пошатываясь, и вдыхаю желтый электрический свет. Это была ночь в аду. Ну что ж, я всегда любил работать по ночам.

— Пошли!

Меня привели в другое помещение. В воздухе, в больших воротах высоко в стене — полбыка, а может, и целый, да, подумать только, целые быки, все четыре ноги, и один из них появился в отверстии, на крюке, только что зверски убитый, бык приблизился и остановился прямо надо мной, прямо надо мной повис на этом крюке.

«Его только что убили, — подумал я, — только что убили эту треклятую тварь. Как же они отличают быка от человека? Откуда им знать, что я не бык?»

— ДАВАЙ РАСКАЧИВАЙ!

— Раскачивать?

— Вот именно – ПОТАНЦУЙ С НИМ!

— Что?

— О господи! *Джордж*, иди сюда!

Джордж встал под дохлым быком. Он схватил его. РАЗ. Побежал вперед. ДВА. Побежал назад. ТРИ. Пробежал дальше вперед. Бык двигался почти параллельно полу. Кто-то нажал кнопку, и ему пришел конец. Ему пришел конец ради мясных лавок всего мира. Ему пришел конец ради болтливых и капризных, хорошо выспавшихся и бестолковых домохозяек всего мира, надевающих в два часа пополудни свои халаты, затягивающихся сигаретами в пятнах помады и не чувствующих почти ничего.

Под следующим быком поставили меня.

РАЗ.

ДВА.

ТРИ.

Мне пришел конец. Его мертвые кости против моих живых, его мертвая плоть против моей живой, вдруг задвигались кости и туша, я подумал о привлекательной шлюхе, сидящей передо мной на кушетке закинув высоко ногу на ногу, и о себе, прокладывающем со стаканом в руке словесный путь в пустопорожние мыслишки ее чудесного тела, а Хэнк заорал:

— ПОВЕСЬ ЕГО В КУЗОВ!

Я побежал к грузовику. Помня уроки позорных поражений, преподанные мне на американских школьных дворах, я не должен был уронить быка на землю, иначе оказалось бы, что я не мужчина, а трус, и заслуживаю разве что насмешек да издевательств, в Америке приходится быть победителем, другого выхода нет, приходится учиться бороться неизвестно за что, не сомневаясь ни в чем, к тому же, урони я быка, наверняка пришлось бы его поднимать, а я знал, что поднять его мне не под силу. И потом, он испачкается. Я не хотел, чтобы он испачкался, вернее, этого не хотели они.

Я внес его в закрытый кузов.

— ПОВЕСЬ!

Крюк на потолке был тупой, как палец без ногтя. Ты даешь нижней части быка скользнуть назад и сосредоточиваешься на верхней, снова и снова надеваешь верхнюю часть на крюк, но она не надевается. Мать моя женщина!! Сплошь хрящ да жир, жесткий, жесткий.

— НУ ЖЕ, ДАВАЙ!

Я напрягся из последних сил, и бык зацепился за крюк, это было прекрасное зрелище, чудо — бык, зацепившийся за крюк, бык, висящий сам по себе, совсем не касаясь моего плеча, висящий ради домашних халатов и сплетен у мясника.

— ПОСТОРОНИСЬ!

Вошел негр в двести восемьдесят пять фунтов весом, наглый, ловкий, невозмутимый, кровожадный, играючи повесил тушу на крюк, смерил меня презрительным взглядом.

— Мы тут в очереди стоять!

— Понял, командир.

Я вышел перед ним. Меня дожидался еще один бык. Каждый раз, затаскивая быка в грузовик, я был уверен, что это последний, больше мне не поднять, но при этом постоянно твердил:

еще один
только один
потом я бросаю
работу. Ебись
оно все конем.

Они только и ждали, что я брошу работу. Я замечал взгляды, улыбки, когда они думали, что я не смотрю. Так просто отдавать им победу я не хотел. Я шел за очередным быком. Настоящий спортсмен. Последний рывок классного обессиленного спортсмена. Я шел за мясной тушей.

Так продолжалось два часа, потом кто-то крикнул:

— ПЕРЕРЫВ!

Я заслужил это. Десятиминутный перерыв, чашечка кофе, и они не заставят меня бросить работу. Я пошел вслед за ними к фургону-закусочной. Я уже видел пар, поднимающийся от кофе во мраке ночи; я уже видел пирожки и сигареты, булочки и бутерброды в электрическом свете.

— Эй, ТЫ!

Это был Хэнк. Хэнк, как и я.

— Да, Хэнк?

— Прежде чем уйти на перерыв, полезай вон в тот грузовик, выведи его и перегони в восемнадцатый бокс.

Это был грузовик, который мы только что нагрузили, тот, что с полквартала длиной. Восемнадцатый бокс находился напротив, на другой стороне площадки.

Я ухитрился открыть дверь и подняться в кабину. Там было мягкое кожаное сиденье, сиденье было такое уютное, что я понял: если не бороться со сном, он скоро меня одолеет. Водить грузовики я не мастер. Посмотрев вниз, я увидел с полдюжины рычагов, тормозов, педалей и прочего. Я возился с педалями и рычагами, пока грузовик не тронулся с места, после чего я перегнал его на другую сторону площадки, в восемнадцатый бокс, все время думая только о том, что, когда я вернусь, фургона-закусочной уже не будет. Для меня это была трагедия, настоящая трагедия. Я поставил грузовик на место, выключил мотор и минутку посидел, наслаждаясь мягкостью и уютом кожаного сиденья. Потом я открыл дверь и выбрался из кабины. Я не заметил ступеньки или того, что там должно было находиться, и рухнул на землю в своем окровавленном халате и христовом шлеме, упал как подкошенный. Больно не было, я ничего не почувствовал. Встал я как раз вовремя, чтобы увидеть, как фургон-закусочная выезжает за ворота и удаляется по улице. Я увидел, как они, смеясь и закуривая, возвращаются к погрузочной платформе.

Я снял сапоги, снял халат, снял шлем и направился к будке у входа на площадку. Я швырнул халат, сапоги и шлем на барьер. Старик посмотрел на меня:

— Ты что? Бросаешь такую ХОРОШУЮ работу?

— Скажи им, пускай вышлют мне деньги за два часа работы, а лучше скажи, пускай засунут их себе в жопу, мне наплевать!

Я вышел. Перейдя улицу, я зашел в мексиканский бар и выпил кружку пива, а потом на автобусе поехал домой. Американский школьный двор опять меня победил.

6

На следующий вечер я сидел в баре между женщиной с тряпкой на голове и женщиной без тряпки на голове, а бар был ничем не примечательный — унылый, низкопробный, гнусный, жуткий, дерьмовый, скверный, в тесной мужской уборной стоял тошнотворный дух, посрать было невозможно, только ссать да при этом блевать, отворачиваясь в поисках света, молясь, чтобы желудок продержался хотя бы еще один вечер.

Я сидел там ужс часа три — пил да угощал выпивкой ту, что без тряпки на голове. Смотрелась она неплохо: дорогие туфли, стройные ножки и попка; на самом пороге превращения в полнейшую развалину, но ведь именно в такой момент они и выглядят наиболее привлекательными — для меня.

Я купил еще выпивку, еще два стакана.

— Всё, — сказал я ей, — я пуст.

— Ты шутишь.

— Нет.

— Ночевать-то есть где?

— Еще за два дня уплачено.

— Работаешь?

— Нет.

— А чем занимаешься?

— Ничем.

— Я спрашиваю, как ты сводишь концы с концами?

— Одно время я был агентом у жокеев. Присмотрел себе хорошего паренька, но его дважды поймали, когда он проносил за стартовый барьер аккумулятор. Его дисквалифицировали. Занимался немного боксом, азартными играми, пытался даже кур разводить — каждую ночь охранял их до утра от диких собак с холмов, та еще работенка, а потом я как-то раз забыл в курятнике горящую сигару и сжег половину кур плюс всех моих замечательных петушков. Пытался намывать золото в Северной Калифорнии, был зазывалой на пляже, пробовал заняться торговлей, продавать отсутствующие товары на срок — ничего не вышло. Я неудачник.

— Допивай, — сказала она, — и пойдем со мной.

Это «пойдем со мной» прозвучало неплохо. Я допил и вышел следом за ней из бара. Мы прошлись по улице и остановились у винной лавки.

— Теперь помалкивай, — сказала она, — говорить буду я.

Мы вошли. Она взяла салями, яйца, хлеб, грудинку, пиво, острую горчицу, соленые огурцы, две большие бутылки хорошего виски, немного «алказельцера» и газировки. Сигары и сигареты.

— Счет пришлете Вилли Хансену, — сказала она продавцу.

Мы вышли оттуда с покупками, и из будки на углу она вызвала такси. Такси подъехало, и мы влезли на заднее сиденье.

— Кто такой Вилли Хансен? — спросил я.

— Неважно, — сказала она.

У меня дома она помогла мне загрузить скоропортящиеся продукты в холодильник. Потом она уселась на кушетку, скрестив свои стройные ножки, и сидела, покачивая ногой и поворачивая из стороны в сторону свою туфлю, разглядывая эту красивую туфлю на шпильке. Я снял крышку с бутылки и стоял, готовя две крепкие порции. Я снова был королем.

В ту ночь я остановился в разгар постельных утех и сверху посмотрел на нее.

— Как тебя звать? — спросил я.

— Какое, черт возьми, это имеет значение?

Я рассмеялся и продолжил.

Время, на которое я снял комнату, истекло, я уложил все, а это отнюдь не много, в свой картонный чемодан, спустя полчаса мы обогнули оптовый меховой магазин, прошли по разбитой мощеной дорожке, и перед нами возник старый двухэтажный дом.

Перчик (так ее звали, в конце концов она мне сказала) позвонила в дверь и предупредила меня:

— Отойди подальше, пускай он увидит только меня, а когда прозвучит зуммер, я толкну дверь, и ты войдешь за мной следом.

Вилли Хансен всегда выглядывал на лестницу, на середине которой было зеркало, отражавшее посетителя, после чего принимал решение: дома он или нет.

Он решил быть дома. Прозвенел зуммер, и я вошел вслед за Перчиком в квартиру, оставив чемодан у подножия лестницы.

— Крошка! — встретил он ее на верхней площадке. — Как *приятно* тебя видеть!

Он был довольно старый, и притом однорукий. Он обхватил ее рукой и поцеловал.

Потом он увидел меня.

— Что это за парень?

— Ах, Вилли, хочу познакомить тебя с моим другом. Это Малыш.

— Привет! — сказал я.

Он не ответил.

— Малыш? Что-то не похож он на малыша.

— Малыш Ланни. Он дрался под именем Малыш Ланни.

— Малыш Ланселот, — сказал я.

Мы прошли на кухню, Вилли достал бутылку и разлил по стаканам выпивку. Мы сели за стол.

— Как тебе занавески? — спросил он меня. — Это девочки мне сшили. Девочки очень талантливы.

— Занавески мне нравятся, — сказал я ему.

— У меня рука немеет, я с трудом шевелю пальцами, кажется, я скоро умру, врачи никак в толк не возьмут, в чем тут дело. Девочки думают, я шучу, девочки надо мной смеются.

— Я тебе верю, — сказал я ему.

Мы выпили еще по паре стаканов.

— Ты мне нравишься, — сказал Вилли, — похоже, ты побывал в переделках, похоже, ты птица высокого полета. А то ведь кругом сплошь низкого пошиба людишки. А в тебе что-то есть.

— Насчет высокого полета не знаю, — сказал я, — а в переделках я побывал.

Мы выпили еще немного и перешли в переднюю комнату. Вилли надел морскую фуражку, сел за орган и принялся одной рукой играть на органе. Орган звучал очень громко.

По всему полу были рассыпаны четвертаки, десятицентовики, полтинники, пятаки и одноцентовые монеты. Вопросов я не задавал. Мы сидели, пили и слушали орган. Когда Вилли доиграл, я негромко похлопал.

— Недавно ночью у меня были все девочки, — оказал он мне, — и вдруг кто-то как заорет: ОБЛАВА! Надо было видеть, как они рванули отсюда — одни голые, другие в трусиках и лифчиках — и спрятались в гараже. Было чертовски смешно! Я сидел здесь, а они по одной выползали из гаража и возвращались. Вот смеху-то было!

— Кто же орал: ОБЛАВА? — спросил я.

— Я, — сказал он.

Потом он ушел в спальню, разделся и лег в постель. Перчик вошла туда, поцеловала его, и они разговорились, а я принялся ходить по комнате и подбирать с пола монеты.

Выйдя оттуда, она жестом показала на лестницу, я спустился за чемоданом и принес его наверх.

7

Каждый раз, как он надевал по утрам ту морскую фуражку, ту капитанскую фуражку, мы знали, что едем кататься на яхте. Он стоял перед зеркалом, поправляя фуражку на голове, чтобы она сидела под надлежащим углом, а одна из девочек вбегала к нам и сообщала:

— Мы едем кататься на яхте — Вилли надевает фуражку!

Как, например, в первый раз. Он вышел в фуражке, и мы направились вслед за ним в гараж, в полном молчании.

У него была старая машина, такая старая, что в ней имелось откидное сиденье!

Двое или трое девочек сели впереди рядом с Вилли, хоть и на коленях друг у друга, но они уместились, а мы с Перчиком сели на откидное сиденье, и она сказала:

— Он отправляется на прогулку только тогда, когда не пьет и не страдает с похмелья. Этот ублюдок и другим пить не дает, так что будь осторожен!

— Черт, мне просто необходимо выпить.

— Всем необходимо, — сказала она. Она достала из сумочки пинту, отвинтила крышечку и протянула бутылку мне. — Теперь дождись, когда он посмотрит в зеркало и проконтролирует нас. Потом, как только он опять начнет смотреть на дорогу, отхлебни.

Я попробовал. Получилось. Потом настал черед Перчика. Когда мы добрались до Сан-Педро, бутылка уже опустела. Перчик достала жевательную резинку, я закурил сигару, и мы вылезли из машины.

Яхта была очень красивая. У нее было два двигателя, и Вилли стоял и показывал мне, как завести вспомогательный мотор в том случае, если что-то выйдет из строя. Я стоял, не слушая, только кивая. Какой-то вздор насчет того, что штуковина заведется, если дернуть за веревочку.

Он показал мне, как поднимать якорь, как отходить от причала, но я думал только об очередном стакане, а потом мы отплыли, и он стоял в кабине в своей капитанской фуражке и вел судно, а все девочки собрались вокруг него.

— Ну, Вилли, дай порулить!

— Вилли, дай порулить!

Мне рулить не хотелось. Судно он назвал в свою честь: ВИЛЛ-ХАН. Жуткое название. Ему следовало наречь яхту ПЛАВУЧЕЙ МОХНАТКОЙ.

Я спустился вслед за Перчиком в каюту, и мы нашли еще выпивку, море выпивки. Мы остались внизу пьянствовать. Я услышал, как он останавливает двигатель и спускается по лестнице.

— Мы возвращаемся, — сказал он.

— Зачем?

— Конни опять не в духе. Боюсь, как бы она не бросилась за борт. Она со мной не разговаривает. А плавать не умеет. Боюсь, как бы не бросилась.

(Конни — та, у которой голова была обмотана тряпкой.)

— Пускай бросается. Я ее вытащу. Вырублю ее, удар-то у меня еще остался, а потом втащу на борт. За нее не волнуйся.

— Нет, мы возвращаемся. К тому же вы оба *пьете*!

8

Когда мы причалили к пирсу, Вилли спустился к нам и сказал, что скоро вернется. Скоро он не вернулся. Он не возвращался три дня и три ночи. Всех девочек он оставил на яхте. Он попросту взял да и укатил на своей машине.

— Он сумасшедший, — сказала одна из девочек.

— Точно, — сказала другая.

Зато еды и спиртного там было в избытке, поэтому мы остались дожидаться Вилли. Девочек было четверо, включая Перчика. Внизу было холодно, и ни выпивка, ни многочисленные одеяла не согревали. Оставался только один способ согреться. Девочки превратили это дело в шутку...

— Я СЛЕДУЮЩАЯ! — кричала одна.

— Кажется, я еще не кончила,— говорила другая.

— Ей кажется, что ОНА не кончила, — говорил я. — А Я как же?

Они смеялись. В конце концов я обессилел.

Я обнаружил при себе свои зеленые игральные кости, мы уселись на пол и принялись играть. Все были пьяны, а деньги имелись только у девочек, у меня денег не было, но вскоре я уже был при деньгах. В правилах они разбирались слабо, и мне приходилось объяснять их в процессе игры, а как только им начинало везти, правила я менял.

В таком виде и застал нас Вилли, когда вернулся, — бросающими кости и пьяными.

— Я ЖЕ ЗАПРЕТИЛ АЗАРТНЫЕ ИГРЫ НА СУДНЕ! — заорал он, едва появившись на лестнице.

Конни поднялась по ступенькам, обвила его руками, сунула ему в рот свой длинный язычок, после чего схватила его за яйца. Он спустился вниз, улыбаясь, налил себе, налил всем, мы уселись и принялись болтать и смеяться, а он говорил что-то об опере, которую сочинил для органа: «Император Сан-Франциско». Я пообещал ему написать на музыку текст, и в ту ночь, по дороге в город, мы пили и чувствовали себя превосходно. Все остальные прогулки были почти точными копиями первой. Однажды ночью он умер, и все мы вновь оказались на улице — и я, и девочки. Все до последнего цента досталось какой-то сестре с востока, и я устроился на фабрику, производящую галеты для собак.

9

Я жил где-то на Кингсли-стрит и работал экспедитором в заведении, которое торговало подвесными светильниками.

Это было безмятежное время. Каждый вечер я выпивал море пива, частенько забывая поесть. Я купил пишущую машинку, старый подержанный «Ундервуд» с западающими клавишами. До той поры я десять лет ничего не писал. А тут напивался пивом и принимался писать стихи. Вскоре у меня их накопилось довольно много, и я понятия не имел, куда их девать. Я сунул все свои труды в конверт и послал в один новый журнал, издававшийся в маленьком техасском городишке. Я считал, что никто эту чепуху не возьмет, но по крайней мере кто-нибудь может прийти в бешенство, а значит, мои труды окажутся в какой-то степени не напрасными.

Я получил ответ, два ответа, два длинных письма. Они писали, что я гений, они писали, что я бесподобен, они писали, что я – Господь Бог. Я то и дело перечитывал письма, напивался и писал длинный ответ. Я посылал туда новые стихи. Стихи и письма я писал каждый вечер, сплошной бред сивой кобылы.

Редакторша, которая вдобавок что-то пописывала, начала присылать мне свои фотографии, на которых смотрелась неплохо, совсем неплохо. Письма начали приобретать личный характер. Она сообщила, что никто не берет ее замуж. Помощник редактора, молодой мужчина, сказал, что женился бы на ней за половину ее состояния, но денег у нее, по ее словам, не было, люди только думали, что у нее есть деньги. Впоследствии помощник редактора пролежал какое-то время в психиатрической лечебнице. «Замуж меня никто не возьмет, – то и дело писала она, – ваши стихи будут помещены в нашем следующем выпуске, в выпуске, целиком посвященном Чинаски, а замуж меня никто не возьмет, никто, видите ли, у меня есть недостаток, все дело в моей шее, это у меня от рождения. Замуж я никогда не выйду».

Как-то вечером я был сильно пьян.

«Пустяки, — написал я, — я женюсь на вас. Забудьте про шею. Я тоже не ахти какой красавец. Вы со своей шеей да я со своей исцарапанной львиными когтями физиономией — так и вижу, как мы идем рядом по улице!»

Я отправил письмо, тут же о нем позабыл, выпил еще одну банку пива и уснул.

Со следующей почтой пришел ответ:

«Ах, я так счастлива! Все смотрят на меня и говорят: „Ники, что с тобой? Ты вся СИЯЕШЬ, лучишься!!! В чем дело?“ Я им ничего не скажу! Ах, Генри, Я ТАК СЧАСТЛИВА!»

Она вложила в конверт несколько фотографий, отвратных как на подбор. Испугался я не на шутку. Я вышел и купил пинту виски. Я посмотрел на снимки, я выпил виски, я сел на ковер.

«О Господь, о Иисус, что я наделал? Что я наделал? Ну что ж, вот что я вам скажу, ребята, весь остаток жизни я намерен посвятить тому, чтобы осчастливить эту несчастную женщину! Это будет сущий ад, но я выдюжу, да и что может быть в жизни важнее, чем приносить радость кому-то *другому*?»

Я поднялся с ковра, немного сомневаясь насчет последнего утверждения...

Неделю спустя я ждал на автовокзале, я был пьян и дожидался прибытия автобуса из Техаса.

О прибытии автобуса объявили по радио, и я приготовился к смерти. Я смотрел на входящих, пытаясь сличить их с фотографиями. А потом увидел молодую блондинку — года двадцать три, стройные ножки, энергичная походка и простодушное, довольно надменное выражение лица, — полагаю, вы сочли бы ее развязной, да и шея была весьма недурна. Мне было тогда тридцать пять.

Я подошел к ней:

— Ники?

— Да.

— Я Чинаски. Позвольте ваш чемодан.

Мы направились к автостоянке.

— Я жду уже три часа, дергаюсь, нервничаю, страдаю невыносимо. Только и оставалось, что выпить немного в баре.

Она приложила руку к капоту машины.

— Мотор еще теплый. Ты только что приехал, ублюдок!

Я рассмеялся:

— Ты права.

Мы сели в мою старую машину — и пошло-поехало. Вскоре мы поженились в Вегасе, и на это ушли все мои деньги — на это и на автобус до Техаса.

Мы с ней сели в автобус, а в кармане у меня было тридцать пять центов.

— Не знаю, одобрит ли папа мой поступок,— сказала она.

«О Иисус, о Господь,— взмолился я,— дайте мне сил, дайте мне смелости!»

Всю дорогу до того маленького техасского городка она льнула ко мне, вертелась и ерзала. Мы приехали в половине третьего утра, а когда выходили из автобуса, мне показалось, что я услышал, как водитель сказал:

— Что это за оборванец с тобой, Ники?

Мы остановились на улице.

— Что это водитель такое сказал? Что он сказал тебе? — спросил я, бряцая в кармане своими тридцатью пятью центами.

— Ничего он не говорил. Идем со мной.

Она поднялась по ступенькам здания в деловом районе.

— Эй, ты куда, черт возьми?

Она вставила ключ в замочную скважину, и дверь открылась. Я взглянул наверх, а там, над дверью, были высечены в камне слова: ГОРОДСКОЙ МУНИЦИПАЛИТЕТ.

Мы вошли.

— Хочу посмотреть, нет ли мне почты.

Она вошла в свой кабинет и порылась в столе.

— Черт подери, почты нет!! Держу пари, мою почту сперла эта *сука*!

— Какая сука? Какая сука, детка?

— У меня есть враг. Слушай, идем со мной.

Мы прошли немного по коридору, и она остановилась перед одной из дверей. Она дала мне шпильку.

— Возьми, может, сумеешь открыть замок.

Я стоял и возился с замком. Мне уже виделись заголовки:

ИЗВЕСТНОГО ПИСАТЕЛЯ
И ПЕРЕВОСПИТАВШУЮСЯ ПРОСТИТУТКУ
ЗАСТАЛИ ЗА ПОПЫТКОЙ ПРОНИКНОВЕНИЯ
В КАБИНЕТ МЭРА

Замок я открыть не сумел.

Мы пошли пешком к ней домой, бросились в койку и занялись тем, к чему усердно готовились в автобусе.

Я прожил там пару дней, и вот как-то утром, часов этак в девять, позвонили в дверь. Мы лежали в постели.

— Что за черт? — спросил я.

— Пойди открой, — сказала она.

Я кое-как оделся и пошел открывать. На пороге стоял карлик, и его то и дело всего передергивало — он явно страдал какой-то хворью. На голове у него была маленькая шоферская фуражка.

— Мистер Чинаски?

— Ну?

— Мистер Дайер попросил меня показать вам владения.

— Одну минутку.

Я вернулся в спальню.

— Крошка, там стоит карлик, и он говорит, что некий мистер Дайер хочет показать мне владения. Он карлик, и его всего трясет.

— Ну и поезжай с ним. Это мой отец.

— Кто, карлик?

— Нет, мистер Дайер.

Я надел носки и башмаки и вышел на крыльцо.

— Ладно, дружище, — сказал я, — поехали.

Мы объездили весь городок и выехали за его пределы.

— Это принадлежит мистеру Дайеру, — показывал карлик, а я смотрел, — и это принадлежит мистеру Дайеру, — а я смотрел.

Я не произносил ни слова.

— Все эти фермы, — сказал он, — все эти фермы принадлежат мистеру Дайеру, он разрешает людям обрабатывать землю, а выручку пополам.

Карлик подъехал к зеленеющему лесу. Он показал пальцем:

— Видите озеро?

— Ага.

— Там семь таких озер, полных рыбы. Видите, ходит индюк?

— Ага.

— Это дикий индюк. Мистер Дайер сдает все это в аренду рыболовно-охотничьему клубу, который всем управляет. Разумеется, мистер Дайер и все его друзья могут приезжать, когда пожелают. Вы рыбачите или охотитесь?

— В свое время я наохотился вволю, — сказал я ему.

Мы поехали дальше.

— В эту школу ходил мистер Дайер.

— Да ну?

— Ага, именно в то кирпичное здание. А теперь он купил его, отреставрировал и превратил в нечто вроде памятника.

— Поразительно.

Мы вернулись обратно.

— Благодарю, — сказал я ему.

— Хотите, я завтра утром снова приеду? Вы еще не все видели.

— Нет, спасибо, достаточно.

Я вошел в дом. Я снова был королем...

На этом хорошо бы поставить точку, не стоит рассказывать вам, как я всего лишился, хотя речь пошла бы о турке, который носил в галстуке лиловую булавку и отличался изысканными манерами и высокой культурой. У меня попросту не было шансов. Но сгинул и турок, и когда я получил от нее последнюю весточку, она жила на Аляске, где вышла за эскимоса. Она прислала мне фотографию своего ребенка и сообщила, что все еще пишет и по-настоящему счастлива. Я ответил ей: «Держись, крошка, мир сходит с ума».

И дело, как говорится, с концом.

Стихи

НЕ ВЫНОШУ СЛЕЗ

сотня-другая олухов
торчали столбами
вокруг гуся сломавшего ногу
и морщили лбы
что мол делать
тут подошел постовой
извлек свою пушку
и вопрос был закрыт
только одна баба
выскочила из хибары и завопила
что лишилась любимой домашней птицы
но постовой почесал в портупее
и сказал:
да катись ты,
все жалобы — к президенту;
птица плакала
а я не выношу слез.
я сложил этюдник
и перешел подальше:
сволочи, испортили мне
пейзаж.

РАСПЯТИЕ В РУКЕ СМЕРТИ

да, в ивняке-то они вроде и начинаются —
крахмальные горы начинаются в ивняке
и растут себе и растут, не обращая внимания
на пум и нектарины
чем-то эти горы напоминают
старуху с провалами в памяти
и с магазинной корзинкой
мы в котловине, так это
называется; в песках и проулках.
земля эта вмята с одного удара, оглоушена, поделена,
воздета, как распятие в руке смерти,
куплена, перепродана, снова куплена и
опять продана, войны давно кончились,
испанцы отправились восвояси и опять
копаются в своей испанской малине, а здесь нынче
воюют агенты по недвижимости, субподрядчики,
землевладельцы, дорожные инженеры. это их земля,
а я хожу по ней, временно проживаю
рядом с Голливудом, гляжу в чужие окна, где молодежь
слушает запиленные пластинки,
а также думаю о стариках, смертельно уставших
от музыки,
смертельно уставших от всего, и, по-моему, смерть —
это, как и самоубийство, вещь иногда добровольная,
и чтобы
как следует закрепиться на этой земле, лучше всего
вернуться на Центральный рынок, поглядеть на старых
мексиканок, на бедноту... я уверен, вы уже видели

тех самых женщин много лет назад
они торговались
все с теми же юными японскими чиновниками,
такие же острые на язык, головастые и золотистые,
среди исполинских пирамид из апельсинов, яблок,
авокадо, помидоров, огурцов —
и не мне вам расписывать, как эти фрукты и овощи
хороши,
они неописуемо хороши,
так бы всё и съел,
а потом закурил бы сигару и выдул с дымом все
беды мира
потом лучше всего вернуться в бары, те же самые бары,
деревянные, затхлые, безжалостные, зеленые,
где испуганно бродит, напрашиваясь на неприятности,
молодой полицейский,
а пиво по-прежнему паршивое,
заранее отдает завтрашней рвотой и тлением,
и нужно быть сильным в темном углу, чтобы
проигнорировать этот запах, проигнорировать бедноту и
себя самого, а поставленный между ног на пол
магазинный пакет приятно бугрится апельсинами,
авокадо, свежей рыбой и бутылкой вина, и кому,
спрашивается, нужна зима по-фортлодердейлски?

Двадцать пять лет назад жила там одна шлюха,
толстая и бельмастая,
она еще сворачивала серебристые колокольчики
из сигаретной
фольги. солнце тогда казалось теплее,
хотя не факт, и поднимаешь свой магазинный пакет,
выходишь, бредешь по улице,
и зеленое пиво зависает чуть выше желудка, словно
куцая и конфузливая кацавейка, и
когда оглядываешься, не видишь больше
ни одного
старика.

ВОСКРЕСНЫЙ ХУДОЖНИК

второе воскресенье подряд не отхожу от холста;
да, конечно, не бог весть как долго,
но на этом турнире трещат и ломаются великие грезы:
история снимает покровы и обращается
в продажную девку,
а проснувшись утром, я увидел,
как орлы бьют крыльями, словно полотняный навес
на ветру;
среди языков огня в корзине для бумаг
мне повстречались Монтень и Фидий,
на улице я встретил варваров,
по уши погрязших в грызунах;
злые младенцы требовали из голубых ванночек,
чтобы стебли были такими же красивыми, как цветы,
и я видел пьянчугу, лившего горькие слезы
над своим последним дореформенным пенни;
я слышал, как холодными ночами
кашлял в своей могиле Доменико Теотокопулос;
а Господь — не выше квартирной хозяйки,
с крашеными рыжими волосами — спросил у меня,
который час;
закуривая под маниакальные аплодисменты,
я увидел в зеркале серую траву любви;
«кадиллаки» шныряли по стенам, как тараканы,
золотые рыбки раскрутили аквариум — ручные тигры;
что да, то да, второе воскресенье не выпускаю из рук
кисти —

серая мельница, новый бунтарь; на самом же деле
все ужасно:
приходится пробивать кулаком растворитель и хлорку,
Андернах, апельсины и ацидоз;
но на самом-то деле должен отметить, что рядом
женщина, напевая, замешивает вафельную крупчатку,
и краска, словно подтаявший шоколад, липнет
к моему эскизу.

ДЕНЬ ПРОСТО ЧУДО

вирус не сдается
концепции рассыпаются как гнилые
шнурки
зубная боль и бекон отплясывают на
газоне
выдвинув ящик вижу грязные
колготки
маклерская вселенная
стальные шарики как бабочки
порхают
фатум отождествляется у меня по ощущению
ну максимум с чем-нибудь под простыней – колючим,
вонючим и придвигающимся
ко мне
почтальон спятил и
вручает мне целую сумку улиток
выеденных
изнутри в труху
(наверно крысами)
в психушке пациент лобзает стены
и видит во сне как плывет под парусом
по течению прохладных вод
(наверно нильских)
я читаю о боях быков бейсбольных матчах
боксерских поединках
борьба не стихает ни на минуту
а в церквах играют в фанты

и украдкой разглядывают ноги
я выхожу наружу в абсолютную
пустоту
раунд вничью оранжевый ноль
головные уборы над сквернословящими ртами которые
разеваются мне навстречу словно у рыб-прилипал
доброе утро, не правда ли день просто чудо?
говорит толстуха
мне никак не ответить
и я ухожу по тротуару
посрамленный
мне никак не рассказать ей
о моем внутреннем ноже
впрочем я замечаю что ярко светит солнце
что цветы подтянуты на своих веревочках
а я на своей:
брюхо, брюшина, бедра, буковский
маху ходу
ледяные зубы с привкусом дегтя
пропаганда слезных протоков
обувь прикидывающаяся обувью
я без опоздания прибываю
в ослепительно жаркий траурный
полдень.

БЛИЗНЕЦЫ

иногда он намекал, что я незаконнорожденный,
а я советовал ему
слушать Брамса, советовал научиться рисовать
и пить и избавиться
от диктата женщин и долларов
но он вопил — «ради Бога, помни о своей матери,
помни о своей стране,
ты нас всех погубишь!..»

я брожу по отцовскому дому (за который он остался
должен восемь тысяч долларов после двадцати
лет работы на одном месте) и гляжу на его
стоптанные туфли
кожа сношена криво, будто он в сердцах высаживал
розы,
чем он и занимался, и я гляжу на потухшую сигарету,
его последнюю сигарету
и последнюю его постель, в которой он спал
той ночью, и
чувствую, что надо бы ее перестелить,
но не могу, потому что отец всегда глава семьи, даже
когда
его больше нет;
подозреваю, событие далеко не уникальное, но я
не могу избавиться
от мысли
что умереть на кухонном полу в семь часов утра,
когда все остальные жарят себе яичницу,

не так уж и трагично,
если только это не ты.

выхожу из дома, срываю апельсин и счищаю яркую
кожицу;
жизнь не прекращается: вполне прилично растет трава,
солнце продолжает себе излучать, вокруг него
кружится русский спутник;
откуда-то подает голос пес-пустобрех, соседи
выглядывают сквозь жалюзи:
я тут чужой и прослыл (наверно) эдаким злыднем;
не сомневаюсь, он живописал меня вполне
натурально (со стариком моим мы
бились, как горные львы), и, говорят, он все оставил
какой-то женщине
в Дуарте, ну и плевать, не жалко — главное, он был мой
старик
и умер.

захожу в дом и примеряю голубой костюм
(в жизни не носил такого приличного костюма)
размахиваю руками словно пугало на ветру
но всё без толку:
в живых мне его не сохранить,
как бы мы друг друга ни ненавидели.

мы были в точности похожи, ну прямо близнецы,
старик и я: так
говорили. он подготовил к высадке цветочные
луковицы и
разложил на подоконнике,
а я тем временем валялся в койке с дешевой шлюхой
с Третьей улицы.

ладненько — остановись, мгновенье: перед зеркалом
в костюме умершего отца
также жду
смерти.

ОБЕД, ДОЖДЬ И ТРАНСПОРТ

медленно следуя
по стопам ведьм,
банально и пламенно,
обедая в кафе,
где над крышами разъезжают трамваи, а
мэр присылает записки
с просьбой перебить бледных
малолеток
на велосипедах;
ну и время, приличия вымерли как вид:
пулеметы молчат,
а облака ничего не скрывают
в эфемерных самоцветах;
чую, что зло грядет, —
неудержимо, зубодробительно чую;
я утираю рот и пересчитываю
столбики перил, я пожираю
области белого пространства
между ног официанта,
пока тот бежит вручить мне
счет; на улице
все как всегда:
черти припали к грудям
как громом пораженных дев;
начинается дождь:
ШЛЕП, ШЛЕП, ШЛЕП,
грязные капли тюльпанного вина...

покупаю на углу газету,
складываю ее спящей коброй
и стою
стою
чертя пальцем в воздухе
порнографию и соборы,
оскальпированных ящериц, пьяные чудеса;
потом успеваю к шести пятнадцати на автобус
в мою комнату; эта комната
приманивает пыльных мух,
стекло и бумагу, приманивает меня,
и я буду там спать,
пока сквозь тошнотворный свет
меня не тронет за плечо интерн,
или это будет красный вкус огня
и знакомые птичьи трели дыма.

СВЯЩЕННИК И МАТАДОР

в медленном мексиканском воздухе я наблюдал
смерть быка,
и ему отрезали ухо, и огромная голова его казалась
не страшнее камня.

днем позже на обратном пути мы остановились
у Миссии
поглядеть, как бьются на ветру золотые, красные
и синие цветы,
словно тигры хвостами.

уложите это в размер: бык и форт Христов:
матадор на коленях, мертвый бык — его дитя;
и священник глазеет из окна,
словно медведь из клетки.

можете торговаться на рынке и выуживать из себя
сомненья
шелковыми нитями; скажу вам лишь
одно: я жил в обоих их храмах,
верил во все и не верил ни во что — так, может,
теперь они
умрут в моем.

ПОДСОЛНУХ

птица время меда
трах привет
куда ни глянь повсюду открыт путь в
НЕБО
и ни
скорби ни осуждения.

спокойной ночи
морской слон
спокойной ночи
Грета Гарбо
спокойной ночи
экскаватор
спокойной ночи
спагетти с пивом
спокойной ночи
бессонница
спокойной ночи
игрушечные поезда
спокойной ночи
пиво в зеленых банках
спокойной ночи
мама
спокойной ночи
Мистер Америка
спокойной ночи
травяное семя.

пролетая над Детройтом
я апельсиновый сок
и созревшие на дереве мандарины
и я
довольно аккуратно
вытянут вдоль солнечных
нервных окончаний (без подкладного судна).

меня звали...

а вас?

мы долго болели,
очень долго —
почти
две тысячи лет.

ДЕНЬ, КОГДА В ОКРУЖНОМ МУЗЕЕ ЛОС-АНДЖЕЛЕСА ШЕЛ ДОЖДЬ

еврей сложился в поясе и
умер. девяносто девять пулеметов
прибыли морем во Францию. кто-то выиграл
в третьем заезде
пока я разглядывал пропеллер старого моноплана
подошел человек с повязкой на глазу. начался
дождь. он лил и лил а машины скорой помощи стаями
носились
по улицам, и хотя
должным образом царила скучища
мне было хорошо
как давным-да́вно в Новом Орлеане
когда питался одними шоколадными батончиками
(по штуке в день) и глазел на голубей
в трущобах с французскими названиями
а за спиной река переходила в
залив
и облака тошнотворно плыли
по небу которое умерло
примерно когда зарезали Цезаря
и тогда я пообещал себе
что когда-нибудь припомню все это
как оно было.

кто-то подошел и кашлянул.
кончится когда-нибудь этот дождь? спросил он.

я не ответил. я дотронулся до старого
пропеллера и прислушался
как муравьи на крыше валом валятся
с края света. отстаньте, сказал я
отстаньте, а то позову
смотрителя.

СОВЕТ

когда с моря опять дует шквал,
а земля омрачена волненьями и бунтом,
то поосторожней с выбранной саблей,
помните:
то, что пять веков
или даже двадцать лет тому назад
могло быть благородно,
теперь, как правило,
пустой звук
живешь только раз
история не устает выставлять нас
в совершенно дурацком свете.

так что, говорю, поосторожней
с любым, казалось бы, благородным
делом
идеалом
или поступком,
будь то страна, любовь или Искусство
не распаляйтесь близостью минуты
или красотой, или политикой,
которая увянет, как срезанный цветок;
любите, да, но не ради супружеского долга,
остерегайтесь плохой еды и не перетруждайтесь;
обязательно живите за городом,
но любовь — это не приказ,
ни женщины, ни земли;
не торопитесь; и пейте столько, сколько нужно

для поддержания преемственности,
потому что алкоголь — это форма самоубийства,
когда пьющему предоставляется шанс
начать жизнь заново; более того, говорю,
живите одни сколь возможно долго,
рожайте детей, если так вышло,
но старайтесь уклониться
от их воспитания; избегайте мелких стычек,
рукопашных или словесных,
если только противник не угрожает смертию
вашему телу
или вашей душе; тогда,
буде возникнет необходимость, убивайте; а
когда придет время умирать,
не будьте эгоистом:
считайте, что это недорого,
и там, куда отправитесь,
ни печати стыда или поражения,
ни призыва скорбеть,
когда с моря дует шквал,
а время идет,
смывая ваши кости покоем и тишью.

УТРАТА, УТРАТА, УТРАТА

фиалки призывно колышутся как ладошки шлюшек
на поезде из
Норфолка
Вирджиния была славная с очень славными
ногами,
но ей приходилось носить
эластичные пластичные чулки
из-за
плохих вен унаследованных от
прадеда-голландца который
выпивал по двенадцать кварт пива в
день
и она умерла
от ожогов
загоревшись в мужском туалете
восточного экспресса из Пенсильвании
где (нижними) губами раскуривала «Датч мастера»
за двадцать долларов
для троих милых парнишек из Гарварда, очень
славных, просто очень
которые хотели все сфотографировать
а после сигары туда должен был прыгнуть
специально обученный
на три четверти вздроченный бульдог
из проволочного атташе-кейса (пронесенный в купе
путями
окольными), прыгнуть по команде как

Нормандия
как волны на берег
дорогого курорта
как
Жанна д'Арк
как твои пальцы в моих
пока правый политик метивший в президенты
и верящий что атомная энергия это колесница Христова
квохчет в своем никчемушном сне
о новой жизни для людей рожденных не там где надо
и лишенных последней милости:
ублюдской пенсии в ублюдский
день и
час.

СОЛНЦЕ ДЕРЖИТ СОСТРАДАНЬЕ

и солнце держит состраданье
но как слишком высоко вскинутый факел
и диск его прочерчивают реактивные выхлопы
и ракеты прыгают словно жабы,
а парни достают карты
и втыкают булавку за булавкой в луну,
старый зеленый сыр,
там жизни нет, а на земле слишком много:
наши немытые индийские мальчики
сидят скрестив ноги, играют на дудках,
животы их ввалились от голода,
а змеи вьются в бесплодном воздухе
как прекрасные женщины;
ракеты прыгают,
ракеты прыгают словно зайцы,
обгоняя устаревшие пули,
собак и тяжелую поступь;
китайцы, как и прежде, вырезают
по яшме, тихо набивают рисом
свой голод, свой
тысячелетний голод,
сплавляют по мутным рекам огонь и
песни, баржи и джонки,
отталкиваясь шестами
истории без истерии;
в Турции на ковриках
лицом к востоку

молятся лиловому богу
который курит, смеется
и тычет им в глаза пальцами,
ослепляя, как то свойственно богам;
но ракеты готовы: мир почему-то
больше не бесценен;
сумасшествие кружит в нелепом дрейфе,
словно водяные лилии на пруду;
художники рисуют, обмакивая кисти
в красное, зеленое и желтое,
поэты складывают вирши о своем одиночестве,
музыканты как всегда голодают,
а писатели бьют мимо цели
в отличие от пеликанов и чаек;
пеликаны пикируют, ныряют
и взмывают ввысь, вытряхивая
из клювов оглушенную полумертвую
радиоактивную рыбу;
честное слово, набегающие волны
оставляют на скалах слизь; а Уолл-стрит
и рынок лихорадит, словно пьяницу,
который заблудился и не может найти ключа;
на этот раз, господь свидетель,
мало не покажется:
мы вернемся к змеям, иглокожим
или, если повезет, катализом к
саблезубым под крики летучих обезьян,
роющихся в яме среди осколков
шлемов, приборов и стекла;
молния с грохотом разрезает
квадрат окна, и в миллионе комнат
лежат пары, переплетенные, потерянные
и больные, как мир во всем мире;
для художников небо вспыхивает
красным и оранжевым — а для влюбленных
раскрываются цветы так же как и всегда
раскрывались но покрытые тонким слоем

ракетной и грибной пыли,
пыли ядовитых грибов; плохое время,
тошное время — занавес,
третий акт, билеты только входные,
снова полный АНШЛАГ, АНШЛАГ, АНШЛАГ,
ради бога, кого-то и чего-то,
ракет, генералов и
лидеров, поэтов, врачей, комедиантов,
производителей супа и
галет, янусоликих торгашей
собственной неуклюжестью;
теперь мне видны зараженные поля,
черные и блестящие, как антрацит,
одна-две улитки, желчь, обсидиан,
две-три рыбы на мелководье, злословье
нашего начала и нашего зрения...
случалось ли это прежде? может,
история — замкнутый круг,
сон, кошмар,
сон генерала, сон президента,
сон диктатора...
разве нельзя проснуться?
или силы жизни превосходят нас?
разве нельзя проснуться? неужели,
дорогие друзья, мы всегда
должны умирать во сне?

Я ЗАОДНО С КОРНЯМИ ЦВЕТОВ

а вот, несомненно, разорванный птицами план —
напился в подвале
меж дряблых стиральных машин
и ржавых прошлогодних газет;
века словно камни
вихрятся над моей головой,
а пауки ткут бледную паутину
для реактивных самолетов,
неподвластных моему воображению;
здесь я могу таиться год за годом,
как пиявка,
спать, прижавшись к брюху котла,
словно нерастущий
жаркий но мертвый
зародыш;
я поднимаю бутылку, как рожок,
и звонкой трелью
выдаю песни и басни,
чтобы смыть
фантастическую тьму
моего дыхания;
ах, рожок, рожок,
не пой мне горечи,
ибо я вкушал камень,
не пой ненависти и детских обид,
ибо я слишком стар для величия;
я заодно с корнями

цветов
оплетен оплакан
посылаю страстные соцветья свои
в прицелы ракет
и споров;
от вина саднит в горле,
вверху
мне наступают на мозг,
с неба падают обезьяны,
сжимая фотографии
планет,
но я ищу лишь музыки
и досуга
моей боли; у, чертов рожок,
в тебе не осталось ни капли!
...я падаю ниже пауков,
рельсы дрожат, словно пряжа,
а на лестнице слышны шаги
и, по-моему, это шаги
золотых людей,
которые жмут на кнопки
нашей горящей вселенной.

ЛЮБОВЬ, СЛАВА И СМЕРТЬ

она сидит за моим окном,
словно старуха, собирающаяся на рынок;
сидит, нервно потеет
и наблюдает за мной
сквозь проволочную сетку, туман и собачий лай,
пока вдруг
я не залеплю с размаху по сетке газетой,
будто муху прихлопнул, –
и над некрасивым городом
слышен крик;
все, больше не сидит.

чтобы так же закончить
стихотворение,
достаточно внезапно
умолкнуть.

ОНИ – ВСЕ – ЗНАЮТ

спросите парижских уличных художников
спросите солнечных зайчиков на спящей собаке
спросите трех поросят
спросите парнишку, который разносит газеты
спросите музыку Доницетти
спросите парикмахера
спросите убийцу
спросите человека, подпирающего стену
спросите проповедника
спросите мебельного мастера
спросите карманника или
приемщика в ломбарде, или стеклодува,
    или торговца навозом, или
    зубного врача
спросите революционера
спросите укротителя, который засовывает голову
    в пасть льву
спросите человека, который сбросит следующую
    атомную бомбу
спросите человека, который думает, что он Христос
спросите синюю птицу, которая прилетает домой
    по вечерам
спросите любопытную Варвару
спросите человека, умирающего от рака
спросите человека, которому не мешало бы помыться
спросите одноногого
спросите слепого

спросите шепелявого
спросите пожирателя опиума
спросите мандражирующего хирурга
спросите листья, по которым ступаете
спросите насильника или
трамвайного кондуктора, или старика,
пропалывающего свой сад
спросите кровопийцу
спросите дрессировщика блох
спросите огнеглотателя
спросите самую жалкую ничтожную личность,
какую только найдете в самую
жалкую ничтожную минуту
спросите тренера по дзюдо
спросите погонщика слонов
спросите прокаженного или
получившего пожизненное, или
перенесшего пневмонию
спросите профессора истории
спросите человека, который никогда не чистит
у себя под ногтями
спросите клоуна или же первого встречного
при свете дня
спросите своего отца
спросите своего сына и его будущего сына
спросите меня
спросите перегоревшую лампочку в бумажном пакете
спросите искушаемого, проклятого, глупого,
умного, раболепствующего
спросите строителей храмов
спросите тех, кто никогда не носит обуви
спросите Иисуса
спросите Луну
спросите тени в платяном шкафу
спросите мотылька, монаха, малахольного
спросите карикатуриста из «Нью-Йоркера»
спросите золотую рыбку

спросите папоротник, дрожащий в такт чечетке
спросите карту Индии
спросите доброжелателя
спросите того, кто прячется у вас под кроватью
спросите того, кого ненавидите больше всех
    на этом свете
спросите человека, который пил с Диланом Томасом
спросите человека, который завязывал перчатки
    Джеку Шарки
спросите человека, печально пьющего кофе
спросите водопроводчика
спросите человека, которому каждую ночь снятся
    страусы
спросите билетера на входе в балаган с уродами
спросите фальшивомонетчика
спросите человека, который спит в проулке
    укрывшись газетой
спросите покорителей стран и планет
спросите человека, который только что отрезал
    себе палец
спросите закладку в Библии
спросите воду, капающую из крана, пока звонит
    телефон
спросите лжесвидетельство
спросите темно-синюю краску
спросите парашютиста
спросите человека, у которого болит живот
спросите божественное око, столь холеное и вечно
    на мокром месте
спросите юношу в узких форменных брючках
    престижной академии
спросите человека, который поскользнулся в ванной
спросите человека, пожеванного акулой
спросите того, кто продал мне разные перчатки
спросите их, а также всех тех, кого я не назвал
спросите огонь огонь огонь —
спросите даже врунов

спросите кого угодно, в какой угодно
момент, в какой угодно день, когда
идет дождь, или когда лежит снег,
или когда выходите на крыльцо
весь желтый от зноя
спросите то спросите это
спросите человека с птичьим пометом на голове
спросите истязателя животных
спросите человека, который неоднократно видел
бои быков в Испании
спросите владельцев новых «кадиллаков»
спросите знаменитых
спросите робких
спросите альбиноса
и государственного деятеля
спросите квартирных хозяев и бильярдистов
спросите пустозвонов
спросите наемных убийц
спросите лысых, толстых, высоких, низких
спросите одноглазых, эротоманов, импотентов
спросите людей, которые читают в газетах все
редакционные статьи
спросите тех, кто разводит розы
спросите тех, кто почти не чувствует боли
спросите умирающих
спросите тех, кто подстригает газоны, и
тех, кто ходит на футбол
спросите любого из них или всех их
спросите спросите спросите и
все они скажут:

КОГДА ЖЕНА РУГАЕТСЯ У ПАРАПЕТА –
ЭТО ВЫШЕ ЧЕЛОВЕЧЕСКИХ СИЛ.

ИСПОВЕДЬ ДЛЯ ТЕХ, КТО НЕ ДЫШИТ НА ПОХОРОНАХ

свинья борется за
размеры солнца
и тысяча нулей как пчелы
садятся на мою кожу и
перечень моих воплей
в комнате малого метража
навален на эти клавиши:
ячсмитьбюё
фывапролджэ
йцукенгшщзхъ
!"#$:,.;?%-=
жидкий армейский
суп из костей
выброшенных в пищевые отходы
сколько краски и все зазря!
нас ограбили даже без
ножа к горлу!
мы хрустим как доски и
сверчки.
мы хрустим.
я поднимаю к солнцу
увядший цветок. нет ничего проще. я брожу
по старым комнатам и восхищаюсь
Бальзаком. восемьдесят романов но он давно
умер а я посылаю короткое стихотворение в
Новый Орлеан и ты разворачиваешь листок
глядишь на своего

любимого а я не твой
любимый я ничей
любимый.
я ищу где бы развернуть
черный серпантин
беличьих поцелуев.
восемь часов
вечера или утра.
я только что
вернулся. машина
выжимает из меня последние соки и я
раздеваюсь.

Я ЖДУ ПОД БЕЛЫМ ЛИВНЕМ

я жду, под белым ливнем, ножей острых, как твой
язычок
я вижу спиральных клоунов, фонтанирующих
ложными мифами,
я подавляю спазмы во тьме на темных лестницах
пока алчные квартирные хозяйки
протыкаются горячими иглами спермы,
давайте же, утренние ханыги,
отряхивая веки от солнечного света, как от паутины,
давай же, милая, давай, глория патри[1], давай, удача,
давайте все,
делай как я —
камни преткновения словно броненосцы
полузабытые по-бенедиктински
и снег снег снег снег снег
заройте меня в снег по самое некуда,
ротик-пряник, хрен хром,
изюминки-пуговицы, паутина сердечных струн,
тормозящая проклятые волны крови
как мелкую рыбешку — Вездесущий прилив
я жду, под белым ливнем, ножей острых, как твой
язычок,
а мимо мчат грузовики
с несостоятельными мордами
их сокровенный пар как смрадный пот

---

[1] *Глория патри* — слава отечества (искаж. *исп.* от gloria patria).

затхлая вонь смерть в моих носках
все барабаны ада
не могут разбудить во мне чувство ритма
меня больше нет
как старой бледно-золотой рыбки
мертвецки мертвой, как тетя Елена,
плоскоглазой в центре моего мозга
и смываемой в канализацию, как все отходы организма,
человек-дерьмо, дыхание жизни,
и почему мы не сходим с ума, как тараканы, почему
так мало самоубийств, ума не приложу
пока я жду, под белым ливнем, ножей острых, как
твой язычок,
я больше не буду; как любой канал, проведенный
через излучину,
я больше никогда не буду, и только
это кошмарное ожидание в конце банального фильма
все пронзительно требуют красоты и победы,
словно дети — конфет
мои руки щедро простерты
неизумленная рука
неизумленный ум
неизумленный порог
пошлите ваши цветы Джо Слабаку
или Грецкому Карлейлю,
которые могут загнать их с пользой для дела,
пока еще все и вся
не умерли.

ВЕСТЬ О САМОПОТРЕБЛЕНИИ

я – пантера, вымазанная жженной пробкой, исхожу на крик в бетонных стенах, и меня сердят грустные вечера без вентиляторов
и меня сердишь ты, и оно наступит
как роза
оно наступит как человек идущий сквозь огонь
оно блеснет как невидимая труба в чемодане
и от глаз пахнёт сосисками
на ногах вырастут маленькие пропеллеры
я обниму тебя в Бейонне
а матросы улыбнутся
и сердце мое словно удаленное из раковой
опухоли оттает и опять забьется оттает
и опять забьется – но сейчас
грустный вечер обеспечен как старые
мушкеты и болтающийся секс-канат висит
а дерево встает и зовет:
июль. и пыль надежды на дне бумажных стаканчиков
вместе с паучками зовущимися как древние
европейские города; кукушечья слюна и шлак, тяжелые колеса;
буровые вышки намертво встрявшие среди рыб
и сосущие серый газ
любви, пальмы на вершине утеса колышущиеся
колышущиеся в теплом желтом свете,
а я захожу в аптеку купить зубной пасты,
презервативы, фотографии лягушек, последний номер

«Вестника потребителя» (пятьдесят центов),
потому что я потребляю и
потребляем и хотел бы знать
в этот грустный вечер
каким именно бритвенным лезвием мне лучше
воспользоваться, или, может, купить микроавтобус или
стереоприемник или кинокамеру, например,
восьмимиллиметровую, до пятидесяти пяти
долларов
или электросковородку... как серебряный лик
какого-нибудь божества после разрыва бомбы
ТРАХ-ТАРАРАХ
и трава раздается в стороны, и любовь — это тень,
и любовь — это рыбий хвост, колышущийся
в расселинах
пряжи, которые кажутся глазами, но это всего лишь то
что осталось от меня в последний грустный вечер
когда оркестры
покончили с собой как вид, карнавал уехал, а
штаб ХСЖМ[1] надули словно воздушный
шар и отправили в сторону моря полный
визжащих милых хилых
дев.

---

[1] ХСЖМ — Христианский союз женской молодежи.

СОДЕРЖАНИЕ

РАССКАЗЫ

СТИХИ

Перевод А. Гузмана

Литературно-художественное издание

ЧАРЛЬЗ БУКОВСКИ

ЮГ БЕЗ ПРИЗНАКОВ СЕВЕРА

Редактор Александр Гузман
Художественный редактор Валерий Гореликов
Технический редактор Татьяна Тихомирова
Корректоры Татьяна Виноградова, Наталия Кузнецова
Верстка Антона Вальского

Директор издательства Максим Крютченко

Подписано в печать 15.05.2004. Формат издания 76×100 1/32.
Печать высокая. Гарнитура «Петербург». Тираж 5000 экз.
Усл. печ. л. 12,69. Изд. № 934. Заказ № 1428.

Издательство «Азбука-классика».
196105, Санкт-Петербург, а/я 192. www.azbooka.ru

Отпечатано в ОАО ордена Трудового Красного Знамени
«Чеховский полиграфический комбинат»
142300 г. Чехов Московской области
Тел. (272) 71-336. Факс (272) 62-536

ПО ВОПРОСАМ ПРИОБРЕТЕНИЯ КНИГ ИЗДАТЕЛЬСТВА «АЗБУКА» ОБРАЩАТЬСЯ: